Tre baklava al miele

Letizia Simoni

Tre baklava al miele

libro/mania

Redazione: Via Inverigo 2, 20151 – Milano

Pubblicazione on demand su licenza di Libromania s.r.l.

www.libromania.net

Alla mia mamma

"Poetry is the spontaneous overflow of powerful feelings:
it takes its origin from emotion recollected in tranquility."
William Wordsworth, *Lyrical Ballads*

"La poesia è lo spontaneo fuoriuscire di potenti sentimenti:
prende origine dall'emozione raccolta nella tranquillità."

Capitolo 1

Non ti arrendere, ce la puoi ancora fare!

Sfrecciavo come un dardo infuocato nel dedalo delle partenze.

Forza, corri, pensa al premio che ti attende!

I negozi mi sfilavano accanto uno dietro l'altro senza che riuscissi a metterli a fuoco. Abiti, accessori, teche ricolme di gioielli e figure di cristallo svanivano alla mia vista mentre guardavo dritto davanti a me con un unico scopo: raggiungere il gate 49.

Ma perché, perché sono sempre in ritardo?

Non ero mai riuscita ad arrivare con tranquillità all'aeroporto e concedermi uno di quei bagel al cream cheese e salmone che per anni mi avevano strizzato l'occhio dal bancone del bar dopo i controlli. Rimanevo sempre con la voglia di curiosare tra le grucce gremite, provare un cappellino tempestato di rose azzurre: *so British!*, frugare tra i campioni di profumi.

Profumi? Un momento. Non sarebbe una cattiva idea per il mio "sbarco a effetto".

Decisi di rubare alla corsa una manciata di secondi e spruzzarmi una fragranza al volo dal primo tester che mi capitò sotto mano. Non feci nemmeno in tempo a leggerne l'etichetta: ero ripartita prima ancora che l'essenza riuscisse a posarsi sulla mia pelle.

In effetti mi sembra un odore un po' maschile... Oddio, penserà che l'ho tradito? Meglio! Quanto mi piacerebbe vederlo geloso!

Avevo passato la giornata camminando avanti e indietro lungo Regent Street per scegliere l'abito adatto all'occasione, e alla fine avevo comprato un tubino color crema increspato in vita, che ricordava molto le sfogliatelle napoletane: Nicola le adora e si sa che gli uomini vanno presi per la gola.

Zoe mi aveva prestato un paio di orecchini tigrati che mi davano un'aria da femme fatale. Era una mise infallibile. Dovevo riuscire a prendere quell'aereo, a tutti i costi!

Mi stavo facendo strada tra gli altri passeggeri, impegnata in una vera e propria corsa a ostacoli, quando d'un tratto inchiodai e sobbalzai all'indietro. *È saltata una rotella! Lo sapevo! Non dovevo fidarmi di questo trolley, costava troppo poco. Vediamo come si può rimediare. Macché, niente da fare, si è proprio rotta la vite!*

Infilai la piccola ruota in tasca e presi la valigia sottobraccio.

Ce la posso ancora fare!

Ripresi a correre ancora più veloce e quando finalmente raggiunsi l'area dei gate, vidi un'assistente di volo che faceva cenno di avvicinarmi. Cercai di passare oltre, ma all'improvviso sentii il mio braccio intrappolato da una presa decisa: «Metta il bagaglio sulla bilancia, prego. Dobbiamo verificare che non superi i dieci chili».

Il gate era a pochi metri, ma io ero bloccata. Intravedevo la fila all'imbarco farsi sempre più corta, pericolosamente più corta; avevo la bocca arsa dalla sete, il tubino-sfogliatella intriso di sudore. In un miraggio poco distante, il distributore delle bibite: così vicino eppure irraggiungibile.

«Mi dispiace, il suo bagaglio a mano pesa quattordici chili, non possiamo farla passare».

«Come? Non è possibile, sia gentile, rischio di perdere l'aereo!».

La hostess mi guardò con aria intransigente.

«Mi dispiace: dieci chili al massimo. Bisogna imbarcare il bagaglio».

Eh no, dentro il trolley c'erano oggetti troppo importanti, che mi sarebbero serviti in volo per il mio "sbarco a effetto".

«Oppure può liberarsi del contenuto che eccede il limite di peso» mi propose come alternativa, quasi mi avesse letto nel pensiero. «Si metta da parte per favore».

Non potevo fare altro che seguire il suo consiglio, mi spostai dalla zona di passaggio e aprii il trolley.

La fretta non mi impedì di guardare con affetto i libri che avevo scelto dopo aver trascorso una mattinata da Foyles e la scatolina di legno blu, seminascosta dai calzini che avevo usato per proteggerla.

Era tempo di passare all'azione. Buttai via la piccola ruota che avevo ancora in tasca e misi al suo posto la scatolina di legno, i calzini e uno dei libri più piccoli. Poi stipai nell'altra tasca un libro un po' più grande e la trousse.

Chiusi la zip e riportai il trolley alla hostess con un certo compiacimento, pronta ad avviarmi al gate, quando il display della bilancia mi tradì di nuovo.

«Sono soltanto un paio di chili, la prego!».

«Mi dispiace, devono essere dieci chili al massimo».

Lanciai uno sguardo disperato verso il gate: c'era rimasta soltanto una manciata di persone.

In apnea e con una rapidità e coordinazione di movimenti che non sapevo di avere, mi infilai tutti i pantaloni che avevo in valigia. Indossai prima i fuseaux, poi i jeans che non riuscii a chiudere e infine la parte sotto del pigiama di pile.

Due signore, in mano la borsina nera di Harrods con l'immancabile cagnolino bianco stampato sopra, mi guardavano divertite.

Continuai mettendomi il maglione di lana a collo alto sopra il tubino, poi il cardigan di cotone celeste che non provai nemmeno ad abbottonare e infine il pezzo sopra del pigiama di pile.

Tornai a pesare il trolley: nove chili e nove. C'erano ancora due persone in fila. *È fatta!*

«Aspetti un momento». La hostess mi indicò il misuratore del bagaglio.

Penso che si sia svolto tutto in meno di trenta secondi: io che infilo la valigia nella gabbietta metallica, fulmino l'hostess con uno sguardo vittorioso quando il trolley tocca il fondo, urlo aiuto ai passeggeri vicini quando, tirandolo fuori, rimane incastrato. Mi sarei portata sull'aereo il trolley con tutto il misuratore se non fosse stato per due valenti uomini coraggiosi, accorsi per tenere ferma la gabbia mentre io estraevo con forza la mia povera, strapazzata valigetta.

Con la coda dell'occhio percepii che l'hostess avrebbe voluto trattenermi di nuovo ma, qualsiasi cosa avesse voluto dirmi, decise di rinunciarci quando vide che, ignorandola, mi ero già fiondata al gate.

Ultima, ma vittoriosa!

Quando salutai l'assistente di volo al mio ingresso in cabina avevo il ritmo del respiro accelerato, le tasche ricolme, un travestimento da Omino Michelin e il più grande sorriso di soddisfazione stampato sulla faccia.

«Carta di imbarco per favore».

Cominciai a cercare in tutte le tasche della giacca, schivando libri, calzini e quant'altro, finché un passeggero della prima fila indicò il mio posteriore.

Ma certo, nella tasca dei jeans! Il foglio sgualcito faceva capolino, nascosto per metà dal pigiama di pile. Era una fortuna che non fosse volato via mentre percorrevo il finger. *Anche questa volta ce l'ho fatta!*

Con la solita fortuna dei ritardatari trovai un posto rimasto libero in prima fila con tanto di spazio per il bagaglio nella cappelliera.

Il ragazzo del posto accanto tolse le sue cose dal sedile per farmi accomodare. Nel piegarmi per mettermi seduta, le cuciture del pigiama tempestato di stelline diedero segno di cedimento.

Sorrisi mentre mi allacciavo la cintura e mi spalmavo sulla superficie del sedile; sorrisi ancora quando, con la mano nella tasca, trovai la scatolina di legno blu. Le luci in cabina si spensero mentre le stelle fluorescenti sul pigiama si illuminarono, aprendomi la porta del mondo dei sogni.

Troverò Nicola agli arrivi con un mazzo di rose, anzi no, di mar-

gherite. Mi farà vorticare in un abbraccio con tanto di sollevamento in aria. Mi stringerà fino a farmi implorare di smettere.

Quando mi risvegliai per via di una scossa di turbolenza, vidi le Alpi fuori dal finestrino.

Non manca molto all'atterraggio, mi devo sbrigare.

Recuperai le décolleté color perla dal trolley e, con la trousse già in tasca, mi chiusi in bagno.

Quando, dopo una ventina di minuti, sentii bussare alla porta, stavo finendo di mettermi le lenti a contatto.

Uscii barcollando sul tacco dieci e abbassai lo sguardo per evitare di incrociare quello delle cinque o forse sei persone in fila per la toilette.

Tenevo in braccio una pila di panni ripiegati e le scarpe da ginnastica. Quando mi accomodai di nuovo al mio posto, avvertii lo sguardo del ragazzo seduto accanto, posarsi su di me.

«Si prega di allacciare le cinture e prepararsi all'atterraggio».

Tremavo dall'emozione.

Ero stata via solo tre giorni ma morivo dalla voglia di rivederlo. Controllavo ogni due minuti con lo specchietto tascabile se tutto fosse a posto. Lanciai un'occhiata fuori dal finestrino e vidi le secche della Meloria immerse nel blu.

Mentre mi avviavo all'uscita, ricostruii nella mia mente la scena dell'arrivo, cercando di elaborare il modo più coreografico per presentarmi: ondeggiamento sensuale alla Marilyn Monroe o camminata elegante alla Jacqueline Kennedy? Meglio rivolgere subito lo sguardo verso di lui o far finta di guardare altrove?

Mi specchiai sui vetri della postazione dedicata al controllo passaporti per sincerarmi sullo stato del mio rossetto color corallo.

Ecco, ci siamo. La porta scorrevole degli arrivi si aprì.

Nicola non c'era.

Capitolo 2

Otto mesi prima.

Un'altra giornata piovosa di fine inverno. All'entrata della metropolitana di Highbury & Islington si scorgeva come sempre una calca di ombrelli, rigorosamente tutti neri, che a mano a mano si chiudevano e sparivano con i loro proprietari inghiottiti dalle scale mobili.

Gli spintoni per entrare nella carrozza e poi di nuovo le rincorse e i sorpassi per risalire in superficie: ogni mattina era la stessa lotta per arrivare in ufficio, eppure a me questa lotta piaceva, mi faceva sentire parte della città, del suo dinamismo, mi nutriva della sua energia.

Da quando mi ero trasferita, amavo Londra ogni giorno di più.

Eccomi che entravo con il petto gonfio d'orgoglio nel Prism, un palazzo a forma di prisma con le facciate di vetro, recentemente costruito a Fitzrovia.

Riponevo l'ombrello bagnato nel portaombrelli già pieno, salivo i gradini, anch'essi in vetro, diretta al primo piano. Se avessi preso l'ascensore non avrei avuto abbastanza tempo per immergermi nel dipinto che le linee policromatiche disegnavano lungo tutta la parete del piano terra.

Arrivata nella hall, salutavo la segretaria alla reception, che ricambiava con un *Morning, darling* luccicante. Sembrava tanto piccola sotto la scritta a caratteri cubitali ARA, rosso scarlatto.

ARA è uno studio di architettura tra i più grandi al mondo per fatturato e numero di impiegati.

La sede di Londra, sorella minore di quelle statunitensi, contava allora centottantanove dipendenti tra architetti, pianificatori, paesaggisti, arredatori, contabili, addetti al personale e al marketing.

Nell'atrio dell'ufficio, le chiacchiere di chi faceva colazione nella cucina dal pavimento verde mela lucido si sovrapponevano al rumore ritmico dei plotter già in azione nell'area delle stampe. La BBC diffondeva notizie senza interruzione dal grande schermo accanto al grosso divano nero a forma di punto interrogativo e faceva da sottofondo a un capo progetto che presentava informalmente una planimetria al direttore.

L'odore della moquette nuova, disegnata in geometrie rettangolari con sfumature dal grigio nebbia al grigio nuvola, mi solleticava con dolcezza le narici mentre mi avviavo verso la mia postazione al computer, davanti alla vetrata che dava su Whitfield Street, nella parte dello studio che si occupava di architettura del paesaggio e pianificazione urbana.

Il venerdì ci era concesso per contratto di indossare i jeans, ma quel giorno mi ero messa in ghingheri per la presentazione del progetto al cliente. Avevamo lavorato a cottimo giorno e notte nell'ultimo mese, ordinando pizze in ufficio la sera e ogni tanto anche il sushi.

Si trattava di un complesso turistico sulla spiaggia di Sunny City a Dubai: cento ville deluxe, tre ristoranti, due centri sportivi, svariati giardini con piazze a tema, fontane e giochi d'acqua, canali, piscine e un parco subacqueo.

Arrivata alla mia postazione feci velocemente il log-in al computer, raccolsi il blocco d'appunti e intercettai con lo sguardo il resto della squadra: Jane, Ysabel e Anisha erano pronte.

Le raggiunsi e insieme sollevammo il plastico. A stento riuscimmo a farlo passare dalla porta della sala riunioni mentre intravedevamo il cliente scendere dall'ascensore e intrattenersi a parlare con

Tim, il capo progetto, che teneva il rotolo delle ultime stampe stretto sotto braccio. In mezzo al tavolo di vetro temperato si trovavano già un thermos con il tè, uno per il caffè, sei tazze rosso scarlatto e sei biscottini al burro con la scritta ARA impressa su ciascuno.

L'entusiasmo del cliente per le proposte che gli illustrammo sembrò ripagarci dei sacrifici fatti. Per tutto il tempo non era riuscito a togliere gli occhi di dosso dalla parte centrale del plastico, quella in cui Anisha e io avevamo modellato, prima intagliando la balsa e poi una lastra sottile di plexiglass color carta da zucchero, il percorso dell'acqua.

Questa sgorgava da quattro spaccature nella pietra arenaria sul tetto-giardino dell'edificio di ingresso. Si apriva in una vasca quadrata tra le fronde dei cespugli e delle piante ornamentali del giardino pensile, per poi gettarsi con quattro cascate nel bacino intorno al quale erano disposti i tavolini del ristorante.

Gli ospiti all'interno del locale avrebbero visto le cascate da sotto, come fossero dentro una grotta, quelli all'esterno avrebbero cenato sotto pergolati di rampicanti e avrebbero potuto seguire con lo sguardo il corso dell'acqua che proseguiva verso il mare, digradando in cascatelle più o meno ampie ed elevate, soffermandosi ora in vasche dalle forme sinuose, ora in un dedalo di canali, fino ad arrestarsi davanti alla spiaggia, dopo l'ultimo salto nella Infinity Pool.

Un sentiero di legno avrebbe seguito il cammino dell'acqua, ora assecondandolo nelle sue curve, ora intersecandolo, trasformandosi in ponti e giocando a rincorrere le cascate. Avrebbe eluso i dislivelli con morbide discese e sarebbe poi tornato ad abbracciare l'arco del canale fondendosi con la pavimentazione in pietra.

Le chiome delle palme avrebbero fatto capolino sulle parti sopraelevate dei viottoli e gli alberi da ombra, insieme agli arbusti dalle fioriture accese, si sarebbero affacciati lì dove la stradina si scioglieva fluidamente verso spazi a tema e si avvolgeva intorno a essi: il giardino per la meditazione, il giardino dei giochi e quello delle fragranze, dove la vegetazione si sarebbe espressa nel massimo coinvolgimento dei sensi.

Quanto sarebbe costato mantenere tutto questo verde? A Dubai. Con quaranta gradi all'ombra. Si trattava di una progettazione di massima, i dettagli li avremmo studiati dopo.

La scelta oculata delle essenze sarebbe stata certamente cruciale per il successo del progetto, ma non sarebbe bastata.

L'ambizione di conquistare il deserto era al tempo stesso un'idea geniale e un azzardo bioclimatico.

Era giusto che un campo da golf a Dubai succhiasse milioni di litri d'acqua dolce al giorno per mantenere i prati del colore dei pascoli d'Irlanda e per inumidire la sabbia scolpita in rilievi prima dei green? Sabbia che altrimenti sarebbe volata via con i venti del deserto, plasmatori di dune sempre nuove, sempre diverse.

Era giusto creare frangiflutti di roccia in mezzo al mare per proteggere isole nate alla fine di arcobaleni di sabbia spruzzata in aria dal fondo del Golfo Persico? Sarebbe stato meglio impegnarsi in progetti per recuperare terreni agricoli e contribuire alla risoluzione del problema della fame nelle aree di siccità.

Il pensiero volava alle gazzelle che ricavano l'acqua dalla linfa delle piante, ai topi-canguro che scavano lunghe gallerie fino a trovare di che dissetarsi, allo scarabeo del deserto che raccoglie nel suo guscio le gocce d'acqua dell'umidità dell'aria, fino a farle scivolare nella bocca.

Ma a Dubai c'erano i soldi, i clienti pagavano bene, gli architetti incoraggiavano le loro richieste esuberanti.

Alla fine del meeting salutammo il cliente con le dovute cerimonie, noi uscimmo dalla stanza mentre Tim si trattenne a discutere le questioni inerenti ai pagamenti.

Mentre passavamo lentamente dal corridoio, cercando di non urtare le pareti con il plastico, soffermai lo sguardo sulla sala riunioni. Tra le circonferenze rosse e i cerchi opachi di varie dimensioni che si intrecciavano sul vetro smerigliato, riuscivo a intravedere l'espressione crucciata di Tim, che faceva da specchio a quella del cliente.

Eppure pensavo che fosse andato tutto bene.

Mentre cercavo di dare una spiegazione a questo pensiero vidi Katja, la nostra collega del dipartimento di Interior Design, che si avvicinava dalla reception. Con un braccio reggeva uno scatolone e con l'altro gesticolava cercando di indicarci qualcosa.

«È arrivato!» leggemmo dal labiale non appena fu abbastanza vicina.

«Venite con me!».

Lasciammo il plastico sul primo tavolino libero e la seguimmo in bagno.

Controllammo che il ripiano di granito grigio lucido dei lavandini fosse asciutto e vi appoggiammo il pacco con cura, molto lentamente.

Trattenemmo il respiro, uno due e tre, via il nastro adesivo ed ecco il raso bianco saltar fuori dal cartone come se non avesse aspettato altro da giorni.

«Che ve ne pare?».

Katja aveva ordinato il vestito da sposa su Internet. Un vestito di seconda mano che le era costato novanta sterline.

Era un po' stropicciato, ma andava provato subito.

Jane si mise alla porta a fare da vedetta, Anisha iniziò a spacchettare tutto mentre Katja si spogliava e io correvo a prendere la macchina fotografica.

Primo scatto: Katja si guarda nello specchio a figura intera accanto alla porta del bagno. Il dorso delle mani gracili appoggiato sui fianchi, le sopracciglia aggrottate nella tensione di uno sguardo investigatore, pronto a cogliere anche il più piccolo difetto del tessuto.

Le labbra serrate, complici nello sforzo indagatore, lasciano trapelare uno spiraglio di soddisfazione, gli occhi sono posati sul fiocco sottile che raccoglie in vita le righe delle cuciture: due di esse si irradiano verso l'alto fino ai lati del seno, le altre due si schiudono verso il basso accompagnando la svasatura della gonna.

Le linee del vestito sono asciutte e decise come la sua figura, lo scollo è rotondo, il busto affusolato.

Katja aveva poggiato i piedi scalzi su un sacchetto di plastica. Nonostante gli sforzi di Anisha per raccoglervi sopra la gonna, il sacchetto non bastava a proteggere il vestito dal contatto con il pavimento: l'orlo andava decisamente accorciato.

Secondo scatto: Katja si volta indietro per seguire con lo sguardo il breve strascico.

Dalla punta della scollatura posteriore, poco al di sotto delle scapole, parte una sfilza di piccoli bottoni rivestiti in raso che si conclude sul bacino.

Le braccia distese lungo i fianchi. I pugni accennati e leggermente sollevati dalla veste stanno per suggerire qualcosa.

«Ysabel, per favore, va' a prendere la scatola bianca nella stanza dei materiali» chiese Katja fornendo dettagli precisi su come trovarla.

«Anche un paio di forbici, per favore!» la rincorse Katja con la voce, mentre Ysabel si era già avviata fuori della porta, quasi scontrandosi con Nancy, l'addetta al personale, che trasalì divertita alla scena che si trovò davanti appena entrata in bagno.

Terzo scatto: gli occhi grandi, vigili e attenti, si lasciano cullare per un istante dal sogno, la bocca, carnosa e rotonda nella parte inferiore, si chiude in un cuore esigente e perfezionista, senza un filo di trucco.

Gli orecchini anni Settanta in resina color avorio, rotondi e molto più larghi del lobo, risaltano accostati a quel volto magro e triangolare, sensuale nella sua vellutata spigolosità. Le narici si aprono in un'ispirazione profonda, nell'appagamento evidente per il risultato: sul lato destro della chioma bruna, ai lati di uno chiffon improvvisato, è sbocciato un fiore.

Grande come una ninfea, elaborato come le orchidee dei prati di collina, soffice come una rosa.

Dalla scatola dei campioncini per la tappezzeria di lusso che Ysabel aveva portato, avevamo scelto i tessuti più dolci e i colori più tenui.

Avevamo studiato il modo per ritagliare i quadrati di stoffa grandi come fazzoletti per annodarli tra loro e formare i petali della corolla. Avevamo intrecciato ciuffi di organza del colore della meringa con riccioli di seta damascata dalla trama nocciola chiaro e lo sfondo di panna lucida. Poi un altro giro di petali all'interno, fatti con fiocchi di taffetà brillante del colore della vaniglia e un ultimo vortice di raso di seta al centro, che si avvolgeva nella stessa tonalità perlacea del vestito.

«Sei bellissima!» proferimmo tutte e quattro all'unisono.

Sì, è vero, le amiche dicono sempre alla sposa che è bella. Ma Katja era veramente bella.

Tutto era bello. Era bello fare parte di quel mondo, era bello sapere che tra meno di un'ora saremmo andate a mangiare un riso al curry rosso thailandese in Charlotte Street, era bello sapere che dopo pranzo ci saremmo rimesse a giocare con le diverse tonalità e forme del verde e con le diverse profondità di azzurro del cielo e del mare di Dubai.

Mentre tornavamo alle nostre postazioni mi soffermai un momento: questa era la mia Londra, la città dove potevo prendere lezioni di pattinaggio sul ghiaccio tutto l'anno, dove ero stata assunta con uno stipendio pieno e dignitoso appena uscita dall'università e dove fiori di seta nascono nei bagni degli uffici.

Non l'avrei cambiata con nessun'altra città al mondo.

«Ragazzi, avete sentito l'ultima notizia?» irruppe Alberto, facendo capolino da dietro il suo computer. «Lord Norman Foster licenzierà centinaia di dipendenti».

«Ma come?» incalzò Anisha. «Aveva appena confermato la *profitability* alla BBC».

«La *profi*-che?» chiese Ysabel con sguardo interrogativo.

«Come dire, la redditività, la capacità di produrre guadagni» precisò Anisha.

«Sentite che cosa dice il "Guardian"» continuò Alberto citando dall'articolo online: «Lord Foster, l'architetto di maggior successo del Regno Unito dei nostri tempi, sta per licenziare quasi trecentocinquanta impiegati poiché il suo impero di progettazione soffre la morsa della crisi economica. Il progettista del "Gherkin" ha abbandonato il suo impegno a non fare tagli al personale».

«Non ci posso credere» fece eco una voce dall'angolo dei visualizzatori, quelli che trasformano i progetti in sogni e talvolta i sogni in progetti.

«Senti cosa scrive il "Building Design": Foster + Partners ha annunciato piani per licenziare un quarto della sua forza lavoro e ha chiuso due dei suoi diciassette uffici sparsi per il mondo». Alberto continuò a scorrere il testo snocciolando dati e numeri. «Praticamente quei poveracci hanno trovato una lettera sui loro tavoli, senza nessun preavviso».

«Certo, come è successo alla sede di Berlino un paio di giorni fa» si inserì Michelle, capo progetto di un grosso complesso alberghiero a Bangkok. «Pensate che una mia amica che era in contatto tutti i giorni con l'ufficio di Berlino mi ha detto che telefonando alla collega tedesca ha trovato la linea disconnessa».

«Sempre meglio di quello che è capitato all'ufficio di Istambul!» si aggiunse un'altra voce al coro che coinvolgeva ormai tutta la parte ovest dell'ufficio. «Mio cugino mi ha raccontato che si è visto arrivare all'improvviso una quantità enorme di scatoloni. E questi a cosa servono? hanno chiesto i dipendenti. Per metterci le vostre cose, perché l'ufficio chiude! si sono sentiti rispondere».

«Se succede da Foster, nessuno è al sicuro!» si alzò un commento dal tono profetico.

«No, ragazzi, non scherziamo: mi devo sposare!» reagì Katja con un'intensità quasi isterica.

«E io che volevo fare un brindisi perché finalmente abbiamo trovato casa! Mi è passata la voglia!» si infilò di nuovo Anisha nella conversazione.

«Suvvia, non hanno mica licenziato noi! E poi ARA ha tutti i progetti in attivo e un numero di commesse elevatissimo» mi sentii di intervenire.

Era vero, con progetti diversificati per tipologia e dislocati in ogni parte del globo, avevamo sempre pensato di essere immuni alla crisi. Con la prima ondata di recessione dell'anno precedente, centinaia di architetti erano stati licenziati in poche settimane negli studi londinesi, ma non nel nostro.

Il Credit Crunch era scoppiato e si era diffuso dal mondo finanziario a quello del lavoro, riducendo sul lastrico i più grossi imprenditori per poi mangiarsi il succo degli studi di architettura più prestigiosi, lasciandoli senza anima.

Per un momento pensai a quell'ufficio in Cina dove si raccontava avessero fatto suonare l'allarme antincendio e una volta che tutto il personale era uscito dall'edificio, avevano disattivato i badge di ingresso in modo che gli impiegati non potessero nemmeno tornare dentro a prendere le loro cose.

Si diceva che l'avessero fatto per prevenire quello che era successo in altri uffici, dove i dipendenti si erano portati via anche i computer, visto che insieme a loro erano stati licenziati anche gli addetti alla sicurezza.

Si trattava sicuramente di leggende metropolitane ma, per la prima volta da quando lavoravo lì, mi sentivo in bilico. Lo sbigottimento era sospeso nell'aria intorno alle nostre postazioni così come il panico aveva intriso l'atmosfera londinese nei mesi precedenti, senza che io me ne fossi accorta.

D'un tratto nel prisma di vetro di ARA risuonò l'allarme antincendio. Un brivido mi percorse per un istante finché non mi ricordai che era venerdì. E il venerdì alle ore tredici, veniva sempre testato l'allarme antincendio.

«Pranzo?».
«Pranzo!».
«Arrivo!».
«Aspettatemi, mi metto la giacca!».
«Ragazze, oggi dobbiamo solo pensare a festeggiare, stasera ci aspetta una serata da capogiro!». Ysabel pronunciò quella frase sottolineandola con uno sguardo malizioso: alludeva alla sorpresa in serbo per la festa di addio al nubilato di Katja.

Bus numero 38 notturno diretto a Clapton. Primo sedile a sinistra accanto al finestrino, secondo piano.
Era da poco passata l'una di notte e l'autobus era pieno come fosse mezzogiorno di un giorno feriale. Avevo dovuto darmi da fare per conquistare la posizione da me più ambita, e l'impresa si era rivelata particolarmente difficile, avvolta com'ero dentro un sari indiano.
Rosa intenso, tempestato di paillettes a forma di foglia che correvano su rami di filo argentato e perline dello stesso colore che seguivano due traiettorie curvilinee lungo ogni bordo della stoffa: era miracolosamente resistito fino alla fine della serata.
Quando eravamo andate a casa di Anisha per farci sistemare addosso gli intricati strati di seta, avevo temuto che ci saremmo ritrovate tutte quante nude in un momento o l'altro della serata.
Con le sue mani sapienti di sposa indiana, invece, aveva evidentemente fatto un ottimo lavoro perché i nostri sari colorati erano sopravvissuti alle giravolte della lezione di danza bollywoodiana e avevano guadagnato gli sguardi di ammirazione dei passanti, pur rischiando, complice lo champagne offerto dal nostro chauffeur, di rimanere impigliati negli sportelli della limousine bianco latte che ci aveva portato da Covent Garden, dove era la scuola di ballo indiana, al novantanove di Kensington High Street dove, all'ultimo piano, insieme ai fenicotteri che pascolavano infreddoliti tra le felci e gli aceri rossi, si trovava il ristorante.

"Seta artistica", avevano continuato a rinfacciarmi le ragazze per tutta la serata soltanto perché, in quel negozietto dietro Euston Station dove eravamo andate a cercare i vestiti, mi ero entusiasmata nel leggere la scritta *art silk* nel cartellino di quei sari da nove sterline, che invece erano fatti di una morbidissima seta artificiale.

«La prossima volta però imparate a sistemarvelo da sole!» aveva detto Anisha, dopo aver finito di legare anche il sari di Jane, che non aveva fatto altro che raccomandarsi di non stringere troppo. Soltanto quando ebbe rifiutato per la terza volta un gin tonic capimmo che lei, irlandese di Galway, abituata a mandare giù almeno due pinte di Guinness a stomaco vuoto, doveva darci una bella notizia: il pargoletto sarebbe arrivato alla fine di Agosto.

Era stata una serata molto chic e anche piuttosto kitsch, come tutte le feste di addio al nubilato.

L'idea del ballo indiano in costume era stata di Ysabel, anche se ben altre danze ci avrebbero atteso al matrimonio di Katja, nella Piccola Gerusalemme toscana.

Ebrea di origine russa, cresciuta in Germania, Katja aveva conosciuto Davide a Roma e aveva sempre sognato di sposarsi in Italia. Condividendo la stessa tradizione di fede, non era stato difficile convincerlo a porre il sigillo alla loro unione nella Sinagoga di Pitigliano.

Io ero molto felice della scelta del posto perché era a due passi da casa mia.

La testa quasi accostata al vetro dell'autobus, guardavo lo scenario fuori dal finestrino con la stessa avidità di quando lo avevo visto per la prima volta da bambina: sulla destra la sponda di un laghetto sbucava tra la vegetazione dei giardini di Buckingham Palace. Poi l'autobus girò, costeggiando l'estremità orientale di Hyde Park e allora cercai di sbirciare, come facevo sempre, dentro le abitazioni vittoriane delle vie adiacenti, nella speranza di individuare, prima o poi, la casa della famiglia Banks, quella al numero diciassette del

Viale dei ciliegi, quella alla cui porta, un giorno in cui soffiava il vento dall'Est, aveva bussato Mary Poppins. Verso Soho, i marciapiedi si facevano man mano più gremiti e Piccadilly Circus riluceva degli schermi luminosi che abbronzavano i turisti e gli ubriaconi seduti sui gradini della Memorial Fountain. Incrociammo Oxford Street e poi proseguimmo verso Angel, dove i marciapiedi continuavano a essere affollati, ma i giubbotti trapuntati e i marsupi dei turisti avevano lasciato il posto a camicie con la cravatta allentata, giacchini di pelliccia sintetica, minigonne vertiginose e tacchi a spillo.

Ancora non riuscivo a capire come facessero le ragazze londinesi ad andare in giro senza le calze in inverno, ma forse la risposta era in quella lunga fila allo sportello del bancomat, a caccia di contanti da sventolare sul bancone del pub e trasformare in carburante per accendere il corpo e lo spirito.

Stavo stuzzicando distrattamente con le dita un lustrino verde che Anisha mi aveva appiccicato tra le sopracciglia, quando mi accorsi che stavamo per superare la mia fermata. Per fortuna era già stata prenotata. Mi precipitai al piano di sotto e, nello scendere l'ultimo scalino, il sari rimase impigliato sotto la scarpina di strass viola ametista. Il piede scivolò via dalla scarpa, mi prefigurai all'istante il colpo della ringhiera gialla dell'autobus contro le mie ossa, invece sentii solo una stretta morbida intorno alla vita.

«È di Cenerentola questa scarpina?».Sollevai lo sguardo e vidi un viso del colore del cioccolato, lo sguardo contemporaneamente adulto e bambino.

Dopo avermi afferrato con le sue braccia grandi, evitandomi la caduta rovinosa, l'uomo si era fermato a raccogliere la scarpa e mi aveva accompagnato fuori dall'autobus sostenendomi.

Fu con la partenza repentina dell'autobus, dopo che il conducente ebbe snocciolato qualcosa in cockney stretto, qualcosa che non suonava affatto come un complimento, che mi ridestai dalla sorta di torpore in cui ero rimasta sospesa negli ultimi due minuti.

«Ti sei slogata la caviglia?».

«No, non credo, brucia solo un po'».

«Fa' vedere» mi disse, assicurandomi che di slogature se ne intendeva, dato che aveva giocato nella squadra di cricket all'Università di Delhi. «Non mi pare ci sia niente di rotto, fa' qualche impacco con l'albume d'uovo» mi suggerì. Poi, dopo aver cominciato ad allontanarsi, aggiunse: «Comunque il sari ti si addice, dovresti venire alla mia festa tra due giovedì, l'edificio bianco al Queen's Yard, non ti puoi sbagliare!».

Dopo essere rimasta imbambolata per una manciata di secondi, mi diressi verso casa con passo sostenuto e senza voltarmi indietro. Una volta usciti dalla strada principale non era rassicurante a quell'ora addentrarsi nei vicoli del complesso di residenze popolari. Ero immersa in una distesa di mattoncini rossi interrotta soltanto dal nero dei davanzali e dal bianco delle finestre a ghigliottina. Quando, superata la sbarra di accesso allo stradino pedonale, iniziai a camminare accanto al canale, accelerai ancora di più il passo, rischiando di scivolare sul muschio umido. La nebbia e il buio si contendevano la vegetazione che si celava tra me e la sponda, al di là della ringhiera nera i cui cancelli venivano chiusi al tramonto. Cercavo nervosamente le chiavi per non dovermi fermare davanti alla porta. Avanzavo lungo la linea ininterrotta di case a schiera cercando conforto nei lampioni. Questi però non facevano che generare ombre di terrificanti assalitori, ora proiettati sui muretti di recinzione delle case, ora sul selciato bagnato esattamente come in ogni film su Jack lo Squartatore. D'un tratto al di là della ringhiera si udì un fruscio sospetto: qualcuno si nascondeva tra le fronde? Un urlo si levò dall'oscurità, un urlo straziante, come di un bambino sbranato. Raggelai e per un attimo rimasi paralizzata, sentivo solo il tamburo del cuore che mi rimbombava nelle orecchie, riuscii comunque a infilare la mano tremante nella borsa per afferrare il cellulare in modo da poter chiamare aiuto. All'improvviso un guizzo davanti a me, mi fece sobbalzare: una volpe mi guardava fissa negli occhi accanto alla ringhiera nera. Avevo dimenticato che stava iniziando la stagione degli amori.

Ed eccomi finalmente arrivata al 19 di Islay Walk, sconosciuta a tutti gli stradari tranne quelli che costano più di quindici sterline.

Ancora un po' stordita dalla paura, aprii il cancellino di legno con la serratura perennemente rotta e guardai alla finestra del piano terra come un naufrago guarda a un lembo di terra all'orizzonte. La luce della cucina era accesa. Girai la chiave nella porta e me la chiusi alle spalle con un sospiro.

All'attaccapanni pendeva il cappello a spicchi di lana tweed con il bottone di pelle marrone al centro, Cosimo doveva essere in casa.

Lo sguardo mi cadde subito dopo sulla lavatrice, era piena e, come sospettavo, i panni erano bagnati, li avrebbe fatti ammuffire di nuovo. Posai la borsa su una sedia e con amorevole rassegnazione aprii lo stendipanni accatastato addosso al tavolino e stesi uno a uno i calzini scuri, le mutande e una maglietta verde oliva con un cinghiale disegnato davanti. Gliela avevo regalata io l'estate precedente.

Mi accorgevo solo ora di un foglietto sul tavolo della cucina. C'era scritto: *Ho preso i biglietti per Rodchenko & Popova, ci troviamo domani alle quattro alla Tate.*

Mentre mi accingevo, ancora con il sari addosso, a salire le scale ripide e ricoperte da una moquette di fibra di cocco consunta, mi accorsi che dal piano di sopra arrivava un rumore ritmico e costante, un po'soffocato, come di molle arrugginite.

Ecco, ci risiamo, chi sarà questa volta?

La risposta arrivò la mattina successiva a colazione, o meglio, scese in cucina con passo vellutato e aria ancora assonnata. Nell'accappatoio di Cosimo apparve una moretta color caffellatte, affusolata come una gazzella, la chioma riccia e vaporosa che sfiorava il soffitto.

«Dove sono i cornflakes?» mi chiese, come se ci fossimo sempre conosciute. Schiacciò il tasto della macchina per l'espresso e riempì la tazza fino all'orlo, prese un'altra tazza e la riempì di latte, poi si dileguò al piano di sopra, senza dire altro. Non la rividi mai più.

Come tutte le altre.

Tutte le altre tranne una.

Capitolo 3

Mentre rigiravo il cucchiaino nella tazza di latte, ripensavo al tipo della notte precedente.

Quasi quasi ci vado a quella festa.

Ma che cosa dico? Non so nemmeno come si chiama, e poi ho anche dimenticato l'indirizzo.

Sentivo la doccia che scorreva al piano di sopra. Poggiai la tazza nel lavello e guardai fuori dalla finestra. La nebbia si era completamente diradata e il sole splendeva sul pungitopo bagnato, le goccioline rendevano argentata la chioma del tasso e il nocciolo si stiracchiava sotto i rami nudi dell'olmo. Uno scoiattolo grigio si spinse fino al davanzale della finestra, che occupava la parete sopra il ripiano della cucina, e cominciò a lanciarmi occhiate ammiccanti. «È inutile che mi guardi così, tanto non te li do i miei biscotti!».

Quando abbassai lo sguardo sui piatti accumulati durante la settimana, vidi un germoglio che faceva capolino dal buco del lavabo: la donna delle pulizie non era passata.

Aspettai di sentire che la porta a soffietto del bagno si riaprisse con il suo cigolio inconfondibile e salii di sopra.

Mi infilai nella doccia e mi insaponai con gusto massaggiandomi il collo e la testa, feci lo scrub per ammorbidire la pelle delle gambe e delle braccia. Stavo cominciando a sciacquarmi quando mi sembrò di sentire il getto dell'acqua farsi man mano più timido, più tiepido, più freddo, finché un brivido artico mi percorse da capo a piedi.

Com'è possibile che sia già finita l'acqua calda?

Provai a resistere per un po' sotto l'acqua gelida per finire di sciacquarmi, ma era come ricevere coltellate di lame di ghiaccio.

Non avevo altra scelta che accendere lo scaldabagno e aspettare.

Uscii dalla doccia e mi raggomitolai nell'accappatoio cercando di frenare il tremito di freddo e tamponare la schiuma, arrotolai un asciugamano intorno alla testa e tornai di sotto per premere il pulsante accanto alla caldaia. Mi sedetti rassegnata ad aspettare il quarto d'ora necessario perché l'acqua si riscaldasse, quando con la coda dell'occhio vidi la spia rossa che iniziava a gridare aiuto.

Accidenti a quest'usanza barbara del gas a ricarica! Ma non l'avevo ricaricato due settimane fa?

Di bussare a Cosimo, conscia della scena che mi si sarebbe prospettata, non se ne parlava. Zoe, l'altra coinquilina, era a Boston a trovare la sorella.

Senza tante cerimonie indossai il piumino sopra l'accappatoio, infilai gli stivali direttamente sui piedi nudi e corsi al supermercato. Tornai indietro dopo dieci metri per prendere la scheda ricaricabile che avevo dimenticato e ripartii ancora più veloce.

Mentre, con un cartoccio di uova in mano afferrato al volo dallo scaffale, stavo per porgere la scheda del gas alla commessa perché la ricaricasse, sentii una voce alle mie spalle:

«Ah, stamani un bel turbante, ti piacciono proprio gli indumenti indiani allora!».

Era il tipo della notte precedente.

«L'edificio bianco al Queen's Yard, mi raccomando non ti scordare, il giorno successivo alla prima notte di luna piena di Marzo» disse con tono sibillino prima di lanciare un'occhiata compiaciuta alle uova.

«Ah, io sono Rahul».

«Francesca» dissi senza che lui potesse sentirmi, perché stava già sparendo al di là delle porte scorrevoli con due borse della spesa.

«Grazie per ieri sera!» avrei voluto aggiungere.

Avevo pensato di fare l'impacco con l'albume d'uovo aspettando che l'acqua si scaldasse e di mettere da parte i tuorli per la crostata di frutta.

Sul tavolo della cucina trovai un biglietto. Diceva: *Grazie per aver steso il bucato.*

Non vedevo l'ora di infilarmi nella doccia calda e consumare tutta l'acqua del Tamigi.

«Bel tono di rosso!».

«Semplice ma mordace, sarà una delle prime influenze dell'arte astratta degli anni Sessanta» controbatté Cosimo davanti alla tela di puro colore di Aleksandr Rodchenko. «È la morte della pittura fine a se stessa! Vedi, Francy, con queste tele la pittura viene scomposta nei colori primari da cui tutti gli altri derivano, viene smontata e annullata, da qui il Costruttivismo procede alla negazione dell'arte come ricerca estetica».

«Allora perché dipingere?».

«Perché la pittura era per loro un laboratorio per sperimentare e stendere le basi teoriche per compiti più utili. Guarda qui l'esplorazione della linea della Popova: combina una rete di linee impersonali fatte con il righello con triangoli più soffici e pittorici, adagiati tra gli angoli acuti. E guarda Rodchenko: ha abbandonato del tutto il disegno a mano libera. Invece di una composizione che esprimesse la personalità dell'artista, cercava la *costruzione*, un metodo più impersonale, spogliato di qualsiasi elemento decorativo e non necessario».

«Sarà, ma non ti pare che le cose inutili a volte siano le più belle? E... *Etciù!*».

«Salute!».

«Guarda la locandina della *Corazzata Potëmkin*! Quant'erano icastici i bolscevichi in questo tipo di manifesti!».

«Sì, riconoscevano l'importanza di una forte impronta visiva per guadagnare il supporto delle loro idee, specialmente visto i bassi livelli di alfabetizzazione della Russia zarista».

«Senti, ma non credi che si dovrebbe approfittare della crisi per investire, che so io, nell'istruzione del personale, anziché mandare a casa tutta questa gente? Hai sentito di Foster?».

«Sì, e credo che tu abbia ragione. Prendi la sede di Londra di MOM, hanno licenziato quasi tutti gli architetti e lasciato praticamente soltanto i quadri dirigenziali. Va a finire che quando i progetti ritorneranno si troveranno senza personale in grado di portarli avanti, come è già successo in passato in molti studi di architettura».

«Senti questa frase della Popova». Una didascalia con una citazione aveva catturato la mia attenzione: «*Nessun successo artistico mi ha dato una soddisfazione così profonda come la vista di una donna contadina che comprava un pezzo della mia stoffa per un vestito*». Si trattava della scheda relativa ai disegni per i tessuti che l'artista aveva fatto per la fabbrica statale di cotone.

«Sì, infatti dopo la rivoluzione ci fu una bella campagna per trasformare la vita domestica, e i Costruttivisti risposero con disegni innovativi di mobili, vestiario, stoviglie, tutto quello che rientrava nel territorio femminile. Sai che è in questo periodo che furono introdotti gli asili, anche e soprattutto per aiutare la donna nel processo di emancipazione?».

«A proposito, come va con la progettazione della scuola d'infanzia?». Non riuscii a trattenere un altro starnuto e Cosimo mi allungò un fazzoletto.

«Bene, benone! Il nostro settore per fortuna va a gonfie vele grazie ai fondi del governo per le British Schools of the Future!».

«Meno male! Almeno voi non tremate».

«Si fa per dire. Il nostro dipartimento va bene ma quello commerciale ha perso diverse commesse. Non ti ho detto che l'altro giorno ci hanno fatto votare?».

«Per cosa?».

«Se preferivamo un abbassamento dello stipendio distribuito su tutto il personale oppure licenziare qualcuno».

Lo guardai con occhi sgranati.

«E voi che cosa avete scelto?».

«L'abbassamento dello stipendio. Adesso prendo trentamila l'anno!».

«Etciù!».

«Ti sei presa il raffreddore?».

«Credo di sì, sono cose che succedono quando si va in giro per la città con l'accappatoio e i capelli bagnati!».

«Non mi dire che era finita l'acqua calda? Mi dispiace, forse abbiamo esagerato».

«Come?».

«Dico io e Nadine, stanotte».

«Che cosa vuoi dire?».

«Abbiamo fatto qualche acrobazia nella doccia: è troppo bello con l'acqua bollente che ti scorre sulla schiena. Dovevi vedere come si aggrappava al porta shampoo!».

«Guarda, risparmiami i particolari».

«Andiamo, ti offro un tè caldo nella Vip lounge».

Ero furiosa con Cosimo, ma ero contenta che mi portasse sempre con sé alla Tate Modern nella saletta riservata ai soci, anche perché ultimamente erano rimaste quasi le uniche occasioni per vederci, nonostante dormissimo sotto lo stesso tetto.

Dai vetri a tutta parete della sala, lo skyline del lungo Tamigi si infuocava sotto i colori del tramonto e la cattedrale di Saint Paul troneggiava nella sua candida regalità marmorea, tinta di rosa.

Cosimo era il mio rifugio a Londra, lo era sempre stato.

E lo era anche ai tempi dell'Università a Firenze, quando facevamo le nottate per finire i plastici e la domenica mi portava i tortelli di patate fatti dalla nonna.

«Certo che sei bravo a ricordarti tutte queste cose dall'esame di Storia dell'arte».

«Lo sai che è un argomento che mi sta molto a cuore e poi...».

«E poi?».

«E poi diciamo che ho un po' ripassato, non volevo mica fare brutta figura!».

Mi stavo per sciogliere grazie a quella lusinga quando continuò:

«Ieri sera c'ho portato Nadine, questa tessera soci è fantastica per fare conquiste, pensa che eravamo seduti proprio a questo tavolino!».

Mi venne l'istinto di scostarmi dalla sedia. Ora ero furiosa e basta.

«Perché ci sei tornato oggi con me?».

«Ecco il tè e i baklava» si intromise il cameriere, facendo cadere la mia domanda nell'oblio.

«I tuoi preferiti» aggiunse Cosimo. Li aveva ordinati al bancone senza che me ne rendessi conto.

Ecco, ora ero ancora più furiosa, perché non potevo più dire niente a parte: «Ah, ho fatto una crostata di frutta da portare a Lucio e Antonella questa sera».

«Non te lo avevo detto? Stasera non ci sarò, siamo a suonare. Domani che fai?».

«Vado al mercato dei fiori di Columbia Road».

«Mi piace l'idea, vengo con te!».

«No, non ci puoi venire».

«E perché non ci posso venire?».

«perché ci vado con Margherita».

«Ah, ok!» mi rispose, nascondendo sotto il cappello di lana tweed l'espressione di un bimbo che ha appena fatto una marachella.

Margherita, Margherita, quante ne avevo sentite su Margherita mentre ripassavamo insieme le leggi di Diritto urbanistico nella mia soffitta di Firenze. Di quanti alti e bassi avevo sentito narrare, quanti sospiri avevo ascoltato. Cosimo la accusava addirittura di avergli fatto venire un'alopecia nella barba, per l'afflizione.

Lei la conobbi solo dopo, quando si erano già trasferiti a Londra, e poco prima che si lasciassero in mezzo a imprecazioni e piatti rotti.

Eravamo diventate subito amiche, come accade spesso quando

ti incontri per caso all'aeroporto e scopri di avere tante cose in comune, tra cui Cosimo.

«Marghe, guarda questi ciclamini!».

«Sì, sono belli, ma cercavo qualcosa di più insolito, qualcosa un po' più stravagante, magari anche un po' eccentrico. Ti ricordi quel fiore che abbiamo visto al Kew? Sembrava una fontana bianca di stelle filanti, come si chiamava?».

«Ah sì, lo Spider lily, *Hymenocallis speciosa*! Allora faremmo meglio a tornare alla serra del Kew Garden, potresti sempre fare qualche foto. Dubito che troveremo qualcosa di esotico qui, in questo periodo dell'anno poi!».

«No, te l'ho detto! Voglio sentirne il profumo quando dipingo!» disse dopo essersi leccata la senape che le era colata sulla gota dal bagel con il salt beef. Come facesse a essere così buona una ciambella semidolce con il manzo marinato al sale e i cetriolini, rimaneva un mistero.

«Che ne dici allora del profumo di questi narcisi? Sono i primi a fiorire a fine inverno» dissi, avvicinandole al naso un vaso traboccante di infiorescenze bianche che davano l'idea di essere diafane come l'alabastro. Nel cartellino c'era scritto *Narcissus papyraceus.*

«Sai cosa c'è?» disse annusandoli a pieni polmoni, dopo aver dato un colpo di tosse forse per liberarsi dell'odore d'aceto dei cetrioli. «Questi fiori sono l'esatto opposto di quello che stavo cercando, ma la loro sfacciata semplicità mi ammalia!».

«Mie belle signorine, come stiamo oggi?» si avvicinò il vecchio George, che possedeva quella bancarella da più di sessant'anni: era lì tutte le domeniche, indipendentemente dalla pioggia, dal sole o dal vento.

Prima che arrivassero i fiori a Columbia Road, l'odore delle pecore che venivano portate ai mattatoi di Smithfield passando da questo sentiero, era già stato sostituito da quello del pesce del mercato coperto, e i negozi vittoriani si erano già schierati in una fila ininterrotta di vetrine che adesso, con i loro pannelli di legno verniciati in maniera grossolana di lilla, verde oliva, nero lucido o viola pastoso, facevano da sfondo ai vasi di piante di stagione e ai fiori recisi.

Poco importava che gli appartamenti al primo piano fossero una striscia continua di mattoncini grigi, il Columbia Flower Market era allegro come una giornata di primavera.

«Molto bene grazie, e lei?» risposi alla domanda gentile, poi aggiunsi: «La mia amica sta cercando un fiore speciale, come soggetto da dipingere».

«Ho delle pansé molto belle in questo periodo dell'anno, e anche queste violette, sentite come sono profumate!».

«Sì, mi piacciono molto, ma cercavo qualcosa di più particolare, ci devo fare un disegno piuttosto grande».

«Che ne dite di questi *Iris reticulata*? Ce l'ho nella varietà viola, blu o porpora con spruzzi di giallo oro».

Vidi subito accendersi negli occhi di Margherita una scintilla di interesse.

Quando, con la prima ondata di tagli conseguenti al Credit Crunch, pochi mesi prima, l'avevano messa davanti alla scelta di fare un part-time o ricevere un lauto bonus e licenziarsi, lei aveva optato per la seconda proposta, non solo perché sapeva che un lavoro a tempo parziale in uno studio di architettura avrebbe significato molto probabilmente un lavoro a tempo pieno fatto per la metà dello stipendio, ma soprattutto perché avrebbe potuto finalmente mettere le ali al suo sogno di fare la pittrice.

Così aveva investito il bonus nei primi mesi di affitto del suo studio a Candid Art.

Era stata una fortuna che fosse rimasta in ottimi rapporti con i colleghi del vecchio ufficio, perché avevano cominciato a consigliarla come artista e decoratrice ai loro stessi clienti, e così si era già sparsa la voce del suo talento negli ambienti della Londra signorile. Questa volta doveva realizzare un dipinto a tema floreale che avrebbe occupato tutta la parete sopra la testiera del letto padronale in una villa a Chelsea.

«Attenta, signorina» mi riprese un po' stizzita una signora di mezza età sull'autobus, quando una frenata fece pericolosamente dondolare sul suo ginocchio la borsina con le pansé. Eh sì, alla fine aveva deciso di prendere anche quelle, insieme ai ciclamini rosa, rossi e bianchi, un vasetto di narcisi, tutti e tre i colori dell'iris, e le violette profumate.

«Che cosa ci farai, dopo, con tutti questi fiori?» chiesi a Margherita mentre ci sforzavamo di rimanere in piedi.

«Che domande! Li darò a te per il giardino, lo ha detto anche George il fioraio che devono stare all'aperto, e poi non vorrai mica che facciano la fine della piantina di basilico che avevo comprato per fare il pesto!».

Margherita e io eravamo l'opposto in tutto.

Lei era bionda, riccia, un po' rotondetta, seno prosperoso, amante del vino e delle serate mondane e, anche se a prima vista non si sarebbe detto, organizzatissima.

Era però totalmente carente di pollice verde, ma d'altro lato, quando la andavo a trovare nel suo studio di Candid Art, i suoi pollici, così come le altre dita, il camice e la punta del naso, erano ricoperti di tutti i colori.

Faceva sempre un gran freddo in quel magazzino dismesso, spoglio, con le finestre altissime da cui non si riuscivano a parare gli spifferi, il riscaldamento perennemente spento per non pagare la bolletta. La trovavo lì, sbracciata davanti alla tela, avvolta dalle fiamme della sua passione.

Era il contrario di me anche in questo. Io ci avevo provato, ma non riuscivo proprio ad addormentarmi senza il mio peluche termico tra le braccia, anche d'estate.

«Ma dimmi, che cos'è questa storia del tizio indiano? Ore e ore di sesso tantrico!».

«Ma smettila! Niente, te l'ho raccontato. Ma poi, scusa, che razza di appuntamento è *il giorno dopo la prima luna piena di Marzo*? Chi è questo, la Sfinge?».

«Intrigante!». Margherita si mise subito a sfogliare la sua agenda poi sentenziò: «È tra due giovedì».

«Sì, effettivamente mi pare proprio che avesse detto così».

«Ne ho sentito parlare di questo posto al Queen's Yard. Ci voglio venire anch'io!».

Capitolo 4

«Te l'avevo detto che non ci dovevamo venire!».

«Dai, vedrai che qualcuno adesso ci apre».

«Ma lo vedi che non c'è nessuna ragazza vestita come noi?» dissi a bassa voce dopo aver sbirciato attraverso uno dei dodici pannelli di vetro in cui erano divise le finestre dell'edificio bianco, in un punto in cui la tenda di voile verde come un limone a metà maturazione si apriva in uno spiraglio.

Margherita aveva insistito non soltanto per andare alla festa, ma per comprare a sua volta un sari. Diceva che se il tizio mi aveva invitato dopo aver apprezzato il mio abbigliamento di quella sera sicuramente sarebbe stata una festa a tema. In effetti si intravedeva un'idea del genere nell'arredamento, ma gli invitati indossavano magliette abbastanza ordinarie, qualcuno era addirittura in tuta.

Sedevano su pouf rotondi in cui parevano sprofondare. Sembrava non ce ne fosse uno dello stesso colore. Per non parlare dei cuscini. Decine, forse un centinaio, dalle fantasie e dalle forme più disparate, grandissimi, minuscoli, paffuti o sottili, color salmone sgargiante a tinta unita o con una fila di elefantini dalle orecchie piccole ricamati tutt'intorno in giallo zafferano su uno sfondo blu ceruleo, tempestati di paillettes del colore dell'ambra o delicatamente solcati da un motivo floreale argentato, tutti sparsi intorno a tappeti arabescati. Piccoli tavolini rotondi, ammantati di drappeggi vividi e cangianti che sfidavano con coraggio la pacchianità, si confondevano tra i pouf. Cerchi di vetro sopra ciascun ripiano, facevano da vassoio alle ampolle di cristallo con le candele dentro. Ogni tavolo reggeva forse otto o dieci vasetti di dimensioni diverse che viravano dall'ocra al carminio, dall'amaranto all'indaco, dal blu cobalto al cinabro. Tra tutte le tonalità, però, dominava il rosa shocking, e tra tutte le forme, dominava la sfera. Di rosa si era tinta anche l'aria nello stanzone gremito e sferiche erano le lanterne di carta che pendevano dai fili appesi tra una parete e l'altra. Semisferici erano i recipienti d'acciaio posati sul tavolo più grande, in fondo alla grande sala. Si capiva che contenevano cibo perché un bel po' di gente si era raccolta lì intorno a conversare davanti a piattini di carta ricolmi.

«Dai torniamo a casa!» dissi allontanandomi di scatto dalla finestra. Volevo assolutamente fuggire da quella situazione. Feci per prendere le scalette che dalla sponda del canale riportavano sulla strada principale, quando di nuovo inciampai nel sari. Rischiai quasi di cadere nell'acqua, dove gli ampi finestroni illuminati dell'edificio bianco si sdoppiavano nei loro gemelli come in un cartone animato di Walt Disney.

Non avevo ancora finito di risistemarmi, quando uscì dalla porta un gruppetto di ragazzi dal viso color cioccolato al latte.

«Vai, vai!» mi incitò Margherita.

«Scusate, cercavamo Rahul, possiamo entrare?» mi feci coraggio.

«Certo entrate, lo vado a chiamare» disse con simpatia una ragazzina dai capelli corvini prima di rientrare nell'edificio. Mentre aspettavamo sulla soglia, gli amici della ragazza salirono sulla chiatta ormeggiata davanti all'entrata e si accesero una sigaretta.

Sentivo i loro sguardi addosso. Avrei voluto sparire.

Guardavo Margherita che invece appariva rilassatissima e incantata dall'atmosfera. D'un tratto vidi la sua espressione farsi più intensa, come catturata da qualcosa, ipnotizzata, la bocca spalancata. Seguii la traiettoria del suo sguardo e vidi Rahul che stava venendo verso di noi. Indossava una magliettina bianca, abbastanza attillata perché si capisse che era un tipo sportivo.

«Sono felice che tu sia venuta!» mi disse con un'esclamazione che tradiva una certa sorpresa.

«Ah, io sono Francesca e questa è la mia amica Margherita».

«Che onore vedervi indossare il sari! Nessuna delle ragazze qui dentro l'ha messo stasera, forse per paura di sporcarlo, ma voi avete fatto bene! Venite, mettetevi comode, vado a prendervi qualcosa da mangiare».

Come fummo entrati nello stanzone il mio timore si sciolse completamente. Mi sentii a mio agio. Forse era stato merito di quel colore rosa dai riflessi dorati che inondava l'aria insieme al profumo del curry o forse delle note scanzonate della musica hindi in sottofondo, fatto sta che decisi di naufragare nella marea del mio pouf color melanzana.

Margherita non tolse gli occhi di dosso a Rahul per tutto il tempo in cui lui riempì i nostri piatti di bocconcini di pollo aromatizzato al piri piri, samosa dorati ripieni di patate, spicchi di papadum fritti nell'olio di cocco, riso pilaf ancora fumante.

«Rahul, cosa fai di bello nella vita?» gli chiese Margherita appena fu tornato.

«Oh, niente di che, lavoro nella City, in una banca d'affari».

«Cioè?».

«Cioè arrivo in ufficio alle sette di mattina e non so a che ora torno a casa. La domenica la passo in ufficio e a volte anche il sabato. Sono un trader, mi diverto a fare shopping con azioni, obbligazioni e derivati». Poi rivolgendosi a me aggiunse: «Quando ci siamo trovati sull'autobus l'altra notte stavo rientrando dal lavoro».

«Be', immagino avrai parecchie soddisfazioni, anche dal punto di vista economico voglio dire».

«Un tempo forse, ma ora i bonus si sono ridotti all'osso e l'unica cosa importante è tenersi stretto il posto».

«Sarebbe bello capirci qualcosa in questa crisi!». L'avevo lanciata lì come frase retorica, ma Rahul colse subito l'occasione per affrontare quell'argomento.

«È iniziato tutto negli Stati Uniti. Verso la fine degli anni Novanta le banche se la passavano bene, se la passavano così bene che avevano più soldi di quanti i clienti ne volessero prendere in prestito. Allora che cosa hanno fatto?».

«Che cosa hanno fatto?» gli feci eco io.

«Hanno cercato nuovi clienti a cui prestare i soldi, hanno guardato a nuovi mercati e hanno trovato...».

«Lasciami indovinare: i mutui subprime!» disse Margherita, con un tono aspramente ironico.

«Esatto, i mutui a persone con bassi stipendi, persone con storie creditizie burrascose, persone che non sarebbero state in grado di prendere soldi in prestito prima di allora. Insomma, hanno cominciato a prestare soldi a clienti rischiosi. Le banche adorano i debiti! Sono la loro fonte di guadagno preferita! Intanto, con i prestiti questi clienti rischiosi compravano la casa. Senza ipoteca. C'erano le garanzie pubbliche che coprivano le spalle».

«E tutto sarebbe andato bene se il prezzo delle case fosse aumentato come pensavano» aggiunse di nuovo Margherita.

«Infatti, ma il mercato immobiliare ha cominciato a congelarsi, le persone hanno iniziato a far fatica a pagare le rate del mutuo e gli investitori hanno cominciato a sentire la campanella d'allarme».

«Certo che è incredibile che dalla crisi finanziaria americana sia arrivato uno tsunami tale da travolgere anche le imprese di costruzione nel resto del mondo. A proposito, noi siamo architetti!».

«Quello sì che è un bel mestiere! Il mio edificio preferito è il "Gherkin" di... Come si chiama quell'architetto famoso? Se non mi sbaglio lo hanno fatto anche Lord».

«Eh sì, Lord Norman Foster».

«Passo davanti a quel grattacielo tutte le mattine quando vado a lavoro».

«Comunque l'hai fatta un po' troppo facile, mi sembra». Ecco, era successo quello che temevo, Margherita voleva accendere la polemica.

«Non hai parlato delle obbligazioni e dei CDO, dei CDS e degli altri strumenti finanziari inutili che i grandi giocatori di Wall Street hanno creato per manipolare i mercati e mettere nelle proprie tasche i milioni. Nessuno sapeva che cosa stessero facendo. Te lo dico io che cosa ha causato il Credit Crunch: avidità, pigrizia e deregulation!».

«Non è esattamente così, la situazione è più complessa».

Rahul assunse un'aria più grave, si sentiva accusato in prima persona.

«E poi non guardarmi come fossi il cattivo! Non l'ho mica inventato io il sistema bancario ombra!».

«Scommetto che però hai comprato i prodotti derivati».

«Certo che li ho comprati, come tutti. CDS, CDO e CDO al quadrato: le agenzie di rating li davano per sicuri. Chi si immaginava che il loro valore ci sarebbe sfuggito di mano? È bastato il fallimento di pochi a mettere in crisi tutto il resto». Rahul mi guardò alla ricerca di un cenno di approvazione.

Io, arrossendo, ammisi di non sapere nemmeno che cosa fossero tutti quei prodotti finanziari di cui stavano parlando.

«Te lo dico io cosa sono» incalzò già abbastanza infervorata Margherita. «I CDO sono titoli che comprendono tantissimi mutui. Titoli con più mutui saranno più sicuri di quelli con un mutuo solo, no? Voi creativi della finanza non avevate previsto che le famiglie avrebbero potuto smettere di pagarli, vero? E che il valore di tutte quelle case in costruzione non sarebbe bastato a ripagare il debito, dopo il crollo dei mercati immobiliari».

Rahul lanciava grida di aiuto dagli occhioni languidi.

«I CDO al quadrato sono titoli che raggruppano tanti titoli. Più titoli raggruppo più sono sicuro, no? Non potevano mica fallire tutti insieme!».

Il tono di Margherita mi ricordava quello di Jessica Fletcher nel momento in cui svela il colpevole.

«Comprare CDS, invece, è come comprare un premio assicurativo» continuò Margherita. «Tu lo compri a una certa somma, ma se succede un certo *qualcosa* ricevi una somma molto più alta di quella che hai pagato. *Qualcuno* poi ha iniziato a emettere CDS sui CDO, in pratica scommettendo che i titoli sui mutui immobiliari sarebbero andati sempre bene».

«Fatemi capire. Quindi questi CDS derivavano il loro valore dai CDO che derivavano il loro valore dai mutui, che derivavano il loro valore dal prezzo delle case?».

«Esatto! Persino chi li ha inventati ha perso il filo del loro valore reale. Insomma, quando alla fine *qualcuno* si è messo a emettere un po' troppi CDS senza avere le spalle coperte e quando quel *qualcosa* è successo davvero, la festa è finita, e il bello è che è finita per tutti!».

«La festa non è finita per noi però, almeno questa sera!» disse Rahul dopo aver dato un'occhiata all'orologio. La sua espressione si era trasformata in un istante da quella solenne di un uomo gravato dalle responsabilità a quella spensierata di un bambino. Solo più tardi imparai a capire come i due stati d'animo convivessero nell'animo di Rahul in maniera disinvolta e spericolata, anzi, pericolosa. «Il divertimento sta per cominciare!». Frugò in uno scatolone addossato alla parete e ci diede un sacchetto a testa.

«Polvere di fiori di Parijat, l'albero del corallo, per te e...» si fermò a leggere nell'etichetta scritta a mano prima di rivolgersi a Margherita «... polvere di fiori di Kesu, la fiamma della foresta, per te. Me l'ha spedita mia mamma direttamente dall'India. Non vi preoccupate, l'ha fatta lei con le sue mani, non fa male alla pelle».

Io e Margherita ci guardammo. Lui doveva aver percepito la nostra perplessità perché aggiunse: «Adesso andremo fuori nella corte a tirare manciate di polvere colorata... Oggi è la festa di Holi!».

Mi venne in mente che ne avevo sentito parlare da Anisha in ufficio. Era una delle più antiche feste indù, la festa della primavera e della gioia, dove ciascuno era autorizzato a ricoprire di colori chiunque si trovasse a tiro. E infatti eravamo ricoperti di tutti i colori dell'arcobaleno quando, poco dopo la mezzanotte, uscimmo dalla corte dell'edificio bianco.

Margherita ci salutò sbrigativa, avrebbe dovuto attraversare praticamente tutta la città per tornare a casa, e io rimasi qualche secondo a testa in su, a guardare la faccia di Rahul che era diventata una tavolozza.

«Questa macchia rossa sulla fronte mi sembra l'Africa, ma guarda, qui c'è l'America del Nord, in blu, sì davvero, si vedono anche le stelle e le strisce!». Poi lui, accarezzandomi la gota con il dito: «Qui invece c'è l'India, sì, e quel puntino lì color porpora è Calcutta, dove sono nato io». Cominciai a sentir tremare leggermente qualcosa di indefinito nel mio corpo e, quando mi sfiorò gli zigomi e le tempie per togliere la polvere vicina agli occhi, le ginocchia quasi non mi reggevano più. La gente continuava a uscire dall'edificio, ma io ero sugli altipiani del Deccan ad ascoltare il fremito del vento che soffiava sulla mia pelle nuda e il ritmo tribale che mi tamburellava nel petto.

«Rahul questo deve essere tuo».

«Ah, sì, grazie» rispose lui afferrando un cuscino con le losanghe di velluto vermiglio. Per un istante provai fastidio nei confronti di quella voce femminile che aveva distratto Rahul dal mio viso. Per fortuna era stato soltanto un attimo perché lui tornò a me spiegandomi: «Ognuno di noi ha portato un cuscino, siamo un piccolo gruppo molto affiatato di vecchi studenti dello stesso college, anche se la maggior parte li ho conosciuti qui e alcuni sono diventati i miei più cari amici».

Era sottinteso che saremmo tornati a casa insieme e, di comune accordo, senza dirci una parola, prendemmo le scalette che portavano alla strada. Invece di cercare la fermata dell'autobus, attraversammo la carreggiata e proseguimmo lungo il canale: l'ultima cosa che desideravo adesso era andare a letto a dormire.

Il canale di Hackney era silenzioso e scuro, ma accanto a lui non mi faceva paura. Passammo tre chiuse e sette ponti prima che il River Lee si gettasse nel Regent's Canal. Quando alla fine di Victoria Park ci rendemmo conto che l'umidità ci era penetrata fin dentro le ossa, decidemmo di rientrare sulla strada. Non avevamo ancora trovato nessuno dei dipinti murali di Banksy a cui ci eravamo proposti di dare la caccia, ma in compenso mi sembrava a quel punto di conoscere tutto di lui. Sapevo che aveva una sorella che studiava Medicina a Delhi, che a Calcutta, dove era cresciuto, aveva una casa con un cortile molto grande dove aveva passato l'infanzia a giocare a nascondino con le cugine, e che il suo nascondiglio preferito era quello sotto il sari della mamma, sapevo che suo padre era un cardiochirurgo rinomato e che, presumibilmente, apparteneva a un ceto sociale molto elevato.

Mi accompagnò fino alla porta di casa e ci trattenemmo a parlare altri cinque minuti, o forse un'ora, davanti al tavolino di legno del giardino incrostato di muschi e licheni e corroso dall'umidità. La nebbia non mi intimoriva. Mentre parlavamo, fantasticavo di invitarlo a entrare in casa e di servirgli un tè profumato di spezie in una tazza dorata, di sedere sulle sue ginocchia e ripulirgli con un panno umido i colori dal viso e poi aiutarlo a spogliarsi per fare una doccia, prestargli il mio accappatoio e mischiare il suo cuscino con i miei tra le lenzuola intrise dell'aroma dolce di patchouli.

«Meglio se torno a casa ora, dopo tutto domani è uno *school day*».

«Eh sì» risposi, cercando di riprendere possesso della realtà intorno a me. «Questo è il mio numero» aggiunse. «Fammi uno squillo, così ho il tuo e possiamo rimanere in contatto» mi disse e, mentre me lo diceva, sfiorò con le labbra la mia pelle palpitante tra l'orecchio e la guancia. Sentii la mia carne in contatto con la sua, accerchiata dal suo vapore caldo e levigato. Si dileguò nella nebbia.

Allora nessuno di noi due poteva immaginare che cosa sarebbe successo in seguito, che di lì a poco Rahul si sarebbe gettato in un gioco molto più pericoloso dei suoi numeri in banca e che, siccome un melo non può partorire ciliege, una mattina di dicembre, si sarebbe svegliato senza poter tirare fuori i calzini dal cassetto di camera sua.

Poco dopo il sorgere del sole, mentre stavo facendo colazione, mi arrivò un messaggio sul cellulare: Buongiorno principessa dal sari argentato, spero che tu abbia passato una bella serata e che possa portarti dentro i colori della primavera per tutta la giornata.

Di sicuro i colori me li sarei portati dietro a lungo visto che la notte prima ero andata a letto senza fare la doccia e le lenzuola erano diventate anche loro una tela di Matisse. Sollevai lo sguardo sulla finestra e Gatto Pancione, il gatto del vicino, era lì come ogni mattina, appollaiato su una colonna del muretto di recinzione, quasi ci avesse fatto il nido.

«Buongiorno anche a te, Gatto Pancione!».

Cosimo scese in cucina stropicciandosi gli occhi e non appena fu a tiro gli schioccai un bel bacio sulla gota. Presi la borsa e la giacca dall'attaccapanni e mi avviai fuori, poi tornai subito dopo a lasciare in casa guanti e cappello perché non ce ne era più bisogno. Chiusi la porta con un inchino e ripartii.

Il New River Canal si stava risvegliando dopo il torpore invernale e, anche se il percorso verso l'entrata della metro si sarebbe allungato di una manciata di minuti, decisi di passare dalla stradina che costeggia il rigagnolo d'acqua al di là della ringhiera nera. C'era un cancellino per entrare poco più su, in Islay Walk. I rami degli alberi erano ancora per lo più spogli, ma il salice, lì dove il piccolo canale si allargava in uno stagno placido, cominciava a rivestirsi di amenti gialli lunghissimi, mentre foglioline lisce e lucenti come la seta iniziavano ad aprirsi sui rami sottili e penduli. Questi si allungavano nell'acqua fino a farle il solletico prima di immergersi nel suo specchio nitido e quieto. Poco più in là, due rane si stavano accoppiando accanto ad altre due e poi altre due ancora, tutto intorno a loro centinaia, forse migliaia di uova, come tanti piccoli occhi blu ceruleo, galleggiavano in grappoli sopra il letto di foglie sommerse. Qua e là, l'esplosione sfacciata della forsizia, come un fuoco di artificio, incendiava i cespugli di un giallo zolfo intenso quanto effimero e con i suoi schiamazzi arditi lanciava provocazioni alla natura ancora mezza addormentata. Passato il ponticello di legno, tre anatre, come una piccola squadra di nuoto sincronizzato, si tuffarono a testa in giù con la coda dritta verso il cielo, mentre un'altra si faceva massaggiare dalla cascatella tra le rocce, dietro la capanna del custode. D'un tratto, mentre tra le altre fronde cercavo i rami del melo selvatico per vedere se avesse cominciato a fiorire, sentii alle mie spalle una risata. Mi voltai e scorsi un esserino giallo-verde aggrappato al nocciolo. Rise di nuovo e poi continuò a picchiare con il suo martello.

«Ah, allora eri tu che tambureggiavi sul tronco insieme ai miei pensieri e mi tenevi sveglia stanotte!».

La primavera del 2009 iniziò così, con la risata del picchio e il pianto sempre più copioso del salice, con i petali stellati della forsizia e gli appuntamenti fugaci con Rahul, rubati al tempo che passava nella City. Di solito andavamo a mangiare un hamburger ad Angel e una volta siamo stati pure al cinema. Mi accompagnava sempre a casa e ogni volta, davanti alla porta del 19 di Islay Walk, fantasticavo di farlo entrare, finché una volta lo feci davvero. Quella sera c'era Cosimo in casa, appena rientrato da un concerto in un locale di Shoreditch senza nessuna preda, e tenne Rahul a chiacchierare al tavolo di cucina, parlando di non so quante e quali differenze tra il sistema scolastico anglosassone e quello italiano, che si traducevano in altrettante differenze nella distribuzione degli spazi, open space, spazi chiusi, angoli per il gioco, finché fu ora per Rahul di tornare a casa.

Una sera uscimmo con Margherita, dovevamo festeggiare il successo del suo dipinto. Era piaciuto così tanto che lo stesso studio decise di commissionarle la decorazione di tutte le camere di un hotel di lusso nel vicino Buckinghamshire.

«Ti prego, niente CDO al quadrato!» esordì Rahul appena la vide arrivare. Per fortuna la conversazione verté tutta la sera sui suoi quadri, tant'è che Rahul volle andare a vedere lo studio dove dipingeva.

A un lato del finestrone, ancora sul cavalletto, c'era il quadro di preparazione al dipinto che aveva fatto sopra la testata del letto, quello con un iris viola grande quanto tutta la tela, così curato nei dettagli che sembrava di sentire il velluto dei suoi petali sotto le dita. In un angolo, invece, c'era un pagliaccio che, in una tela squarciata in più punti, guardava triste da dietro i rami di un bosco due colombe tubare felici. Chi erano quelle colombe? Erano i fratelli che suo padre non aveva mai negato di preferire a lei? Era Cosimo che assaporava le gioie della vita senza che lei ne facesse parte? Accanto ai quadri su commissione, con i quali pagava l'affitto, ce ne erano altri dove aveva riversato quello che aveva tenuto dentro per anni. Quelle pennellate decise, forse, erano la voglia di urlare al mondo le difficoltà che si era trovata ad affrontare fin dalla nascita quando, come mi aveva raccontato, la radio diffuse per tutta la provincia un allarme lanciato da un'infermiera dell'ospedale: Una neonata rischia di morire per anemia emolitica, serve sangue A Rh+ per una trasfusione d'urgenza. Non fu più facile quando, con la sottile complicità della madre, si iscrisse al liceo artistico. Suo padre, avvocato penalista, non la smetteva di gratificare in mille modi i due figli che avevano scelto di seguire le sue stesse orme, continuando ad accusare sua moglie, sempre pronta ad assorbire ogni colpo, per tutte le volte che la domenica, da bambina, l'aveva portata a dipingere paesaggi nella campagna del Casentino.

Rahul chiedeva delucidazioni su ogni quadro esposto nello studio e tra i due sembrava nascere finalmente una certa intesa. L'interesse di Rahul per l'arte mi sorprendeva. Venne fuori, anche se in toni pacati, la questione che accomunava ironicamente Margherita e Rahul: i padri, tutti e due noncuranti di celare il disprezzo verso le loro scelte professionali.

Forse quei segni profondi di rosso carminio scavato da solchi di Terra di Siena e insudiciati da macchie di ruggine e fuliggine avevano a che fare anche con Cosimo, ma questo poteva saperlo soltanto lei. Margherita era convinta che, quando si erano lasciati, lui fosse innamorato di un'altra, ma a me pareva che in testa ne avesse più di una.

«Avete sentito parlare di questi eventi che organizzeranno a Mile End, le *Bedtime Story Nights*?[1]» chiese Margherita, dopo aver tirato fuori un opuscolo dalla sua borsa.

«No, di cosa si tratta?».

«Da quanto dice qui, saranno serate in cui la gente si raccoglierà intorno a un raccontastorie per sentire narrare di gesta e peripezie, fiabe e novelle, tradimenti, lascivia e dissolutezza!».

«Interessante! Non possiamo mancare!» fece eco Rahul con una punta di malizia. Poi quando lui si fu allontanato per osservare una tela posata per terra, Margherita mi sussurrò all'orecchio: «E una schiera di altri misfatti peccaminosi che qualcuno qui è troppo innocente per conoscere».

«C'è una particolarità a cui dobbiamo attenerci rigorosamente però» continuò lei ad alta voce. «La *dressiquette*, come la chiamano qui, prevede pigiami e camicie da notte eleganti e attraenti con premi per i più glamour e civettuoli».

«*Dressiquette*» ripeté Rahul con una certa ilarità.

Io pensai subito agli adorati pigiami di pile che la mamma mi aveva regalato qualche anno prima e da cui non mi ero mai separata; erano spessi come la scorza di un cedro e morbidi come un pulcino. Forse serviva qualcosa di diverso. «Francesca, perché non approfitti dell'occasione?» mi disse Margherita con aria ammiccante e sguardo complice quando Rahul si fu allontanato di nuovo. «Qui dice che sopra il salone dove vengono raccontate le storie, hanno due camere, sembra che sia l'hotel boutique più sexy di Londra!».

«E allora?».

«E allora potresti farti un regalino e proporre a Rahul di rimanere a dormire lì con te dopo lo spettacolo, dopo tutto sareste già in abbigliamento da notte!».

Lì per lì accantonai la proposta come una delle solite sparate stravaganti di Margherita, ma ripensandoci bene non mi parve poi una cattiva idea. Avrebbe potuto dare uno slancio a questa relazione che era partita sì con un'innegabile reciproca attrazione, ma era tiepida come l'acqua della doccia quando la caldaia non è stata tenuta accesa abbastanza a lungo.

Il giorno dopo volli andare a perlustrare il posto. Quando arrivai al 40 Winks, una bionda che doveva aver rubato i boccoli a Shirley Temple mi accompagnò a vedere la camera doppia. Salire i gradini ricoperti di moquette in velour bordeaux fu come immergersi in un calice di vino francese. Arrivate alla stanza, mi sorprese la luce che entrava dalle tre finestre vittoriane, il cui telaio candido come il latte illuminava di riflesso le pareti colore avorio, un tavolino da trucco in stile rococò con diverse ampolle di profumi, gli specchi ornati di motivi floreali, uno sgabello rivestito di pelle rosa con le gambe serpeggianti posate sul parquet di legno chiaro che si trasformava di colpo in granito rosso davanti al caminetto, una ringhiera di ghisa dalla curvatura sinuosa davanti ai tizzoni spenti. Mi sembrò di vederli, quei ceppi di legno che prendevano fuoco e conferivano alla stanza i colori dell'arancio, mentre io e Rahul avremmo lasciato cadere i vestiti. Una maestosa cornice di stucco bianco sopra il camino flirtava con prismi e gocce di cristallo che pendevano dai bordi ondulati di un paralume color albicocca. Una lampada color mogano, decorata da pizzi, ricami e nastri di raso raccolti in morbide pieghe, imperava sopra un harem di cuscini del colore del miele. Verde trifoglio era la panca in fondo al letto, parzialmente sverniciata dall'usura del tempo o della moda, mentre il tessuto damascato dello scendiletto attendeva piedi nudi da sfiorare e brandelli di lingerie da ospitare fino all'alba. Il bagno poi continuò a intrappolarmi in quel romanzo di fine Ottocento: il mobilio in rovere scuro, il pavimento intagliato, nero come la pece e come il soffitto, la tenda con le praline e la vasca da bagno retrò accostata alla parete con grappoli d'uva dipinti in seppia su fondo oro. Potevo vedere le goccioline d'acqua scivolare per terra mentre, una alla volta, le nostre gambe scavalcavano il bordo della vasca.

Scendendo intravidi il salone dei racconti, con il grande camino e gli specchi a forma di lacrima contornati da stucchi. Un'ode al capriccio.

«Allora ci vediamo presto!» mi salutò la bionda coi boccoli di Shirley Temple chiudendo il portone.

Andai subito a fare shopping al mercatino di Angel e trovai un pigiama blu con le stelline fosforescenti che si illuminavano nella notte. Mi sembrò delizioso. Era fatto di pile così sottile che sembrava quasi velluto. Tornai a piedi trionfante passando dal giardino roccioso, e percorrendo il sentiero del New River nella parte in cui il canale era interrato. Poi ne risalii il corso, quando l'acqua riemerse dopo il parco-giochi. La forsizia aveva iniziato ad adagiare sul sentiero, sparsi qua e là, tappetini rotondi di petali gialli, mentre le foglie prendevano il posto dei fiori sui ramoscelli, e un tappeto più grande, di petali rosa, cominciava ad aprirsi sotto il ciliegio selvatico. I corimbi pastello, al massimo del loro splendore, decoravano il ramo che scavalcava il New River, come un arco nuziale.

La primavera del 2009 continuò così, con il tambureggiare del picchio sui tronchi del New River e il volteggiare dei petali intorno all'albero del ciliegio, finché venne Maggio.

[1] Sono serate organizzate da David Carter, con l'assistenza di Daisy Davenport, all'Hotel 40 Winks, di cui Mr Carter è il proprietario. La narrazione è liberamente ispirata a queste serate. A tal proposito è da chiarire che:

- per la serata raccontata nel libro, sono stati di ispirazione gli eventi *Tales of Naughtiness* con Nell Phoenix e *Cupid Have Mercy* con Sally Pomme Clayton.

- L'Hotel 40 Winks è stato definito *London's sexiest boutique hotel* dalla rivista Grazia (UK).

- La descrizione dell'abbigliamento di Mr Carter è completamente inventata, mentre le parole che escono dalla bocca di Mr Carter per l'introduzione alla serata, sono ispirate ad una sua stessa email in cui scriveva: «*Bedtime Story nights was always more than just a night of whimsical frivolity, it also served to rimind us that a sense of childlike wonder and a belief that anything and everything is possible in life are not things to be recklessly discarded as we grow older. We should all work hard to make our dreams come true*».

- L'articolo che definiva Mr Carter «*Elegant sliver of fin-de-siecle aestheticism*» è comparso sulla rivista «Economist's Intelligent Life» nel 2015.

Capitolo 5

Un'altra giornata piovosa di primavera. All'entrata della metropolitana di Highbury & Islington si scorgeva come sempre una calca di ombrelli, rigorosamente tutti neri, che a mano a mano si chiudevano e sparivano con i loro proprietari inghiottiti dalle scale mobili. Tuttavia, come avrebbe detto Rahul, avevo dentro i colori della primavera quando, nella calca della metropolitana, mi prefiguravo la giornata lavorativa e pensavo al piano di messa a dimora delle piante per il progetto di Sunny City. Accanto alla vasca quadrata, sopra l'edificio di ingresso, avremmo fatto crescere la *Tecoma capensis*, le cui piccole trombette rosso-arancio, tra le fronde verde scuro, avrebbero fatto eco ai minuscoli corni francesi della *Lantana camara*, ibridata con quella *sellowiana* per ottenere le diverse sfumature del giallo e dell'arancio, del rosso, del bianco e del lilla. Gli ospiti del ristorante avrebbero cenato sotto pergolati di *Buganvillea spectabilis* rosso violaceo e i tralicci di *Clematis* avrebbero creato onde tra il viola e l'azzurro. Gli alberi di *Tabebuia*, con le loro chiome giallo canarino, si sarebbero alternati a quelli di *Cordia sebestena* lungo il sentiero pedonale verso la spiaggia e avrebbero spento le fiamme degli *Delonix regia*, che si sarebbero accesi intorno agli spazi a tema.

Con la folla che mi teneva in equilibrio, non mi preoccupavo nemmeno di reggermi alle barre metalliche. Tirai fuori il libretto che mi portavo dietro da un po' di tempo: mi era stato regalato da un vecchio architetto giordano che in passato aveva collaborato con noi a un progetto. C'erano acquarelli dipinti da lui stesso con le piante del deserto e i fiori più resistenti alla siccità. Mi ero messa in testa di impararne i nomi anche in arabo.

Eravamo rimaste soltanto io e Ysabel a lavorare ai definitivi per Sunny City insieme a Tim, il capo progetto.

Quella mattina – era il Primo Maggio, come avrei potuto dimenticarlo? – avevamo una videoconferenza con i consulenti locali per l'irrigazione. In mezzo al tavolo di vetro temperato c'erano come sempre il thermos con il tè, quello con il caffè, tre tazze rosso scarlatto e le briciole lasciate dai tre biscottini al burro con la scritta ARA impressa sopra che avevamo divorato nei primi cinque minuti.

Stavamo discutendo dell'area intorno alla Infinity Pool quando cominciammo a vedere un flusso concitato di persone passare lungo i corridoi al di là dei vetri della sala riunione, e il traffico non faceva che aumentare. Mentre Ysabel, dopo lo sguardo di assenso di Tim, fece per alzarsi e andare a chiedere che cosa stesse succedendo, Alberto si affacciò alla porta chiedendo scusa per l'interruzione e avvisandoci: «È stata indetta una riunione straordinaria nella stanza delle assemblee di sopra. Se potete, raggiungeteci».

Tim abbassò gli occhi, forse sapeva già.

Salimmo al salone delle assemblee, una stanza grande e illuminata che avrebbe dovuto accogliere i festeggiamenti per i successi e le celebrazioni. Dal ballatoio del quarto piano si poteva vedere l'ufficio, giù di sotto, completamente deserto: eravamo saliti proprio tutti.

«Purtroppo la crisi economica non è ancora finita» esordì Enry Stevenson, l'amministratore delegato di ARA Londra.

«Ed è con il più sommo dispiacere che devo annunciare la cancellazione di alcuni progetti in corso a causa dei mancati pagamenti da parte dei clienti». Senza dilungarsi in inutili cerimoniali, cominciò a enumerare i progetti cancellati:

«Earl Park South, Cavendish Resort, Amaya Hotel...». A ogni nome elencato echeggiavano nella stanza sospiri di disappunto.

«Mayfair Office Block, Wonder Towers, Chrystal Water Gardens, Sunny City». Sunny City. Eccole, le due parole che non avrei voluto sentire in quel momento. Enry continuava con la lista ma, insieme al respiro, mi si era bloccata la capacità di concentrarmi sull'ambiente esterno. Ero invece ripiegata sul dolore, a tratti lancinante, scaturito dall'idea di non poter più lavorare al progetto per il quale avevo dato tutta me stessa per mesi e al pensiero di non vederlo realizzato. Questo però era niente in confronto alla fitta allo stomaco che mi prese poco dopo, quando di sfuggita sentii Enry pronunciare le parole: «Purtroppo la situazione finanziaria della compagnia ci impone di dichiarare *redundant* il personale correntemente impiegato in questi progetti».

Redundant. Ero stata dichiarata *redundant. Re-dun-dant.* Quella parola, che mi sembrava essa stessa ridondante, non smetteva di risuonarmi nella testa. Ruotava, rotolava, girava su se stessa e non voleva andare via, rimaneva sempre lì, ridondante come la lettera che mi consegnò Nancy poco dopo.

«Ci sarà un Consultation Period di trenta giorni in cui cercheremo di trovare un'alternativa al licenziamento. Purtroppo al momento non ci sono progetti in vista, ma se dovessero presentarsi delle nuove occasioni non mancheremo di fare il possibile per tenerti con noi, Francesca. Hai sempre fatto un ottimo lavoro» mi disse Nancy con finto incoraggiamento quando andai da lei per chiedere chiarimenti.

E ora? Che ne sarà di me?

Avrei voluto fuggire lontano. Quasi mi vergognavo di quella situazione, come se fossi stata io la causa della bancarotta del cliente. Sentivo l'urgenza di fuggire di lì, se solo la pioggia fresca avesse potuto risvegliarmi da quell'incubo e lavarne via ogni memoria! Mi avviai senza dire una parola verso l'uscita, ma quando passai accanto alla cucina, scorsi con la coda dell'occhio il gruppetto degli italiani intorno alla macchinetta del caffè. Erano lì dove li avevo trovati il primo giorno di lavoro. In quel momento avrei voluto evitarli, ma Filippo ormai aveva incrociato il mio sguardo.

«Come va, Francesca?».

«Come vuoi che vada? *C'est la vie*!» cercai di fare quella che la prende con filosofia.

«Sai che Federico ha chiesto di essere mandato alla sede di Singapore per non essere licenziato? Si trasferisce la prossima settimana».

«Che palle, ragazzi, dover ricominciare a mandare i curricula!» continuò Ettore, che aveva lavorato per più di un anno al Mayfair Office Block.

«Avremmo dovuto immaginarlo quando hanno iniziato a mandare quelle email che incoraggiavano a prendere le ferie non pagate e offrivano generosi periodi sabbatici» incalzò Filippo. Stavo per aggiungere il mio commento ma mi accorsi che non ce l'avrei fatta a trattenere le lacrime, allora ripresi la mia fuga e salutai i ragazzi con un cenno della mano, cercando di nascondere gli occhi inumiditi. Fuggii via nella strada, fuori dal prisma di vetro, fuori dai colori del dipinto con le linee colate, fuori dal profumo di inchiostro caldo delle stampe appena uscite dal plotter. Nella foga non pensai all'ombrello e imboccai Tottenham Court Road a piedi, schivai un tizio che, ironia della sorte, aveva allestito un banchetto con la scritta CREDIT CRUNCH PANINI, attraversai Euston Road e arrivai senza nemmeno accorgermene a Mornington Crescent. Quando raggiunsi lo studio di Cosimo a Camden Town, dovevo essere bagnata fradicia perché Cosimo usò la sua sciarpina di cotone per asciugarmi i capelli, in maniera quasi amorevole, mentre la receptionist guardava con sospetto le gocce che cadevano sul pavimento.

«Che t'è successo?».

«Indovina!».

«Andiamo! Ti porto a mangiare l'hamburger più buono di Londra, così mi racconti».

Sarà per le patatine rosse cotte nel grasso d'oca, o per il blue cheese fuso sopra al bacon affumicato, ma quella giornata non mi sembrava più così terribile.

Decisi che mi sarei goduta anche la serata: sarei andata come pianificato a sentire i racconti della *Bedtime Story Night* con Rahul e Margherita, senza dire loro niente dell'accaduto, e avrei stupito Rahul con la sorpresa che gli avevo vagamente annunciato.

«Questo mister Carter è proprio un *frammento d'estetismo fin-de-siecle* come lo descrive l'"Economist"» bisbigliò Rahul mentre a gambe incrociate sui cuscini guardavamo verso il personaggio apparso davanti al grande camino nella sala dei racconti.

Aveva un pigiama dalla giacca di raso blu a doppiopetto, con un ampio scollo da cui si pavoneggiava un foulard di raso porpora; dall'occhiello spuntava un garofano dello stesso colore, che se fosse stato verde mi avrebbe dato l'impressione di essere davanti a Oscar Wilde. Porpora erano anche le pantofole di velluto, con davanti un fiocco di pelle rosso veneziano. Era il proprietario del 40 Winks e, in quanto padrone di casa e *frammento d' estetismo fin-de-siecle*, amava introdurre se stesso insieme al tema della serata.

«Un caloroso benvenuto a tutti i miei ospiti, vedo che siete assortiti bene con i vostri pigiami chic e raffinati, vi siete date da fare signorine, là in fondo, complimenti!».

Cominciavo a sentirmi un po' in imbarazzo per il pigiama di pile con le stelline; per quanto fosse carino avevo come la sensazione che fosse leggermente fuori luogo in quell'ambiente, soprattutto accanto alla camicia da notte di pizzo di Margherita. Ma perché non aveva mai freddo? L'imbarazzo aumentò quando percepii lo sguardo di Mr Carter volare di sfuggita su di me per poi posarsi compiaciuto sulla mia amica, che teneva in mano un bicchiere di Martini con la stessa grazia di Greta Garbo. Il mio turbamento crebbe quando riconobbi lo stesso compiacimento provenire da Rahul, ma forse a quel punto non era più soltanto imbarazzo.

«Il titolo di questa serata, come sapete già, è: *Cupido abbi pietà*» continuò Mr Carter. «Ascolterete racconti di passione e trasformazione, di brama, lussuria e pena. Le frecce di Cupido non sono sempre gentili, ma persino nel dolore causato dai suoi tiri avventati, la bellezza sopravvive e nuovi amori vengono forgiati. Spero che vi siate portati i fazzoletti, stasera ci saranno lacrime da versare».

Mentre diceva così mi cadde lo sguardo sugli specchi contornati di stucchi che già avevano catturato la mia attenzione alla prima visita: erano a forma di goccia di pianto, di luccicone. A guardarli sentii un certo formicolio attraversarmi il naso nella parte che si avvicina agli occhi e gli occhi cominciarono ad appannarsi.

Francy, resisti ti prego! Non pensare a quello che è *successo stamattina!*

«Questa sarà molto più di una notte di frivolezza e stravaganza!» continuava Carter.

«Questa notte ci ricorderà che il senso di meraviglia infantile e la convinzione che tutto è possibile nella vita...».

Francy ti prego non pensare a quello che hai appena perso! «... Non sono cose che vanno buttate via sconsideratamente quando cresciamo».

E ora cosa fai? No, resisti! Non iniziare a piangere! «E dovremmo tutti lavorare duro per realizzare i nostri sogni!».

Troppo tardi, ormai i lucciconi sgorgavano a fiotti, li sentivo attraversare le gote arrossate, scivolare lungo il collo e infilarsi nel colletto del pigiama di pile. Non mi restava che tenere lo sguardo dritto, ingoiare quante più lacrime potevo e cercare di passare inosservata.

«Adoro quest'atmosfera dandy, l'arte per l'arte!» mi sussurrò nell'orecchio Margherita, poi continuò: «Fanculo ai fini morali, sociali, bla bla bla, il fine dell'arte è se stessa! Non sei d'accordo Francy? Francy! Oh! Francy? Che ti succede?».

Mi aveva scoperta, che cosa potevo fare? Il raccontastorie aveva preso il posto di Mr Carter davanti al camino e stava sistemando il leggio, Rahul a momenti avrebbe distolto lo sguardo dagli strumenti musicali che erano stati approntati sulla scena e mi avrebbe vista piangere. Margherita continuava a guardarmi con fare interrogativo e preoccupato, anche le specchiere a forma di luccicone mi guardavano e presto mi avrebbe vista tutta la sala. Non c'era che una cosa da fare. Fuggire. Avrei voluto parlare a Margherita ma le dissi solo:

«Per favore riporta le chiavi della stanza a Mr Carter».

E fuggii via giù per i gradini ricoperti di velour bordeaux, fuggii via per le strade di East London, fuggii via per le scale della metro di Mile End, per la seconda volta in quella giornata fuggii via.

Provai per tutto il weekend a chiamare Margherita, ma lei non mi rispondeva. Forse se l'era presa perché non avevo risposto ai messaggi che lei e Rahul mi avevano mandato subito dopo la mia fuga? Dovevo vederla. Avevo bisogno di parlare con lei e di lasciarle delle cose.

Andai a cercarla al suo studio di Candid Arts, ma era tutto spento, decisi allora di provare a casa sua. Suonai al campanello dell'appartamento, ma nessuno rispose. Mi sedetti sui gradini e aspettai.

Erano da poco passate le sei e Sutherland Avenue poltriva dietro una fila di platani. In una giornata normale, a quell'ora la via sarebbe stata popolata da giovani professionisti di ritorno da lavoro, ma era il primo lunedì di Maggio, giornata di festa nel Regno Unito. Molti erano stati a fare una gita in campagna e non erano ancora rientrati, alcuni erano già a cena. Sull'altro lato della strada, un ragazzo e una ragazza in pantaloni corti e magliette madide di sudore si fermarono alla fine del marciapiede per poi riprendere la corsa attraversando la via. Una ragazza, poco più in là, cercava di far ragionare un cagnolino che non ne voleva sapere di venir via da un'aiuola.

La serata era abbastanza mite e l'asfalto che ricopriva i gradini davanti alla porta, rossa come gli arilli della melagrana, era asciutto. Mentre aspettavo Margherita, stringevo sulle mie ginocchia uno scatolone di cartone. Ebbi tutto il tempo di osservare i dettagli dell'abitazione di fronte che era, con qualche piccola variazione nelle decorazioni, lo specchio di quella dove mi trovavo: il portico con

e colonne ioniche e le lesene di stucco dello stesso stile, l'archi-
con il fregio intarsiato di metope e triglifi e la cornice model-
con gocciole di calce bianca sotto un terrazzino dalla ringhiera in ferro battuto. Al primo piano i grandi finestroni a ghigliottina erano incorniciati da elaborati stucchi a forma di arco, così ampi da mangiarsi quasi tutti i mattoncini grigio sabbia che rivestivano l'edificio. Gli stucchi si facevano più semplici intorno alle finestre del secondo piano e scomparivano del tutto intorno agli abbaini del terzo, scavati in quel tetto di ardesia a mansarda che tanto mi aveva fatto sognare nelle favole da bambina.

Le chiamano *period conversion* queste case di epoca tardo-vittoriana convertite in appartamenti. Margherita abitava al terzo piano, quello con gli abbaini. Sarò stata lì ad aspettare due ore o forse più e mai quella via mi era sembrata così familiare: avevo censito le forme, le dimensioni e le innumerevoli gradazioni di grigio delle mattonelle di cemento che ricoprivano il marciapiede, avevo contato gli alberi, le poche macchine che passavano e i comignoli che svettavano sopra i tetti. Avevo quasi perso la speranza quando la vidi arrivare. Teneva qualcosa sotto braccio. Riconobbi la carta del negozio di Belle arti, ci dovevano essere dentro delle tele nuove.

«Marghe, ma che fine hai fatto?».

«Francesca?».

Mi parve di leggere quasi dello spavento nella sua espressione sorpresa.

«Sì, no, scusa, ho visto che avevi provato a chiamarmi, solo che, senti, vieni su, ci facciamo due spaghetti aglio e olio, ti va?».

Ci inerpicammo per le scale rivestite di moquette in fili blu, dove la proporzione tra l'altezza e la profondità dei gradini era perfettamente invertita rispetto ai canoni italiani.

«Che cosa hai dentro quello scatolone?» mi chiese.

«Qualcosa che vorrei tu custodissi per me».

Arrivammo all'appartamento e dopo aver lasciato le scarpe all'ingresso e posato i pacchi sul pavimento, lei frugò nell'armadio e tirò fuori un bello spicchio di parmigiano con il prezzo scritto in euro.

«Perché lo tieni nell'armadio?».

«Perché non lo prendano le coinquiline. Io sarei stata felice di condividerlo con loro, credimi, ma quando le ho viste condire la pasta con il ketchup e le rotelline di wurstel, l'ho voluto salvare dallo scempio a cui era destinato. Andiamo di sopra».

Altre scale portavano al soggiorno-cucina che dava sul retro. Rimasi per un attimo abbagliata dal tramonto che incendiava una delle due finestre accanto al lavabo. Per un gioco di nuvole, luce e scie di aerei, si erano dipinti nel cielo due archi che facevano a gara a imitare la forma parabolica dello stadio di Wembley, in lontananza.

Margherita si mise a lavare la pentola che era nello scolapiatti.

«Ma non era già pulita?».

«La sciacquo. Le australiane ci lasciano tutto il sapone, guarda, si vedono ancora le bollicine essiccate». Mi scappò una risata dolce-amara prima di gettare di nuovo lo sguardo fuori dalla finestra, sguardo che Margherita accompagnò corrugando la fronte, forse chiedendosi che cosa avessi visto là fuori per immalinconirmi tanto. Quello stadio somigliava in maniera incredibile a quello che avevamo progettato da ARA.

«Marghe, sono stata licenziata». Non mi sbaglio se dico che la vidi impallidire.

Venne ad abbracciarmi e quasi mi sembrò piangesse.

«Vabbè, facciamoci questi du' spaghi che ho fame!» cercai di smorzare il melodramma.

Da lei mi sarei aspettata un: A chi lo dici, mi mangerei tutta la pentola!, invece niente. Mangiammo quasi in silenzio. Non era da lei stare zitta. Possibile fosse così avvilita per il mio licenziamento? Eppure c'era passata anche lei e non le era andata poi così male.

Intanto era calata la notte e una dopo l'altra si erano accese le luci dello stadio di Wembley e di tutta West London.

Mi piaceva l'atmosfera che si creava a quell'ora nel soggiorno di

Margherita. I faretti che costellavano il controsoffitto e scendevano dai pensili della cucina, diffondevano una luce soffusa che addolciva i marroni del divano e indorava l'avana dei cuscini e delle sedie di legno verniciato, mischiandosi all'aroma di vaniglia proveniente dai bastoncini sopra il tavolo da caffè. Margherita era stranamente taciturna quella sera.

«Che cosa c'è in questo piatto?». Alzai il coperchio curiosando sul ripiano della cucina e continuai: «Uhm, lasagne rinsecchite con tanto di cucchiaio e coltello! Sono delle coinquiline? Somigliano a quelle che hai fatto l'ultima volta. Per quelle il coltello ci sarebbe voluto!».

«Francy, ti devo dire una cosa. L'altra sera al *Bedtime Story Night*...».

«Sì, hai ragione, sono stata una stupida a scappare via così».

«L'altra sera al *Bedtime Story Night* ho dormito con Rahul nella stanza del 40 Winks». Gelo. Come se una ventata di ghiaccio polare si fosse materializzata nella stanza congelando le luci, i mobili e noi due, una di fronte all'altra.

Racchiuse in una particella di tempo infinita, vidi le gocce d'acqua insaponata posarsi sul pavimento nero, accanto alla vasca retrò, vidi i grappoli d'uva color seppia emergere dalla parete dorata e nutrire le bocche affamate di Rahul e Margherita che si offrivano a vicenda gli acini succulenti, vidi un chicco scivolare via lungo la schiena nuda di lei, in quella stanza dove dovevo essere io.

Fu solo per un attimo. Subito dopo la lingua riuscì a liberarsi dalla morsa glaciale facendo uscire un suono strozzato.

«Che cosa?».

«Non lo so Francy, scusami. Sarà stato il Martini. Se solo potessi tornare indietro!».

«Ti avevo lasciato le chiavi per riportarle a Mr Carter».

«Lo so, è solo che, quando stavamo uscendo Rahul mi ha preso la mano e...».

Rahul. Lo avevo evitato tutto il fine settimana perché non sapevo come giustificarmi per la fuga. Lo avevo sentito una sola volta per telefono e in effetti aveva provato a dirmi qualcosa, ma io avevo riattaccato frettolosamente per eludere l'argomento.

«E io che ero venuta a cercare il tuo incoraggiamento. Grazie, sei proprio una bella amica! Ma che ci sto a fare qui?». Scesi le scale, mi riallacciai le scarpe e uscii sbattendo la porta mentre Margherita mi implorava: «Francy, non sai quanto sono stata male, fammi almeno spiegare». E che cosa c'era da spiegare?

Ripresi i gradini di moquette blu, ma arrivai soltanto fino a dove gli scalini girano l'angolo e tornai indietro. Bussai pesantemente alla porta.

«Meno male sei tornata, ti volevo dire che Rahul non l'ho più visto né sentito, e che...».

Non la stetti nemmeno ad ascoltare, andai dritta in camera da letto, presi il mio scatolone, uscii di nuovo dalla porta e scesi giù. Questa volta però Margherita mi seguì, scendendo le scale tutto d'un fiato fino alla strada.

«Francy, a me Rahul piace, piace tanto, ma non so che cosa darei per tornare indietro, per me tu sei troppo importante!».

«Margherita, senti, lasciami stare, tornatene a casa».

«Francy, devi ascoltarmi!».

«Vattene o chiamo la polizia!».

«Ma... Francy!».

«Sai cosa? Ha fatto proprio bene Cosimo a mollarti perché, ah! Lascia stare!».

Ripresi a camminare a passo spedito con il mio scatolone sottobraccio, controllando con la coda dell'occhio la figura di Margherita che rimaneva ferma in mezzo al marciapiede e diventava sempre più piccola. Forse quell'ultima frase era stata crudele, pensai, ma se la meritava.

Svoltai l'angolo di Warwick Avenue e risalii il viale alberato fino ad arrivare alla stazione della metropolitana. Tutto intorno le ville signorili, così bianche da far luce nella notte, erano immerse nel verde dei loro giardini perfetti. Invece di scendere le scale della metro, decisi di continuare a camminare, finché raggiunsi il ponticello con le ringhiere smaltate di azzurro.

Dicono che l'avesse chiamata così Lord Byron, la Piccola Venezia, quest' area di Londra dove le ville si tuffano nell'acqua, dove il Grand Union Canal si incontra con il Regent's Canal formando un ampio bacino, che in quel momento era pieno di chiatte illuminate e addobbate a festa con nastri e bandierine colorate. Si sentiva della musica provenire da una barca sull'altro lato della sponda da cui vedevo uscire persone con boccali ricolmi di birra. La musica e l'insolita luce, tenevano sveglie le oche dell'isolotto là in mezzo, che si agitavano sotto i salici.

Era l'ultimo giorno del festival di Little Venice, la Canalway Cavalcade. Certo non avevo nessuna voglia di festeggiare, ma sentivo il bisogno irrefrenabile di camminare. Sì, avrei camminato fino a casa, seguendo l'alzaia del canale; avrei costeggiato Regent's Park e sarei arrivata alla chiusa di Camden. Quella tratta l'avevo percorsa già una volta con i miei genitori sopra un battello turistico. Poi avrei proseguito percorrendo l'alzaia verso Angel, passando dalle chiuse di Saint Pancras e dal bacino di Battlebridge su cui si specchiava il Kings Place. Non avevo paura, non avevo niente da perdere. Lo scatolone non mi pesava, dovevo camminare.

Scesi per la rampa che affiancava Westbourne Terrace e mi confusi tra la gente. Senza soffermarmi, proseguii verso il Warwick Avenue Bridge. Quando mi avvicinai al ponte per passarci sotto, i suoni della festa si erano già fatti meno forti. Certo non era esattamente piacevole attraversare quell'arco profondo di pietre gocciolanti. Dovetti trattenere il respiro per una manciata di secondi, poi riemersi dall'oscurità e proseguii lungo il Regent's Canal.

Pensa te che cosa mi tocca fare per colpa di quei due, sì per colpa di quei due. E del Credit Crunch.

Avrei potuto essere su un treno di ritorno da Bath dopo aver passato il fine settimana a guardare le stelle dalla piscina termale sul tetto. E invece.

Dopo il ponte ero sola. Le voci della festa non si sentivano quasi più. Accidenti, il silenzio ora concedeva troppo spazio ai miei pensieri. Dovevo camminare più veloce perché il rumore dei miei passi li depistasse. D'un tratto un fruscio vicino ai piedi mi fece sussultare.

No, non è *niente, solo una famiglia di ratti che si* è *tuffata nel canale.*

Proseguii con passo ancora più spedito, la testa alta e lo scatolone stretto sottobraccio. Avevo quasi il fiatone.

Sull'altra sponda si ergeva imperante una villa di gusto neoclassico. Era posta in cima a un giardino all'italiana, con i cespugli di bosso scolpiti in coni, sfere e teste di coniglio.

Ma sì, in fondo Margherita mi aveva fatto un piacere, mi aveva offerto un modo elegante per svignarmela da quella storia. Non che avessi bisogno di una scusa per lasciare Rahul, non che il nostro fosse poi mai stato uno stare insieme, la scusa era per me stessa. Diciamoci la verità: io la storia con Rahul non la volevo mica portare avanti davvero. Bello era bello, ma come facevo a spiegargli la passione che prese Paolo Malatesta e la sua Francesca quando lessero di Lancillotto come amor lo strinse, o il tormento di Catullo che odiava e insieme amava, senza capire perché; come facevo a fargli capire quanto è bello fare scarpetta con il pane sciocco sull'olio d'oliva appena spremuto, senza aggiungere nessun altro condimento?

L'affanno dell'andatura a cui non ero abituata in qualche maniera era riuscito a placarmi un po', tant'è che cominciai a rallentare. Fu quando ebbi raggiunto un'andatura più serena che udii, ancora rabbrividisco a pensarci, altri passi aggiungersi ai miei, ma forse era un'allucinazione creata dall'eco del canale. Mi fermai, ma i passi continuarono. Questa volta non era una volpe, erano passi umani, e mi seguivano. Sembravano passi strascicati, come di ciabatte. Nell'ipotesi migliore era un clochard in cerca di compagnia. Guardai avanti e presi la rincorsa. Quando avrei incontrato la prossima uscita verso la strada? Vedevo un cancello, ma era ancora lontano: era poco prima del tunnel, quello sotto cui solo le barche possono transitare. I passi continuavano e si facevano più assillanti, ma quasi non li sentivo più, tanto era assordante il rumore della paura. Non avevo il coraggio di voltarmi. Ero spacciata. Per un attimo contemplai di buttarmi nell'acqua. L'altra sponda era adesso un muro imponente di mattoni rossi assaliti da un groviglio di edera.

Non avevo altra scelta che correre a perdifiato verso il cancello. Sentii i passi che mi seguivano aumentare di velocità insieme ai miei, e quelle solette incerte eppure così decise, strisciare e sbattere sempre più rumorosamente sul selciato dell'alzaia, subito dietro le mie spalle.

Mi resi conto che stavo per cedere agli spasimi della milza attraversata da mille pugnali affilati quando due note risuonarono all'improvviso più alte dei passi forsennati, più alte del rumore ritmico del sangue che come un fiume in piena mi martellava sui timpani, risuonarono come due goccioline d'acqua che cadono in un pozzo in mezzo al deserto. Ero salva.

Adorai quella suoneria come la musica più bella del mondo, e ancora mi torna in mente.

«Mannaggia!» sentii imprecare da dietro. Il telefono aveva squillato nel bel mezzo dell'inseguimento. Quella melodia così semplice l'avevamo registrata una sera in un locale di Shoreditch, dove qualcuno che conoscevamo entrambe molto bene, si esibiva per la prima volta con la sua band. C'era una sola persona al mondo con quella suoneria.

«No, dico, vuoi farmi morire di crepacuore?».

«Scusa, ti ho visto che t'infilavi qua sotto, avevo paura volessi commettere una sciocchezza».

«Ma secondo te io commetto una sciocchezza per due bischeri come voi?».

«Ah, perché, camminare lungo il canale di notte non ti sembra una sciocchezza?».

«E perché non ti sei fatta vedere subito allora?».

«Avevi detto che avresti chiamato la polizia».

«Scansati, va!».

E feci per salire sulla chiatta ormeggiata lì accanto, volevo mettermi seduta e fermare le gambe ancora tremanti per lo spavento. Forse la rabbia mi aveva fatto valutare male le distanze perché urtai Margherita con lo scatolone e lei perse l'equilibrio. Cadde in acqua. Fece in tempo ad aggrapparsi al bordo della chiatta. All'istante mollai lo scatolone e le tesi la mano, non so con quale forza riuscii a tirarla su, forse con la sua.

Guardammo insieme il contenuto dello scatolone riversarsi nel canale e galleggiare: una gonna verde scuro, lunga fino al ginocchio, stretta in vita e dritta sulle gambe, una giacca squadrata e una camicetta bianca. Poco più in là un foulard giallo-rossiccio, una borsa a cartella, un cappellino di paglia nero con un fiocco arancio e un paio di scarpe nere, con la punta così stondata da farle sembrare le scarpe di una bambina. A fluttuare sulla superficie dell'acqua c'era anche il volto bianco di una donna, su cui spiccavano le labbra rosse e i capelli fulgenti. La ragazza disegnata sul poster semisommerso, si teneva la testa con le mani sulle orecchie e aveva gli occhi spalancati come l'urlo di Munch.

Erano i cimeli della prima volta che io e Margherita eravamo uscite insieme da sole. Eravamo andate al Secret Cinema. Nei biglietti c'era scritto soltanto: *Per lo spettacolo serale, l'appuntamento* è *alle sei e trenta a Wapping Station. L'abbigliamento deve essere fine anni Quaranta.*

Quanto ci eravamo divertite a rovistare in quel negozietto vintage vicino a Oxford Street per trovare il vestiario adatto. Che gli artisti del cinema segreto, cantando e ballando in costumi così ben studiati da farci venire la pelle d'oca, ci avrebbero poi condotto dalla stazione della metropolitana fino a un vecchio magazzino dismesso di tabacco, e avrebbero proiettato sotto le volte ribassate in mattoni scuri, il film *Scarpette Rosse*, quello fu una sorpresa.

Avevo staccato un poster del film dal muro del magazzino di tabacco per attaccarlo in camera mia. Chi avrebbe mai immaginato che sarebbe finito a galleggiare nel Regent's Canal!

La chiatta aveva vasi di narcisi gialli che contornavano la prua e una piccola Union Jack in punta. Sembrava quasi una scena bucolica con Margherita bagnata e scalza, che aveva perso le ciabatte nel canale: era uscita senza nemmeno la giacca per seguirmi. Mi fece una grande tenerezza.

E fu così che io, che ero andata da Margherita per farmi consolare, finii per consolare lei, per avermi tradito.

Passai le settimane successive a lavorare al progetto di Sunny City come se nulla fosse successo, anzi mettendoci ancora più zelo: volevo lasciare tutto in ordine splendente prima di sistemare i file del progetto nella fatidica cartella chiamata *Archived*.

Concludemmo anche la videoconferenza con i consulenti per l'irrigazione, quella che era stata interrotta bruscamente dalla convocazione in assemblea.

Nuovi progetti non arrivarono, e organizzai il drink di saluto in un pub di Fitzrovia, quello in cui i colleghi erano soliti ritrovarsi il venerdì sera. Ero andata a decine di *leaving drink* negli ultimi mesi: c'era chi cambiava lavoro, chi tornava a casa e chi era stato licenziato. Mi erano sempre piaciuti molto perché si conosceva gente, si chiacchierava e soprattutto perché non avevo mai pensato che un giorno sarei andata al mio.

Capitolo 6

Dall'oblò cosparso di piccolissimi cristalli di ghiaccio, vedevo snodarsi, serpeggianti come i rami di un roseto, le stradine affiancate da villette a schiera con i tetti rossi, grigi e neri, ciascuna con il proprio giardino. Era la pianta inconfondibile di una delle *New Town*, nate per combinare i benefici della città e della campagna e per evitare gli svantaggi di entrambe. Si vedeva chiaramente l'area commerciale al centro e i quartieri residenziali intorno, alternati ai parchi e ai piccoli campi: eh sì, sembrava proprio la foto aerea che compariva sul mio libro di urbanistica, nel capitolo successivo a quello delle *Garden Cities*. Le anse sinuose delle strade mi ricordarono il mio primo progetto da ARA, il piano di sviluppo per un quartiere in una cittadina dell'Hampshire dove doveva essere dato ampio spazio al verde e al gioco dei bambini. Non potei fare a meno di soffermarmi a ricordare gli schizzi a mano libera colorati soltanto con il verde dei prati e l'azzurro del cielo.

Poi le case scomparvero per lasciare il posto ai boschi e ai campi coltivati. Quando ricomparvero erano piccolissime. Il molo di Brighton a fatica si percepiva, ma il bianco dei faraglioni del Sussex era accecante anche da lassù.

Dimentica la promessa di passeggiate domenicali sulla scogliera.
Dimentica i pascoli verdi e i muretti di ardesia.
Dimentica i prati.
I canali navigabili con le chiuse tinte di bianco.
L'odore delle salsicce speziate al pepe e cardamomo

e le corse a ripararsi sotto un albero quando comincia a piovere.

Dimentica i parchi con gli scoiattoli, i daini che brucano l'erba mentre stendi il telo da picnic.

Dimentica i baklava dorati dal miele nelle vetrine di Edgware Road.

I grumi di zucchero dei pistacchi caramellati che si sciolgono tra i denti quando aspetti di entrare al cinema.

Dimentica le entrate libere ai musei.

Le scolarette in divisa bordeaux sulle altalene all'uscita da scuola.

Dimentica i lollipop colorati.

Le prove della London Symphony Orchestra.

Dimentica il suono delle sirene e il rumore dell'elicottero che sorveglia gli spostamenti di una gang.

Dimentica l'imprevedibilità, la stretta forte alla ringhiera dell'autobus quando rischi di cadere.

Dimentica i Friday Late con i concerti e i laboratori di ceramica mesopotamica.

Dimentica i cetriolini all'ora del tè.

Dimentica di poter incontrare, all'uscita della metro, un tizio vestito da Superman, anche se non è carnevale, e ricorda che non ti potrai fermare a comprare i cornflakes a mezzanotte, se te li sei dimenticati prima.

Cullata dalle turbolenze che scandiscono il passaggio sopra il canale della Manica, mi addormentai.

Quando riaprii gli occhi, vidi sotto di me, montagne bianche che quasi si gettavano in mare, una pineta verde bluastro che si estendeva per ettari davanti alla costa, gli assi rettilinei delle strade cominciare a intrecciarsi per definire la pianta di una città, con un anello pentagonale di canali e una fortezza dal sapore mediceo al centro.

Poi l'aereo virò e vidi soltanto il turchese del mare, due piccole torri che emergevano dall'acqua con una miriade di barche intorno, una nave da crociera e un'imbarcazione più piccola e colorata che prendeva la via del porto.

Allora non sapevo ancora che quello era il peschereccio Maria Annunziata e che un giorno sarei andata a salutarlo al molo dei Quattro Mori, nel porto di Livorno.

Nicola Sarti stava sistemando le strumentazioni e le sonde che aveva usato durante le operazioni a mare con il peschereccio.

Si interruppe solo per un istante per guardare il cielo quando qualcosa, in quella giornata senza nemmeno una nuvola, aveva osato mettersi tra lui e il sole.

La carena dell'aereo che aveva iniziato l'atterraggio proiettava su Nicola la stessa ombra che il passaggio di una megattera getta sulle creature del fondo marino.

Non che il sole gli fosse mancato in quei due mesi di campagna di pesca.

Era abbronzatissimo nelle parti che erano rimaste scoperte dalla salopette cerata arancione.

Agli arrivi trovai mia mamma con la telecamera puntata. Mi guardai intorno con un certo imbarazzo, temendo che qualcuno pensasse di veder arrivare una celebrità, ma non potei far altro che alzare gli occhi al cielo e sorridere all'obiettivo. Quando mi vide, il babbo cominciò ad applaudire con entusiasmo.

«Fermo che fai rumore nella ripresa!» lo apostrofò la mamma.

Lui allora iniziò ad applaudire ancora più forte.

Eccoli. Babbo e Mamma. Non li vedevo da Natale.

Lei: maestra, non ha mai smesso di giocare con le bambole e non mi ha ancora perdonato di essere cresciuta. La telecamera era il frutto di una recente crisi adolescenziale. Sì, perché l'alta tecnologia a basso costo di cui oggi possiamo beneficiare l'aveva spinta a procurarsi il mezzo più sicuro per immortalare il suo cantante preferito durante gli appostamenti all'uscita dei concerti in cui trascinava, da anni, il mio babbo. Tutta colpa di quella volta in cui, mio nonno, da ragazza, non le aveva dato il permesso di andare a un concerto di Gianni Morandi.

Lui: eterno giovane architetto, somiglia in tutto e per tutto all'Eraclito di Raffaello della scuola di Atene, soprattutto per il modo in cui sostiene con il braccio la testa pensosa. Quello che non si riesce a capire, dal quadro del Vaticano, è se anche al filosofo greco fosse capitato di uscire, in più di un'occasione, con i calzini spaiati.

«Sei un po' palliduccia amore, ma da quand'è che non vedi il sole?». La mamma spense la telecamera e mi abbracciò.

«Ma lasciala stare, non vedi com'è stanca? Allora, che cosa ci racconti?». Il babbo mi prese il trolley e aggiunse: «Volevamo portare la banda musicale ma era già stata prenotata!».

Mentre attraversavamo il parcheggio dell'aeroporto sentii vibrare il cellulare nella tasca, era un messaggio di Katja: *Come* è *andato il leaving drink? Io sto aspettando il tramonto per fare il bagno nel Mikveh con l'acqua di fonte. Ci vediamo domani!*

«Senti, tesoro» iniziò mia mamma appena fummo saliti in macchina, «secondo me l'avana del vestito che hai scelto per il matrimonio ti starebbe malissimo con quella cera che hai. Perché non ti metti quel vestitino fucsia? Quello che avevi all'ultimo saggio di pianoforte».

«Mamma, avevo quindici anni!».

«Be'? Te lo faccio allargare un pochino da nonna quando arriviamo a casa».

«Cosa vorresti dire, Lu? Che questa fanciulla ha mangiato un po' troppo cip e ciop o come la chiamate voi quella bomba di colesterolo avvolta in un foglio di giornale?».

«Fish and chips, e non è una bomba di colesterolo se non ci metti sopra troppa salsa tartara! E poi lo mangiavo soltanto il martedì a pranzo» aggiunsi con una punta di nostalgia. «Perché il titolare della friggitoria andava a scegliere il merluzzo fresco al mercato di Billingate alle quattro del mattino». O almeno così diceva.

«Non ti preoccupare amore, ci penso io a rimetterti in forma con la buona cucina mediterranea!».

«Sì, a suon di tortelli al ragù di cinghiale!» la rimbeccò il babbo.

«Comunque, mettiamo anche che mi entri il vestito, che scarpe ci metto? A parte i sandali che avevo messo da parte per quello avana, ho tutto il guardaroba nelle scatole che arriveranno la prossima settimana».

«Ne possiamo comprare un paio stasera».

«Ma quando arriviamo a casa i negozi saranno chiusi!».

«Vorrà dire che li compreremo lungo la via!».

«Sì, sai quanti negozi di scarpe si trovano sull'autostrada!» mise bocca il babbo.«No, non mi guardate tutte e due in quella maniera eh! Vabbè, prendiamo quest' uscita per Livorno».

Il negozio che faceva capolino su piazza della Repubblica sembrava molto fornito, ma avevo solo mezz'ora per scegliere prima che chiudesse. Per fortuna fu amore a prima vista: un paio di scarpette di pelle morbida d'argento chiaro, con un fiore della stessa pelle appuntato sul davanti e un tacco sinuoso abbastanza alto da pretendere una certa attenzione nell'uso ma non abbastanza da impedirmi di ballare. Uscii dal negozio con la scatola delle scarpe tra le braccia e un'aria molto soddisfatta. La mamma cercava di individuare dove il babbo, che ci aveva scaricato al volo davanti al negozio, avesse trovato parcheggio, mentre io cercavo di prefigurare se le scarpette si sarebbero intonate alle preziose tovaglie del matrimonio di Katja. Mi aveva mandato la foto di un campioncino per email.

«Ah, eccolo là!». Sventolò in aria la mano e lo chiamò: «Ettore!». Il babbo era in piedi dall'altra parte della piazza, quella verso la fortezza medicea. Stava guardando con profondo interesse il monumento a Leopoldo II di Lorena. Mamma si diresse subito verso di lui mentre io mi trattenni ancora per una manciata di secondi a fantasticare sulle mie scarpette nuove. «Andiamo!» mi richiamò la mamma. Feci per attraversare la strada ma forse guardai dalla parte sbagliata perché sentii un dolore acuto al gomito e alla gamba, annunciato da una scossa di vento. Le scarpe balzarono fuori dalla scatola e finirono sull'asfalto granuloso. Ah, asfalto inclemente, che osi sbucciarmi il ginocchio il giorno prima del ballo!

Alzai gli occhi e lo vidi.

In quella manciata di secondi ebbi il tempo di osservare solo due cose: era abbronzatissimo e aveva la barba di almeno una settimana.

Mi colpì però anche il tono della voce, pacato e gentile.

«Oddio, scusami, ti sei fatta male?». Mi aiutò ad alzarmi subito dopo aver appoggiato sul marciapiede la bici con cui mi aveva travolto.

«No, non è niente!» risposi, fingendo di non sentire male.

Solo più tardi avrei saputo che in quel momento stava andando di fretta perché doveva ritirare la giacca e i pantaloni gessati in tintoria.

«Possibile che tu sia sempre con la testa per aria?» mi apostrofò il babbo, con la *sua* testa ancora puntata all'insù verso Leopoldo.

«No, è che mi ero soffermata a studiare gli assi visivi della piazza. Il cannocchiale prospettico verso la Fortezza è davvero notevole».

«E io che ho passato mesi in pensiero, con la paura che finissi sotto uno di quegli enormi autobus rossi a due piani, invece mi vai a finire sotto una bici a Livorno!».

«Scusami per la delusione, mamma!».

Risalimmo in macchina e ci avviammo verso casa lungo la vecchia strada Aurelia.

Il tramonto tingeva gli scogli del Romito di rosso ruggine sopra la Cala del Leone e le chiome della macchia mediterranea si fondevano in una colata lavica a strapiombo sul mare infuocato.

Quando arrivammo a casa, la nonna aveva già apparecchiato e stava solo aspettando di sentire scavicchiare alla porta per buttare la pasta.

La nonna. Esile come una canna, quando parlava, cioè in qualsiasi ora del giorno o della notte, che ci fossero persone intorno a lei oppure no, lo faceva dispiegando in versi il repertorio di detti popolari accumulato in novant'anni. La sua mansione preferita era andare a buttare la spazzatura passando davanti agli annunci mortuari, perché così poteva tornare a casa tutta contenta di non aver visto scritto il proprio nome.

«Vediamo un po' cosa si può fare con questo vestito». La serata si prospettava lunga e impegnativa con la preparazione del vestiario e dell'acconciatura per il matrimonio.

«Ha una bella cerniera robusta, ma qui non c'è stoffa in più nelle cuciture, non te lo posso allargare».

«Nonna Amelia, ti prego, devi fare qualcosa, non saprei proprio cos'altro mettere domani!».

«Suvvia, non sarà il mal che il prete canti. Aspetta, mi è venuta un'idea, vieni su con me».

Nonna Amelia mi portò con sé nella soffitta e la mamma ci seguì incuriosita.

Erano anni che non salivo lassù. L'odore di legno e di chiuso si mescolava a quello della calce tra le tavelle malamente intonacate. C'era ancora il mio cavallo a dondolo in un angolo e ancora gli mancava un orecchio, nessuno ha mai saputo dove l'avessi nascosto. La nonna, scansando un po' di cianfrusaglie polverose, si diresse verso il baule in fondo alla falda del tetto. Io e la mamma dovemmo abbassarci un po' per non picchiare la testa, lei no, era piccolina. Davanti alla nonna, gracile e minuta, il baule appartenuto alla sua mamma, e alla mamma della sua mamma, appariva ancora più robusto e poderoso, come se i tarli avessero iniettato nel noce massello il vigore del tempo e la sua patina scura. Il coperchio, leggermente arcuato, gli conferiva, insieme alle decorazioni della serratura e delle maniglie in ferro battuto, un'aria da prezioso forziere. Su di esso sedeva, in precario equilibrio da anni, una bambolina. La mamma si preoccupò subito di prenderla in braccio e di cullarla: quella bambola si chiamava Lucilla e a guardarla con attenzione, dietro il vestitino fatto all'uncinetto, si potevano vedere le cuciture irregolari sulla pancia. Mia nonna l'aveva salvata con un' operazione chirurgica d'urgenza, si narra, quando sua figlia, un giorno che non aveva appetito, aveva nascosto una polpetta sotto la veste di Lucilla e non aveva fatto in tempo a proteggerla dal cane.

Quando la nonna aprì il baule si sollevò una nuvola di polvere, ma l'interno foderato di raso era lindo e immacolato, ogni cosa finemente piegata e avvolta in buste trasparenti: le dodici lenzuola di lino che le donne di casa avevano iniziato a ricamare per il mio corredo fin da quando ero bambina, le sei tovaglie con il bordo di trina bianca, i ventiquattro asciugamani di tela d'Olanda. Alcune delle federe portavano una *F* e una *C* maiuscole intrecciate in corsivo a punto pieno, altre nascondevano le iniziali della mia trisavola in un groviglio di ricami a intaglio.

«Pensavo che queste cose non potessero esser toccate fino al mio matrimonio» dissi, ricordando tutte le volte che mi era stato proibito di aprire quel baule da bambina.

«Infatti è proprio così, ma questa mi pare decisamente una situazione di emergenza». La nonna cominciò a impilare da una parte tutti i pezzi del mio corredo finché esclamò: «Ah, eccola!» e tirò fuori una busta leggerissima che doveva avere un peso notevole nei suoi ricordi a giudicare dall'affetto con cui la guardò e dal modo in cui gli occhi le si inumidirono e brillarono alla luce dell'unica lampadina che pendeva dalla trave maestra del tetto.

«Questa è la sottoveste delle mie nozze».

«Una sottoveste, nonna?».

La tirò fuori con cura dalla busta e la srotolò appoggiandola sul braccio. La accarezzai. Era di una seta impalpabile, azzurra come un fiordaliso. Aveva una fantasia di fiori ricamati nella stessa tonalità che si raccoglieva sui seni. Le spalline sottili. Sembrava stringersi leggermente in vita per poi ricadere morbidamente fino all'orlo.

«Provatela, dai!».

Me la misi e me la sentii addosso aderente come un guanto di velluto, soffice come una carezza. Il contatto della stoffa con il corpo mi provocava un solletico indefinito e mi faceva sentire nuda. C'era ancora il vecchio specchio contornato di conchiglie d'oro appoggiato in un lato della soffitta. La mamma tolse due scatole per farmi specchiare. Mi piaceva, sì, mi piaceva, dovevo solo abituarmi un po' a questa sensazione di leggerezza.

«Si può sapere che cosa combinate lassù?» sentimmo il babbo urlare da sotto. Nessuna di noi gli rispose.

«Certo che come vestito per un matrimonio di giorno mi sembra un po' lunghetto» appuntò la nonna. Effettivamente, quella sottoveste che a lei doveva essere arrivata fino ai piedi e a me arrivava poco sopra il polpaccio, era ancora troppo lunga come vestito per una cerimonia che si sarebbe svolta al mattino. «Potrei tagliarne un pezzo e rifinirlo con un orlo a frullino. Sì, poi con la stoffa d'avanzo ti ci faccio una fusciacca da legare sul fianco. Lucia, vammi a prendere gli spilli che devo segnare la lunghezza!». La mamma corse a prendere la borsa del cucito e portò su anche le scarpette d'argento. Lo specchio mostrava la mia figura intera con quel tono d'azzurro serico e pastoso della veste che sembrava non aver fatto altro per tutta la sua esistenza che aspettare l'argento chiaro di quelle scarpe. La nonna frugò di nuovo nel baule e tirò fuori foulard, fazzoletti e guanti di seta, trovò una stola di lana grigia dai riflessi perlacei, leggerissima. «Provati questa, se è come per le nostre chiese, ti ci vorrà pur qualcosa sulle spalle in sinagoga». La stola mi fasciava il décolleté con un'eleganza marmorea mentre la sottoveste di seta vi scivolava dentro come un'anguilla. Le scarpette d'argento si dilettavano a riverberare la luce ambrata della lampadina. Con l'aggiunta del tocco di una collana e di un paio di orecchini di perle, le signorine sulle pagine delle vecchie riviste di moda della nonna avrebbero fatto a gara per invitarmi a prendere un tè con loro.

Capitolo 7

Partii con la macchina molto presto. La cerimonia era fissata per le undici.

Non avevo dormito granché, un po' per i bigodini, un po' per i pensieri contrastanti che non la smettevano di susseguirsi nella mia mente.

L'emozione di essere tornata a casa e il terrore per il vuoto che si affacciava nel mio futuro si spartivano l'inquietudine della veglia. Certi pensieri, quando vengono di notte, non li riesci mai a scacciare. Riuscii a trovare un po' di pace soltanto quando una striscia di luce comparve sotto la porta e l'odore dei bomboloni iniziava a permeare la stanza. Mi parve addirittura di sentire risuonare nella mia testa la voce gentile di quel ragazzo di Livorno. Poi mi addormentai, anche se solo per un'ora o poco più.

Mi salutarono tutti insieme, la nonna, la mamma e il babbo, davanti alla porta di casa, come se fossi un'emigrante che partiva; invece ero appena tornata.

«Ricordati di guidare a destra!» sentii urlare il babbo mentre giravo l'angolo della strada.

Poi, per un po', sentii soltanto la voce, cortese e affabile, del navigatore satellitare che mi suggeriva di girare a destra e di imboccare la strada Aurelia verso sud.

Buongiorno castelli abbarbicati sui colli,
con le torri in filaretti di pietra e le feritoie sparse.

Buongiorno campi di grano, oliveti rinati dopo la gelata dell'85, casolari isolati accanto alle querce maestose.

Buongiorno cipressi, uccellini appollaiati sui fili tra i pali della luce, capannoni ai lati della strada con le fiere di campagna a primavera e le sagre dell'acqua cotta in estate.

Buongiorno spiagge assolate, terre arse dal sole che disfaceste la Pia e deste i natali al Tiburzi, cavalli color caramello al di là delle staccionate, bufali alla ricerca dell'ombra, cespugli di mirto che offriste rifugio a briganti ed eroi.

Buongiorno sole, che mi abbagli dopo aver svoltato con la macchina verso Est.

Buongiorno notti d'estate, con i concerti che profumano di nepitella e gli amici dell'infanzia.

Buongiorno a te, mamma, che ti sei svegliata all'alba per farmi trovare i bomboloni caldi a colazione.

E anche a te, babbo, che hai portato a revisionare la macchina anche se non ce ne era bisogno.

Buongiorno, nonna Amelia, che hai fatto le ore piccole per modificare la mia veste, stirarla e ripiegarla con cura perché fosse bella per me come lo è stata per te.

Ogni tanto guardavo lo specchietto retrovisore per controllare che fosse tutto a posto e sorridevo ai boccoli castani un po' vintage che rimbalzavano come molle. I bigodini avevano svolto il loro lavoro. Anche quelli erano opera di nonna Amelia, che aveva sempre amato lavorare come sarta ma non avrebbe disdegnato di aprire un salone per parrucchiera. Prendersi cura della mia pettinatura era una delle sue principali missioni quando ero a casa e, per sopperire al fatto che il più delle volte dimenticavo di pettinarmi, mi inseguiva con una spazzola per tutta la casa.

Passai sotto un arco di tigli che intersecavano le chiome da una parte all'altra della strada, lasciando trapelare bagliori accecanti nell'aria tinta di verde chiaro. Poi sulla sinistra, dopo un muro avvolto di rampicanti color vinaccia, attaccata al margine della strada, comparve all'improvviso una chiesetta minuscola e deliziosa, addossata a un edificio di epoca sicuramente più tarda, con un campanile intonacato di fresco. Tanto mi colpirono la porticina murata con l'arco ogivale di marmo e il rosone e il timpano che spiccavano in rilievo sui ricorsi alternati di mattoni e tufo, che quasi tirai a dritto per il tornante che si presentò subito dopo e che dispiegò davanti ai miei occhi una vista mozzafiato. Una muraglia di roccia vulcanica si aggrappava alla collina e su di essa si arrampicavano le case: ero quasi arrivata a Pitigliano.

La strada si immerse nel verde della valle del fiume Meleta, poi si tuffò nel giallo oro del masso tufaceo, come se la carreggiata stessa fosse ricavata dal taglio della roccia. Vidi alzarsi di fianco a me gli archi di quello che sembrava un antico acquedotto sorretto da un enorme pilastro di pietra. Questo scomparve definitivamente dalla mia vista quando, dopo l'ennesimo tornante, fui inghiottita da un vicolo sempre più stretto che mi schiacciava tra le rimesse scavate nella rupe da una parte e le case intonacate dall'altra, finché non trovai parcheggio nella piazzetta davanti a un bar.

Ero esausta. Avevo sottovalutato la difficoltà di guidare dopo tanto tempo e dopo la notte insonne, concentrandomi per mantenere la corsia di destra, e adesso rischiavo persino di fare tardi. Speravo soltanto che le spose ebraiche si facessero attendere come le nostre.

Entrai di corsa nel bar trascinandomi dietro il trolley con il cambio di vestiti e chiesi un caffè al bancone. Lo mandai giù tutto d'un sorso scottandomi la bocca per la fretta. L'odore di sigaretta trasudava dai muri del locale e dalle poltroncine foderate di velluto, anche se fumare nei luoghi pubblici era proibito da tempo. Inutile la grande ventola che si avvitava lentamente sulla sala. Sparii nel bagno e ne uscii con un po' di timore, dato che ero entrata in jeans e scarpe da ginnastica e ne ero uscita in sottoveste, ma mi accorsi che i signori ai tavolini, concentrati a giocare a carte, ciascuno con un bicchiere semivuoto di vino rosso davanti, non alzarono la testa dal loro impegno nemmeno per un secondo.

Riportai di corsa il trolley in macchina e tirai fuori dal cruscotto la cartina che Katja aveva allegato agli inviti: avevo circa cinquecento metri per abituarmi alla leggerezza di quella seta. Dopo aver controllato un'ultima volta nello specchietto le mie labbra truccate, mi diressi verso la sinagoga.

Passai, con il massimo della velocità che i tacchi delle scarpe nuove mi consentivano, accanto ai due archi dell'acquedotto mediceo e superai, uno dopo l'altro, i tredici archi più piccoli. Poi attraversai una piazzetta e la strada si biforcò in due. Senza perdere tempo a guardare la cartina decisi di seguire due ragazzi vestiti con giacca e pantaloni neri, camicia bianca e copricapo grigio chiaro sulla testa. Non potevano che essere due invitati al matrimonio. All'angolo della casa che oltrepassai, c'era una targa con scritto VIA ZUCCARELLI. La via si faceva sempre più stretta man mano che velocizzavo l'andatura sul lastricato di pietra, stentando a stare dietro al passo svelto di quei due. Scorrevano sulle pareti accanto a me i blocchetti di tufo tagliati in pezzi irregolari, i lampioncini a mensola in ferro battuto, le cornici di travertino alle finestre e gli ampi portali ad arco con i conci in chiave scolpiti come stemmi gentilizi. Poi le pietre tufacee presero la forma di un tunnel e mi ritrovai a passarci sotto mentre i ragazzi si erano già fermati davanti ai due militari all'ingresso del cortile della sinagoga. Katja mi aveva avvisato anche di questo. Passai i controlli e tirai un sospiro di sollievo quando riconobbi Anisha, Ysabel e Jane con i loro rispettivi mariti.

«Che bel vestito, dove l'hai preso?».

Non erano ancora passati due giorni da quando ci eravamo viste al mio leaving drink, ma mi sembrava passato un anno intero.

Jane, nonostante il pancione di sette mesi insistette perché entrassimo dall'accesso laterale e ci inerpicassimo per le scalette che portavano al matroneo, la parte superiore che una volta era riservata alle donne. Ai mariti, prima di entrare dall'accesso principale, vennero consegnate le *kippah*, i copricapo che avrebbero dovuto indossare dentro la sinagoga. Avevano le iniziali di Katja e Davide ricamate sopra: ne ho ancora una che custodisco per ricordo nel cassetto.

Ci sedemmo nella panca dietro la balaustra intarsiata del matroneo.

Sarebbe stata una posizione privilegiata per assistere alla cerimonia, se non fosse stato per il parapetto di legno che era più alto di noi. Dai fori degli intarsi potevamo vedere i lampadari a candeliere che pendevano sopra le teste degli invitati. Dall'alto vedevamo i copricapo grigio chiaro degli uomini distribuirsi tutti in una parte della navata, finché non si disposero tutti in una linea omogenea che si stringeva davanti alle panche adiacenti alla parete, nascondendo il pavimento a scacchiera. Le donne, qualcuna con un fazzoletto sul capo, si sistemarono davanti alle panche della parte opposta, al di là del pulpito centrale in legno.

Per l'occasione era stato allestito al centro della piccolissima sinagoga anche un baldacchino ricoperto di velluto bianco e avviticchiato da filo d'oro. E d'oro erano le cornici pitturate intorno alle scritte in ebraico sul soffitto e sulle pareti, accanto ai candelabri a sette braccia.

«Quel baldacchino è la *Chuppah*, simboleggia la casa degli sposi!» sussurrò Ysabel.

D'un tratto partì dagli altoparlanti una musica solenne e nostalgica, ma la malinconia fu subito spazzata via dallo scroscio di applausi che accompagnò l'entrata dello sposo con sua madre sottobraccio. Entrarono subito dietro di loro un signore molto alto con una donna anziana, probabilmente la nonna di Davide. Poi la stessa musica si levò in crescendo ed entrò la sposa, con uno scoppio di applausi ancora più fragoroso. Guardavamo la scena incollate alla balaustra, cercando di non appoggiarci a essa, come raccomandava il cartello. Ci scambiammo occhiate orgogliose per il grande fiore di seta che si intravedeva sotto il velo di Katja.

A un certo punto la mia attenzione si posò su un tipo, giù di sotto, la cui faccia in qualche modo mi era familiare. Eppure non riuscivo a capire dove potevo averlo visto. Aveva la *kippah* un po' sgangherata sopra il cesto di capelli scuri e ogni tanto si metteva le mani in testa per aggiustarla. Si vedeva che non era abituato.

«Quel ragazzo là in fondo è un nostro collega? Mi sembra di conoscerlo» chiesi a bassa voce ad Anisha.

«No, non credo, deve essere un amico di Davide».

Un cantore accanto al rabbino intonò un salmo in ebraico e mi parve di vedere Katja e il suo sposo bere dallo stesso calice di vino.

Udii la voce di Davide che diceva: «Tu sei sposata a me con questo anello, secondo la legge di Mosè e di Israele».

«Lo scambio degli anelli!» sussurrai.

«No, è solo lo sposo che dà l'anello a lei!» mi corresse Ysabel, che si era documentata.

«Ma il bacio c'è?» incalzò Anisha.

«Non lo so».

In quell'unico momento di silenzio della cerimonia, le nostre voci risuonarono più alte di quanto avessimo pensato e vidi il tizio guardare in su verso il matroneo. Mi venne l'istinto di nascondermi dietro la balaustra. Ma Anisha continuò a chiacchierare:

«Che cosa c'è in quel cartoncino bristol blu?».

«Deve essere il contratto matrimoniale che Davide porge a Katja» rispose Ysabel.

Poi gli sposi si spostarono davanti a una tenda azzurra

«Ci deve essere l'*Aron* là dietro, l'armadio dove vengono custoditi i rotoli della *Torah*» continuò Ysabel.

Il cantore intonò un altro salmo mentre i genitori adagiavano una mano sulle loro teste, come fece il rabbino con la stola che portava intorno al collo.

«Credo che sia la benedizione degli sposi» sussurrò Ysabel, anticipando i nostri sguardi interrogativi.

Il rabbino disse qualcosa che non sentii, seguirono risate e uno scroscio di applausi e le grida di gioia delle donne, quelle fatte con un'acrobazia della lingua sul palato la cui tecnica veniva tramandata di madre in figlia. Cominciarono a uscire tutti dalla sinagoga insieme agli sposi, le donne continuando a lanciare in aria quelle grida a metà tra il canto e l'ululato, gli uomini cantando e battendo le mani. Il più scatenato fra tutti era lo zio di Davide.

Uscii di corsa dal matroneo per non perdere di vista il tizio di prima: lo vidi togliersi la *kippah* non appena varcato il portone.

Ma dove l'avevo visto? Dovevo scoprirlo. Mentre stavo per raggiungerlo, una ragazza si lanciò verso di lui e lo abbracciò con calore, coinvolgendolo in una conversazione che non mi sentii di interrompere. Intanto lo sposo si era fermato sul lastricato di pietra con il bicchiere di vetro da cui aveva bevuto durante la cerimonia, lo aveva posato per terra e lo aveva rotto con un piede.

«Simboleggia la distruzione del tempio di Gerusalemme e il popolo eletto scacciato dalla Terrasanta» ci informò Ysabel.

Dopo i saluti agli sposi e la foto con gli amici di lui, vidi sparire il tizio misterioso, ancora abbracciato a quella ragazza, nel vicolo da cui ero arrivata poco prima.

Lo cercai al forno delle azzime e in tutti gli spazi del ghetto ebraico ricavati nella rupe che ci avevano consigliato di visitare prima di andare al ristorante, lo cercai nelle stradine a strapiombo sul masso, lo cercai perfino nella via cava scavata nel tufo dagli scalpellini etruschi alla fine del paese, ma lo ritrovai soltanto al buffet degli antipasti, davanti alle rose rifiorenti che un contadino sapiente aveva piantato al capo di ogni filare di vite, di fronte all'agriturismo. Era sotto il gazebo, dietro la giara del miele, quando le cicale avevano iniziato a frinire nel mezzogiorno rovente.

Gli invitati sorseggiavano l'aperitivo sotto il gazebo di canapa, in attesa degli sposi che erano andati a cercare le prospettive migliori per il servizio fotografico. Alcuni facevano la fila per i fritti di verdure, i canapè di alici e la tartare di tonno, ma ai formaggi in quel momento non c'era nessuno, tranne lui. Mi avvicinai al bordo del tavolo, dalla parte opposta alla sua. La giara era lì, tra lui e me, rotonda come un'ampolla, ricolma di miele. Lo osservai mentre riempiva il piattino con una fetta di pecorino di Pienza, una di Marzolino del Chianti, una di caciotta stagionata e copiai i suoi movimenti aspettando che posasse la forchettina. Intanto lo guardavo e lo osservavo in lungo e in largo, i capelli bruni un po' a spazzola, le spalle robuste, il volto solido ma sottile, la camicia bianca a righine rosa che faceva risaltare l'abbronzatura. Poi prese il giramiele e lo tuffò nella giara. Rimasi ad aspettare il mio turno e a un certo punto mi accorsi che era lui che mi guardava.

«Nicola, vieni a sederti con noi!».

Sentii queste parole provenire dalla stessa ragazza che lo aveva catturato all'uscita della sinagoga.

«Arrivo!» rispose lui, e nell'istante in cui pronunciò quella sola parola, con quel timbro pacato e gentile, una scintilla mi scosse da capo a piedi.

Era il tizio che mi aveva travolto a Livorno. Sì, era lui.

Non l'avevo riconosciuto subito perché ora aveva la barba fatta di fresco e profumava di lavanda, ma quella voce era inconfondibile.

Raggiunsi le ragazze e raccontai loro con concitazione della mia scoperta.

«Ma dai, incredibile, se tu lo scrivessi in un romanzo non ci crederebbe nessuno!» incalzò Jane.

«Qui bisogna fare qualcosa!».

«Fare cosa?». Le ragazze si misero a confabulare e ridacchiare alle mie spalle. «L'unica cosa per cui essere contenti è che non mi abbia riconosciuta: farmi travolgere da una bicicletta, che figura!».

In quel momento si levarono grida e applausi. Erano ricomparsi gli sposi. Katja e Davide si misero a sedere davanti a un tavolino rettangolare con una ciotola di dolcetti e alcuni calici. Presumo fossero i parenti più stretti quelli che si sedettero accanto a loro e che intonarono una sorta di salmo in ebraico. Riuscivo a capire soltanto una parola ricorrente: *Adonai*. Alla fine della litania riconobbi l'augurio *Mazel Tov*! seguito dall'alzata dei calici, e fu sulle note di *Siman Tov, Mazel Tov!* che l'orchestrina ci accolse nel salone dove lo stesso paesaggio della campagna maremmana che aveva fatto da sfondo agli antipasti all'aperto era riprodotto con trompe-l'oeil sui muri e sulla grande volta a crociera. L'orchestra suonava musica *klezmer*, quella delle feste, che sa esprimere la gioia così come la sofferenza, sa essere comica e malinconica al tempo stesso, quella musica che così tanto doveva agli influssi rumeni, russi, polacchi, ucraini, ungheresi e bulgari, che tanto era simile a quella delle popolazioni zingare eppure aveva il sapore del deserto. Era legata al filo melodico delle cerimonie liturgiche, ma era una musica profana, povera, sporca, una musica da strada.

Senza perdere tempo e senza sprecare nemmeno una nota, gli uomini si organizzarono in una *hora* e si misero a ballare in circolo tenendosi per mano e spostandosi lateralmente; incrociavano i passi, poi cambiavano peso da un piede all'altro e poi incrociavano di nuovo i piedi uno davanti all'altro, continuando a girare verso destra. Appoggiavano il tacco, risollevavano il piede e poi lo riappoggiavano completamente a terra, tutto come se si fossero accordati prima, con le camicie che già cominciavano a uscire dai pantaloni. Ancora una volta lo zio di Davide era il più scatenato di tutti. Mentre il cerchio si apriva e si chiudeva, Davide e Katja venivano inglobati nella coreografia e lanciati in aria sulle spalle dei cugini e degli amici. Le donne crearono un cerchio a loro volta e rimasero dapprima in disparte poi si mischiarono agli uomini.

Ci buttammo anche noi nella baruffa di corpi mentre i violini andavano sempre più veloci, i tamburelli battevano come un treno in corsa e il clarinetto rincorreva gli archi.

Intanto, con la curiosità che mi attanagliava, cercavo di non perdere di vista il tipo di Livorno e speravo segretamente che venisse a ballare per agganciare il suo sguardo. Ma lui rimaneva lì, a osservare, finché a un certo punto fu risucchiato anche lui da un braccio che lo prelevò dal bordo della pista: insieme alla coppia degli sposi tutti gli ospiti dovevano ballare!

Invece dello sguardo, gli agganciai una mano, ma fu solo per un istante perché la configurazione cambiò di nuovo e la musica che era iniziata lenta, quasi tragica, ed era cresciuta all'impazzata fino al culmine della tensione espressiva, cessò di colpo dopo l'ultima grandinata di tamburelli. Ritornammo ciascuno al nostro tavolo, dove ci aspettavano tortelli di ricotta di pecora ricoperti di zucchero e cannella.

Insieme alle note dell'orchestra che continuava a divertirsi, scorrevano sui tavoli fiumi di vino rosso rubino dai riflessi violacei. I camerieri attraversavano la sala con vassoi ricolmi di tagliatelle al ragù di pistacchio e poi di triglie al pomodoro e gli invitati continuavano a ballare tra una pietanza e l'altra mentre la mamma della sposa si commuoveva udendo la melodia di *Oci Ciornie* e si scatenava subito dopo con la *Balalaika*. Davide e Katja, credo, non toccarono cibo; li vedevamo levitare sopra le teste dei parenti e degli amici che a un certo punto li sollevarono per aria mentre erano seduti sopra le loro sedie. Afferrarono un fazzoletto bianco e lo tennero ciascuno per un lembo, senza mollarlo mai mentre venivano sballottati da una parte all'altra della stanza.

Anch'io ballai, e ballai così tanto che mi cominciarono a fare male i piedi, lasciai le scarpette d'argento al bordo della pista e continuai a ballare scalza. Speravo in qualsiasi momento di trovarmi davanti il tipo di Livorno, ma lui se ne stava lì, al tavolo, a chiacchierare con quella, oppure rimaneva in piedi a lato della pista a osservare. Avrei voluto chiedere a Katja chi fosse, ma non appena mi avvicinavo, lei veniva inghiottita di nuovo dalle danze. La musica continuava senza regole e lo zio di Davide catturava l'attenzione verso di sé provando a tenere in equilibrio sulla fronte una bottiglia di vino vuota.

Fu poi la volta del buffet dei dolci. C'era di tutto, gli sfratti ripieni di noci e miele nati dalla fusione tra cucina maremmana ed ebraica, la crostata di ricotta e mele fritte, i dolcetti di datteri e uvetta, le pagnottine morbide all'anice. Ma quelli che conquistarono la mia attenzione furono i baklava dorati dal miele, con i loro strati di sfoglie finissime e croccanti. Erano i miei dolci preferiti, non importa se nella versione turca, mediterranea o mediorientale, mi piacevano in tutti i modi: arrotolati in capelli sottili di pasta, ripieni di pistacchi, rotondi, a losanga, ricoperti di mandorle tritate.

Fu quasi uno shock quando, rapita dall'estasi della sfoglia intrisa di miele che mi si scioglieva in bocca scricchiolando, mi trovai di fronte lui.

«Devono essere buoni!» mi disse, mentre continuavo ad assaporare il dolce, nonostante l'innegabile turbamento. Ancora masticando, e senza nemmeno chiederglielo, misi tre baklava in un piattino e glieli porsi, poi mentre finivo di sciogliere i fili di pasta incollati sul palato gli dissi: «Provali, sono la cosa più buona del mondo!». Subito dopo, per rispondere al suo sguardo interrogativo aggiunsi: «Il primo è per liberare la bocca dagli altri sapori, il secondo è quello che gusti appieno perché sai che ce ne sarà un altro, il terzo rappresenta il limite ragionevole tra l'appagamento e il desiderio di averne ancora».

Percepii un sorrisetto rompere la sua espressione attonita. Tanto era sempre così, più volevo fare bella figura e più le mie labbra prendevano l'iniziativa per dire le cose più strampalate.

«Nicola, tu prendi il caffè?» si intromise di nuovo quella ragazza, chiamandolo dal loro tavolo.

«Corretto alla sambuca per favore!» le rispose, mantenendo quel tono pacato pure avendo dovuto alzare la voce perché lei lo sentisse.«Grazie!» mi disse, ancora con quel sorrisetto indecifrabile im presso sul volto, e se ne andò con il piattino di baklava in mano.

Pensai che quel tizio si sarebbe ricordato di aver parlato, un giorno, con una squilibrata maniaca dei baklava senza che io avessi avuto l'occasione di riparare con qualche frase più intelligente, magari un apprezzamento sui festeggiamenti, sulla location o un commento sul clima, sul riscaldamento globale per esempio.

Tornai al tavolino e venni assalita dalle ragazze: «Allora, ci hai parlato? Ti ha riconosciuta? Vi siete scambiati i numeri di telefono?».

«Abbiamo parlato di baklava» risposi io, quasi con un sospiro.

Poco dopo il taglio della torta vidi che Anisha parlottava animosamente con Katja, vidi Katja chiamare Davide e lui che si unì alla conversazione.

La musica aveva assunto dei toni più calmi.

Andai verso di loro per ringraziare e salutare e d'improvviso mi assalì tutta la tristezza che fino ad allora la festa e le danze avevano esorcizzato. Chissà quando avrei rivisto di nuovo le mie amiche. Arrivarono anche Ysabel e Jane con i consorti.

«Anisha non vedo tuo marito».

«Eccolo che arriva!».

Naresh teneva in mano un tovagliolo tutto impiastricciato, come un bimbo che si è imbrattato con una torta al cioccolato.

Indugiammo in abbracci prolissi e magniloquenti, poi, a passi lenti, controvoglia, mi avviai verso la macchina parcheggiata davanti all'agriturismo. L'aria dorata del pomeriggio gettava una malinconia soffusa sulla vigna e sui campi coltivati.

Misi la chiave nel cruscotto e pigiai la frizione. Niente. Non succedeva niente. Riprovai di nuovo e poi riprovai ancora, la macchina non si voleva accendere.

Tornai dentro per chiedere aiuto. Davide e il marito di Anisha, quello di Ysabel e quello di Jane, si precipitarono nel parcheggio. Provarono a mettere in moto, aprire il cruscotto e armeggiare, fare supposizioni.

«Non è possibile, è stata appena revisionata. Ci sarà un meccanico qui vicino?».

«È domenica, non credo proprio che ci sia qualcuno aperto» disse Davide sollevando le sopracciglia in segno di disfatta e mortificazione.

«E ora? Dovrò chiamare i miei genitori perché mi vengano a prendere».

«No, no!» disse Anisha. «Non vorrai mica che facciano tutto questo viaggio!». Poi continuò, rivolgendosi a Katja e Davide: «Non c'è nessuno dei vostri invitati che potrebbe darle un passaggio almeno per un pezzo?».

Davide si lisciò il pizzetto in modalità meditativa.

«Vediamo un po', ci sarebbe un mio collega, Nicola Sarti, che va nella stessa direzione, deve tornare a Livorno».

Mi tremarono le gambe.

Capitolo 8

«Allora, sei andata anche tu a provare *come sa di sale lo pane altrui*?» mi disse lui, riferendosi alla mia condizione di espatriata, mentre ci avviavamo alla sua macchina.

«Pensa che buffo» continuò guardandomi per un attimo dal ginocchio in giù. «Ero convinto di aver visto sull'asfalto a Livorno le stesse scarpe che ho notato al bordo della pista da ballo poco fa e che mi pare di vedere ora».

Arrossii per l'imbarazzo, mi aveva riconosciuta.

Aprì per me la portiera e mi fece accomodare, poi si sedette al posto del guidatore, allacciò la cintura con garbo e dopo aver messo in moto la macchina e imboccato la strada principale, infilò nel lettore un Cd e abbassò il volume. Sulla copertina della custodia da cui lo aveva estratto, la scritta in stampatello nero risaltava sopra un muro di mattoni bianchi. Quando la batteria iniziò a scandire il ritmo che il basso inseguiva con zelo, e la chitarra elettrica cominciò a emergere dal sottofondo, dissi:

«Il coro dei ragazzi che cantavano questo pezzo insieme ai Pink Floyd era di una scuola vicino a casa mia, a Londra». Mi sorpresi perché l'avevo chiamata *casa mia* anche se non lo era più. Era il segno, comunque, che ero già entrata nella parte che avrei recitato da allora in poi.

«Ma davvero era vicino casa tua? Se non mi sbaglio c'è stata di recente una protesta legale da parte di quei ragazzi contro i Pink Floyd».

«Sì, sembra che quando incisero il disco la preside della scuola si fosse talmente scandalizzata delle parole che erano state messe in bocca ai suoi studenti che vietò ogni contatto con la band. Probabilmente anche per questo, a quel tempo, non fu riconosciuto loro alcun diritto».

Avevamo il sole del tardo pomeriggio negli occhi, ma lui non sembrava soffrirne dietro i suoi occhiali scuri. Abbassai il parasole e notai nello specchietto che i brillantini che avevo messo la mattina sul petto luccicavano ancora di più, mentre i boccoli si erano scomposti e del rossetto non c'era più traccia.

«Ma dimmi di te, se sei un collega di Davide dovresti aver a che fare con il mare, giusto?» gli chiesi. Mi raccontò che spesso, per lavoro, doveva salire su un peschereccio.

«Mi piacerebbe salire a bordo di un peschereccio!» gli dissi.

«Sì, se non soffri il mal di mare!».

«Io non soffro il mal di mare!».

«Il peschereccio, credimi, è tutta un'altra cosa. Ho visto tanti lupi di mare che sono diventati verdognoli non appena vi hanno messo il piede sopra. Il puzzo di pesce, il gasolio, il rumore del motore sono fattori da non trascurare».

«Eppure sono così pittoreschi, tutti colorati, così romantici».

«Penso che i pescherecci siano i mezzi più inquinanti che esistano: consumano dai seicento agli ottocento litri di gasolio al giorno, qualcuno arriverà anche a mille».

«Ma che cosa fai di preciso sul peschereccio?».

«Prelevo i campioni di pesci, determino le specie, la taglia, l'età».

«L'età?».

«Sì, l'età è la cosa più importante».

«Ma come fate a vedere l'età?».

«Contiamo gli anelli su degli ossicini che stanno nella testa dei pesci, come si fa con i cerchi degli alberi».

«Ma saranno minuscoli!».

«Be', di alcuni pesci si possono vedere anche a occhio nudo, ma per vedere quelli delle acciughe, sì, ci vuole il microscopio. Se vuoi, un giorno puoi venire a trovarmi in laboratorio e te li faccio vedere».

«Mi piacerebbe! Ma una volta che ne hai determinata la specie, la taglia e l'età, che te ne fai di questi dati?».

«Bella domanda! Questi dati sono solo piccoli pezzi di informazione, piccoli indizi che ci serviranno per provare a ricostruire l'intero scenario».

«Ah, quindi sei un detective!».

«Be', in un certo senso sì, un detective ecologico! Il problema con i pesci è che non sai mai la reale abbondanza delle popolazioni».

A metà del viaggio sapevo già che *Merluccius merluccius* è il nome scientifico del nasello, mentre quello che noi chiamiamo merluzzo è in realtà il *Gadus morhua*. Avevo scoperto che giugno e luglio sono i mesi migliori per pescare scampi e moscardini, e che i gamberi rossi sono buoni crudi con un po' di limone.

Percorremmo la campagna che si preparava ad accogliere la mietitrebbia e arrivammo quasi al mare, tra la Giannella e Talamone, lì dove il fiume Albegna incontra le saline. Costeggiammo i monti dell'Uccellina con le torri di avvistamento sui crinali e attraversammo l'Ombrone. Me ne accorsi perché lui rimase un bel po' a osservare fuori dal suo finestrino, quasi riuscisse a contare, dal ponte, i pesci sul fondo del fiume. Mi disse, invece, che la portata in quel momento era piuttosto magra e che lo aveva visto ben più gonfio d'acqua altre volte. Non potevo credere di essere proprio lì, seduta accanto al tipo del giorno prima, con la sottoveste della nonna che si sgualciva e inumidiva per il sudore sotto la cintura di sicurezza, e il cerotto sul ginocchio, lì dove me lo ero sbucciata cadendo. Lui che ora fischiettava con disinvoltura accompagnando il ritornello di *Comfortably Numb*.

Alla fine del viaggio sapevo che quello che mangiamo noi è il tonno pinna gialla dell'Oceano Indiano, mentre il tonno rosso del Mediterraneo va a finire direttamente sulle tavole del Giappone. Sapevo che il nonno lo portava a pescare le carpe nella diga del Pero quando aveva quattro anni e aveva già deciso che da grande avrebbe fatto il biologo marino. Alla fine del viaggio sapevo anche che mangiava soltanto cioccolata fondente all'ottantacinque per cento e che volevo disperatamente rivederlo.

Lui di me sapeva che lavoravo a Londra e che avevo preso due settimane di ferie cogliendo l'occasione del matrimonio di Katja e Davide.

Questa era la versione ufficiale che doveva circolare, mi ero raccomandata anche con Katja e le altre già prima di partire. Non sarei riuscita ad affrontare il rientro dicendo a tutti che ero stata licenziata. Non avrebbero capito la situazione.

Avevo due settimane per inventare qualcosa, a cui se ne aggiungevano altre due per un viaggio in Marocco che avevo prenotato per perfezionare la conoscenza della lingua araba.

L'avevo già studiata per conto mio perché mi piaceva la sinuosità della grafia e la complessità dei suoni consonantici e ora mi dava l'occasione per posticipare il momento in cui avrei dovuto affrontare la realtà.

Tutti avrebbero pensato che facevo questo viaggio per via dei tanti progetti che avevamo dal Maghreb al Mashrek.

Qualcosa in queste quattro settimane doveva pur venirmi in mente.

Il lunedì successivo mi feci accompagnare all'agriturismo per far riparare la macchina, e il meccanico non si capacitò di come potesse essersi sganciato quel cavo della batteria. Soltanto più di un anno dopo seppi che la macchina era stata boicottata di proposito dal marito di Anisha dopo che lei era riuscita in qualche modo a prendermi le chiavi dalla borsetta, con Katja e le altre come complici.

Avrei dovuto immaginarlo quella stessa mattina in cui ero andata a riprendere la macchina, quando Katja mi tempestava di domande sul viaggio con lui, tenendo stampato sulla sua faccia quel sorrisetto tra il beffardo e il compiaciuto mentre diceva a Davide:

«Hai sentito, hanno parlato un sacco in macchina! Hai sentito? Si sono scambiati i numeri di telefono!».

Katja e Davide infatti erano ancora all'agriturismo, dove avevano passato i primi giorni della luna di miele. Sarebbero volati in Russia l'indomani a visitare i luoghi dove lei aveva passato l'infanzia. Poi sarebbero tornati alla vita di tutti i giorni, lei a Londra, a disegnare case, lui a Roma, a disegnare grafici sull'andamento delle popolazioni ittiche, in attesa di un trasferimento dalla Sapienza alla University of Central London.

Non posso negare di aver passato i giorni successivi al matrimonio a pensare a Nicola, mi sembrava di sentire ovunque il profumo di lavanda della sua camicia e di udire le sue parole soffici e decise riecheggiare nelle mie orecchie. Percepivo il ritmo del mio respiro aumentare d'intensità quando pensavo al suo sguardo sagace.

Un pochino dovevo essergli piaciuta anch'io però, perché a metà settimana arrivò una sua chiamata. Mi disse: «Siamo al giro di boa, che fai questo weekend?».

A metà settimana, arrivarono anche gli scatoloni da Londra: calzemaglie luccicanti che strinsi al petto con nostalgia nonostante adesso stonassero con i trenta gradi e le tinte color sabbia del litorale. Vestitini pieni di brillanti che odoravano un po' di stantio per via del tempo che avevano trascorso chiusi nell'armadio accostato alla parete che dava sul New River. Scappò fuori anche la targhetta di plexiglass rosso scarlatto con il mio nome inciso sopra, quella che tenevo accanto alla mia postazione di lavoro da ARA.

Il sabato pomeriggio, l'elettricità e l'eccitazione dei preparativi per la prima uscita con lui, avevano messo in subbuglio tutte le stanze di casa. Mamma e nonna discutevano su come avrei dovuto portare i capelli: raccolti con un fermaglio o in una coda di cavallo? Decisi di lasciarli sciolti e la nonna mi inseguì con la spazzola fin quasi al portone.

Sentii lo squillo sul cellulare e uscii come d'accordo. Mentre mi sedevo in macchina, vidi le tendine della cucina al piano terra scostarsi leggermente e solo quando percepii che gli occhiali di nonna Amelia stavano scomparendo dietro i papaveri rossi della tenda mi sentii libera di baciarlo su una guancia.

«C'è un sentiero che segue senza interruzione tutta la costa della Gran Bretagna» gli dissi a un certo punto mentre camminavamo lungo il bagnasciuga, tenendo in mano i sandali e le infradito di cuoio. «Mi sono ripromessa di percorrerlo tutto».

«Ah, e dove sei arrivata?».

«Veramente devo ancora cominciare, per adesso non ho trovato nessuno disposto ad accompagnarmi».

«Deve essere bello, vedere le grandi sule bianche che si tuffano nell'acqua e si immergono per mangiare gli sgombri nel mare tempestoso, mentre le fregate le inseguono per rubare loro il boccone. Oppure il falco pellegrino che strilla mentre si lancia sullo strapiombo della scogliera a più di cento chilometri all'ora». Accompagnava i suoi racconti con i movimenti delle braccia, come fosse lui il falco pellegrino che sentiva il brivido dell'aria fendergli le piume. Credo fosse la mia espressione, un po' trasognante e un po' inebetita, a incoraggiarlo a continuare, perché aggiunse:

«Sai che le rondini riparie scavano tunnel nelle pareti ripide e sabbiose per creare tane di nidificazione e poi migrano? Proprio come te!».

«In che senso migrano come me?».

«Sì, vanno in Africa, fanno tappa in Italia per riprendere le forze e poi tornano di nuovo in Inghilterra».

Come se uno schiocco di dita inaspettato mi avesse risvegliato di colpo da un incantesimo, quella verità che mi faceva così male era emersa all'improvviso senza che fossi preparata ad affrontarla. Con tono concitato, per evitare di parlare di quel rientro a Londra che non ci sarebbe mai stato, gli dissi d'un fiato:

«E poi c'è il ginestrone che domina la scogliera con il suo giallo brillante, che offre rifugio ai piccoli uccellini e fa da barriera davanti al precipizio. Ci sono le praterie di brugo e l'erica cinerea e i pascoli a ridosso dei faraglioni con le mucche che brucano il trifoglio in bilico sulle sporgenze». Cominciai a snocciolare, uno a uno, tutti i fiori e le figure che mi ricordavo di aver visto sfogliando le guide della Cornovaglia.

«E poi ci sono le rocce incrostate di licheni» continuai.

«E le alghe che rimangono sommerse nelle pozze tra gli scogli quando c'è bassa marea» mi fece eco lui.

Per ora ero riuscita a evitare l'argomento migrazione.

Mentre calpestavamo i fili della posidonia che ci rimanevano incollati alle caviglie, ci ritrovammo mano nella mano senza nemmeno accorgercene.

«Senti, il maestrale si è calmato» mi sussurrò nell'orecchio.

Quello fu il primo tramonto con lui.

Mi tornò a prendere il sabato successivo. La trepidazione dell'attesa per l'appuntamento era sempre la stessa. Nicola parcheggiò con le quattro frecce davanti al passo carrabile vicino casa mia, mi fece uno squillo e io mi infilai in macchina, continuando a controllare con la coda dell'occhio l'impercettibile apertura della tenda di cucina finché non si richiuse del tutto.

Tra le mani aveva un mazzo di fiori di zucca rubati per me nell'orto della zia.

Il sentiero che attraversava la duna era ricoperto di sabbia e gli ultimi bagnanti rientravano dalla giornata al mare trascinandosi dietro le seggioline arrugginite e gli ombrelloni scoloriti da anni di sole. Le mamme cariche di reti con le formine, i secchielli e le palette, sollecitavano i bimbi ad andare avanti mentre i più piccoli inventavano ogni scusa per trattenersi ancora po' a giocare.

«Guarda, un giglio di mare!» gli dissi indicando la corolla bianca sullo stelo carnoso.

Gli presi la mano e lo condussi fuori dal sentiero, fino al giglio bianco. Tirai fuori dalla borsa il mio blocchetto d'appunti con la matita infilata di traverso e mi misi a disegnare il fiore. Avevo ripreso a portarmi dietro il quadernetto abbandonato qualche anno prima. C'erano ancora, nelle prime pagine, un disegno della rughetta di mare, uno schizzo tremolante della santolina delle spiagge, c'era pure la camomilla marittima che avevo trovato nelle mie perlustrazioni solitarie della duna chissà quanto tempo prima, ma il giglio di mare mi mancava.

Mi chinai per vedere meglio il fiore e alzando la testa vidi Nicola stagliarsi come un gigante contro il cielo azzurro che cominciava a tingersi di rosso.

«Fammi dare un'occhiata!» mi disse cercando di strapparmi il blocchetto di mano.

«No, non si può!». Mi vergognavo di fargli vedere che lo avevo incluso nel disegno e cercai di ribellarmi e scappare via.

«Ahi!». Le spine dell'eringio mi avevano teso una trappola, mi dovetti arrendere e fermare.

«Dunque, mi vedi così?» mi disse non appena ebbe sbirciato lo schizzo.

Sentivo le spighe dell'ammofila che tiene ferme le dune farmi il solletico dietro le ginocchia, poi sentii la sua mano calda sfiorarmi il braccio per portarmi più vicino a sé e aspettai che le sue labbra, timide ma risolute, si avvicinassero alle mie.

Per un tempo che avrei voluto non finisse mai, rimanemmo nascosti lì, dove il vento che investe la riva del mare si ferma: secondo tramonto con lui.

Cominciavo a dispiacermi di aver prenotato quelle settimane in Marocco, ma Nicola non ci sarebbe stato comunque perché doveva andare ad alcuni meeting all'estero,dove si sarebbe trovato con Davide e gli altri colleghi per analizzare, a quanto mi aveva spiegato, i dati relativi ai vari campionamenti di pesca. In pratica si ritrovavano per effettuare delle analisi statistiche sulle informazioni relative alle popolazioni ittiche che avevano studiato per tutto l'anno e per valutare, in questo modo, la loro abbondanza e le loro variazioni nel tempo. I risultati di queste analisi sarebbero poi stati mandati a Bruxelles, dove sarebbero state elaborate le varie politiche comunitarie, come la protezione di certe aree, la chiusura temporanea della pesca in certi tratti di mare, la misura minima delle maglie delle reti e altri dettagli tecnici che non avevo più seguito con attenzione perché l'unico aspetto che mi interessava a quel punto era che, a questi meeting, non fosse presente anche la tipa del matrimonio, quella che gli era rimasta attaccata addosso come una cozza. Era soltanto una collega, sì, da anni lavoravano insieme, quindi indubbiamente erano affiatati, ma questa cosa proprio non mi andava giù.

Allora non sapevo che non era di lei che dovevo essere gelosa.

«Guarda, una poiana!» mi disse indicando il palo che teneva i fili della luce lungo la strada mentre rientravamo. «Vicino ci deve essere anche il suo compagno. Stanno sempre in coppia».

Al terzo tramonto mi sembrava di conoscerlo da sempre.

Erano le notti dell'archeologia e gli scavi etruschi rimasero aperti anche dopo che si era fatto buio. Dalla necropoli si sentivano intonare motivi accompagnati da strumenti musicali simili al flauto e alla lira, ma fu solo quando ci fummo fermati sotto al leccio che ci accorgemmo delle lucciole che si accendevano e si spegnevano insieme al canto dei grilli sul prato.

Rimanemmo lì per un po' a respirare l'aria fresca della notte.

«Lo senti?» gli chiesi.

«Che cosa?».

«Il profumo della nepitella, con i fiori che odorano di menta, sembrano tante piccole bocche rosa».

Ma il profumo dell'elicriso, non lontano, ci portò verso il mare.

Si faceva sempre più intenso man mano che, guidati dal chiarore della luna e dall'impazienza, scansavamo i rami dei mirti e dei ginepri e ci lasciavamo cadere tra i cespugli fitti dei suoi capolini gialli, intrisi dell'aroma di curry e liquirizia. Il profumo dell'elicriso cominciò ad attraversarmi la pelle insieme alle mani di Nicola che si facevano strada sotto il vestitino estivo.

I nostri movimenti erano impacciati, intralciati dalle radici e infastiditi dalla sabbia, non c'era niente di perfetto in quel primo incontro dei nostri corpi, ma quando alla fine, ancora ansimante, mi mise un ciuffo di fiori tra i capelli, mi sembrò di respirare a pieni polmoni, insieme al suo odore e all'aroma di curry e liquirizia, tutto l'universo.

Capitolo 9

Quando tornai dal Marocco decisi di fare una festicciola a base di cous cous per Nicola e gli amici. Mi vestii persino con il *kaftan* e la collana arancione che mi ero comprata al mercatino di Fez. Avevo mandato Nicola in giro per tutta Livorno a cercare una cuscussiera come si deve, dal momento che quella comprata là non era entrata in valigia e avevo dunque dovuto lasciarla alla signora Malika, che mi aveva ospitato in casa sua insieme alle figlie, Zahra e Layla, e aveva passato ore a insegnarmi a cucinare quel piatto nella maniera tradizionale.

Oltre alla pentola per i ceci e alla pentola per l'uvetta, serviva la cuscussiera fatta di due parti: il pentolone con i buchi da mettere sopra e il pentolone senza buchi da mettere sotto, a contatto con il fuoco.

Adagiai il pollo nel pentolone senza buchi e lo ricoprii con un chilo e mezzo di cipolle tagliate a striscioline.

Lavai, asciugai e strizzai bene il coriandolo e lo aggiunsi al pollo, così come aggiunsi lo zenzero, un cucchiaio e mezzo di pepe, un cucchiaio e mezzo di sale, lo zafferano, una tazzina di olio vegetale, tre d'acqua, un pomodoro sbucciato e fatto a pezzi.

Feci cuocere il tutto per un'ora a fuoco alto, come si era raccomandata la signora Malika, e aggiunsi i ceci preparati a parte.

Prima di trasferire il cous cous nel pentolone coi buchi, e metterlo sopra quello col pollo, lo avevo bagnato con tre tazzine e mezzo d'acqua e lo avevo mescolato a lungo con le dita in un ciotolone di plastica, facendolo imbibire per bene.

Stavo per mettere il coperchio sulla cuscussiera, quando mi parve di sentire la signora Malika che urlava: «Mi raccomando, il cous cous non va mai coperto!».

Aggiunsi al pollo altre dodici tazzine d'acqua, tolsi il cous cous dal vapore del pollo e lo rimisi nel ciotolone di plastica in cui versai di nuovo otto tazzine d'acqua, una piccola di olio vegetale e un cucchiaino di sale.

Il cous cous a questo punto era raddoppiato e ne rimisi metà sul pentolone coi buchi, sopra il pentolone del pollo.

«Fa' attenzione a non schiacciare, ma a sgranare bene i chicchi!» continuava a raccomandarsi la signora Malika.

Poi aggiunsi l'altra metà di cous cous e la tenni sul vapore per una decina di minuti. Feci ben altre tre vaporizzazioni nello stesso modo prima di spargere il cous cous nel vassoio, colarci sopra il sugo del pollo con i ceci e distribuire intorno i pezzi di pollo e il condimento d'uvetta che avevo fatto cuocere a parte con le cipolle.

Arrivai nel giardino con un grande vassoio ovale fumante, tenuto stretto davanti al *kaftan* e alla collana arancione. Mi aspettavano tutti seduti al tavolo lungo, tra le fiaccole distribuite ovunque per tenere lontane le zanzare.

A giudicare dalla velocità con cui arrivarono al fondo del vassoio, il cous cous era stato un successo. La fatica non era stata tanto quella di passare tutto il giorno davanti ai fornelli, quanto quella di trovare le foglie di coriandolo fresco e cacciare la mamma e la nonna dalla cucina tutte le volte che si presentavano sulla soglia della porta per aiutarmi. Avevo voluto fare tutto da sola.

«È vero che ci sono cinquantuno modi per parlare d'amore in arabo?» mi chiese Elena, quando ebbe finito di leccarsi le dita.

«Sì io però preferisco l'Oriente» replicò Giovanni. «Dove ci sono sessantaquattro modi per fare l'amore!».

«Ho saputo che Francy rimane in Italia per stare con te. Grande,

Nicola!» sentii dire a Simone mentre passavo a versare il succo di melagrana nei bicchieri.

Avevo detto a tutti così. In fondo era la soluzione perfetta e credevo che per lui fosse motivo d'orgoglio.

Solo dopo capii quanto mi sarebbe costata questa bugia.

Lui non era molto in forma quella sera. Mi aspettavo un'accoglienza più calorosa al mio rientro dal Marocco. Doveva essere perché aveva incontrato quella sua collega alle riunioni, quella con cui parlava così vivacemente al matrimonio di Katja.

Il giorno dopo ci trovammo a metà strada per passare il pomeriggio alle spiagge bianche. Quando fu l'ora di rientrare, si fermò a sedere sulla carena di una barca mentre aspettava che io scuotessi l'asciugamano e mi ripulissi dalla sabbia. Accanto a lui due bimbi facevano le buche. C'era nell'aria un po' di fiacca, quella che ti porti addosso nelle giornate calde e umide, tipiche del vento di scirocco.

«Non te lo volevo dire prima ma è da qualche giorno che ho un certo dolorino al petto, proprio qui» mi disse quando lo raggiunsi.

«Oddio, un dolorino al petto? Sarà il caso di andare dal dottore?».

«No, adesso mi passa, è solo colpa di un fantasma».

«Un fantasma?».

«Sì, un fantasma in carne e ossa. L'altro giorno mi ha chiamato Silvana».

E chi è questa Silvana?

«Non l'ho cercata, mi ha chiamato lei» si precipitò a dirmi come per difendersi prima ancora che io potessi emettere un suono.

Mi raccontò che l'aveva conosciuta l'anno prima quando era andato a trovare il suo amico Marco a Rovigo, per fare un favore a lui. Si era messo a flirtare con lei a bordo piscina soltanto per presentarla a Marco, seduto su una sdraio poco più in là, che in quel posto dove si era trasferito da poco non conosceva nessuno. Solo che le cose non erano andate esattamente come aveva previsto e nell'inciucio c'era rimasto immerso lui stesso fino al collo.

«E com'è questa Silvana?» gli chiesi, pentendomene subito dopo.

«È carina, gentile, ha un posto fisso in banca».

Carina? Gentile? Ma come si fa a essere così privi di tatto?

«No, non mi stare a dire altro, non mi interessa!» gli dissi subito dopo, temendo che qualsiasi informazione potesse essere per me motivo di ulteriore tormento.

Insomma, questa tizia era tornata dal nulla e aveva deciso di chiamarlo, non so, forse perché aveva guardato un documentario sulle risorse ittiche del Mediterraneo che glielo aveva fatto tornare in mente o forse soltanto perché doveva finire i minuti a disposizione sul cellulare. Lo aveva chiamato nonostante avessero già deciso da tempo di non vedersi più per via della distanza. E lui ora si arrovellava nel conflitto.

Io lì per lì feci la brillante. «Bene, allora dovrò rimboccarmi le maniche perché questo fantasma torni da dove è venuto!» dissi, con un sorriso deciso che avrebbe trafitto qualsiasi nuvola, ma già aveva iniziato a tremarmi il labbro superiore.

Dopo esserci salutati in tono minore e con l'accordo, stipulato in maniera estremamente scientifica, che non ci saremmo sentiti fino alla risoluzione del conflitto, salii sulla mia macchina, parcheggiata dietro alle tamerici, e appena ebbi girato l'angolo della strada esplosi in un pianto fragoroso.

Nicola sarebbe salito l'indomani a bordo del peschereccio. La soluzione doveva trovarla da solo. Io non potevo fare niente.

Non dormii per due notti di fila, non mangiai, la nonna mi raggiungeva in camera con frullati di latte e pesche e tentava invano di alleviare le mie pene.

Avrei dovuto sentirmi umiliata per il fatto che lui avesse solo preso in considerazione l'ipotesi di tornare da lei e avrei dovuto sentirmi furiosa perché mi aveva esposto alla crudele onestà del suo conflitto lasciandomi per giorni in questo limbo mentre lui era chissà dove in mezzo al mare.

Ma ogni posto aveva cambiato colore da quando c'ero stata con lui e non volevo per nulla al mondo tornare indietro ai mezzi toni di prima.

Persino i fiori di zucca avevano cambiato sapore e non tanto perché l'orto di sua zia fosse particolarmente fertile e ricco, ma perché era lui ad averli colti per me, quando li trovavo riuniti in un mazzetto davanti al cruscotto della macchina. Quei fiori di zucca profumavano più di cento rose rosse.

Le passeggiate mano nella mano, che solo un mese prima mi sarebbero sembrate adatte ai bambini delle elementari, erano diventate la firma delle nostre giornate insieme e ora la mia mano senza la sua mi sembrava spoglia.

Dopo la terza notte non resistetti più e appena si fece l'alba lo chiamai. Erano solo le sette di mattina, ma lui era già a lavoro nell'ufficio allo Scoglio della Regina, davanti al circolo nautico. Sentivo i ganci delle barche a vela tintinnare con il vento sugli alberi maestri. Mi disse che era rientrato poche ore prima con il peschereccio e che era andato subito in ufficio perché tanto non sarebbe riuscito a dormire.

«Amore» gli dissi. Glielo dissi per errore, non volevo chiamarlo così, sfrontatamente, ma quella parola mi era uscita dal petto senza che potessi frenarla. Sentii un sospiro dall'altra parte.

«Lo so che non avrei dovuto telefonarti, ma avevo tanta voglia di sentirti» continuai.

«Io invece, avrei una voglia di fare l'amore con te che non so cosa mi trattenga qui a Livorno».

Dopo meno di un'ora era sotto casa mia. Quando salii in macchina sentii le mie guance, sulla faccia pallida delle notti insonni, diventare due papaveri. Lui senza dire una parola, mise in moto e appoggiò la mano sul mio ginocchio, come fosse stata lì da sempre.

Non ci dicemmo niente per tutto il viaggio, non dicemmo niente nemmeno quando parcheggiò davanti alla Casina Rossa e camminammo a passo svelto, con lui che mi tirava per la mano, sul sentiero di legno tra le cannucce palustri. Non dicemmo niente quando il sentiero si trasformò in un tappeto di limonium e ci rotolammo insieme sulla salicornia, nascosti dalle pannocchie violacee della *Phragmites australis*. Parlavano per noi il canto del tarabuso e quello delle rane, parlava per noi il libeccio, che spirava a piccole raffiche impertinenti tra le canne.

Non so che cosa gli avesse suggerito il mare in quei giorni a largo, ma con questa che mi sembrò una vittoria, pensai di aver archiviato la questione Silvana per sempre.

Il resto dell'estate si dispiegò davanti ai nostri occhi avidi d'esplorazione come un veliero spinto dal vento sul luccichio del mare increspato. Ci sentivamo tutti i giorni e ci vedevamo i fine settimana.

Un venerdì lo andai a prendere al Molo dei Quattro Mori, a Livorno, poco dopo che era rientrato con il peschereccio Maria Annunziata. Lo trovai che aiutava i pescatori a scaricare le casse di pesce. Mentre le loro mani erano nodose e rovinate, le sue si percepivano lisce e morbide persino sotto i rigagnoli di inchiostro nero che grondava dai contenitori di polistirolo carichi di seppie.

I canali della Venezia erano costeggiati da file ininterrotte di bancarelle e a ogni piazzetta era allestito un palco per la musica. Con tutti quei suoni e quelle luci che si specchiavano sull'acqua, mi venne in mente il festival di Little Venice. In fondo una piccola Venezia l'avevo anche qui e, forse, era anche più bella di quella inglese.

Mi portò a mangiare in un ristorante che dava sul canale. Sul menu c'era scritto: PESCE DI TRAMAGLIO.

«Che pesce è?» gli chiesi con ingenuità.

«Non è un pesce, è un tipo di pesca. C'è anche quella a strascico, con le nasse e un'infinità di altre tecniche, ma la mia preferita resta comunque la pesca con la canna nel fiume, un po' come faceva

Sampei nel cartone animato». Un giorno mi portò a pescare con lui i pesci gatto nel fiume, proprio come Sampei, con gli stivali di gomma che ci arrivavano fin sopra le cosce.

Non ero così spensierata dall'estate dei miei undici anni, quando, per la prima volta, non dovevo fare i compiti per le vacanze. Avevo relegato il problema del lavoro in un angolo piccolissimo della mia testa, sospeso come gli orologi in un sogno di Dalì.

Riempivo ogni giorno il mio vecchio blocchetto di appunti con schizzi di fiori, foglie e tramonti e, di nascosto, tra le pagine spolverate di grafite infilavo qua e là anche i suoi occhi, le sue mani, le sue spalle brunite dal sole. In un gruppo di pagine erano rimasti intrappolati i goccioloni del temporale che ci aveva colto nella macchia, mentre stavamo tornando via dalla Buca delle Fate.

Spesso la notte facevamo le ore piccole in qualche bar a chiacchierare con gli amici dopo un concerto al Grey Cat o a Festambiente, aspettando che la signora Adele aprisse le porte della pasticceria e posasse sul bancone la teglia carica di cornetti caldi. Le canzoni italiane, quando le avevo ascoltate sotto la pioggerellina di Londra, mi avevano sempre avvolto nel loro fascino evocativo, ma sul prato che profumava di nepitella avevano un sapore inimitabile. Mi riportavano agli anni del liceo.

Una volta, a sorpresa, guidò fino a Torre del Lago e poi tirò fuori i biglietti per la prima della *Madama Butterfly*.

Guardava assorto la povera Cio-Cio-San che aspettava dal mare il ritorno dell'amato e io mi giravo a guardare lui. Era tutto vero? Ero proprio io seduta accanto a lui, bello come un divo del cinema? Ma che dico? Come un bronzo di Riace, sì, forte e bello come una statua greca, e delicato come un fiore di magnolia. *Un bel dì, vedremo levarsi un fil di fumo.*

Non so se fu la vibrante voce speranzosa di Cio-Cio-San, se furono i violini, l'oboe e il flauto traverso o la luna che giocava a nascondersi tra le rare nubi mentre lui mi appoggiava sulle spalle il suo giacchino, ma per tutto il tempo che stetti lì accanto a Nicola non ci fu una singola porzione del mio corpo che non fosse avvolta dalla pelle d'oca. *Piccina, mogliettina, olezzo di verbena. I nomi che mi dava al suo venir.*

Continuava Cio-Cio-San sotto il tetto fiorito di rosa, mentre una brezza si alzava dal lago e lui mi metteva una mano intorno alla vita per scaldarmi ancora di più. Ma io continuavo a tremare. *Tienti la tua paura, io con sicura fede lo aspetto.*

Proseguiva Cio-Cio-San dietro il paravento.

Prese una settimana di ferie quando i suoi partirono per le vacanze e ci lasciarono la casa al mare tutta per noi.

Ciò che mi ricordo di più di quella casa è la luce che filtrava dalle imposte delle finestre dopo che avevamo fatto l'amore. Quella luce che, nell'assopimento del primo pomeriggio d'agosto, sapeva di calura e anche di malinconia.

Ricordo che il profumo dell'elicriso si mescolava a quello della resina e dei pinoli incastrati tra le squame delle pigne. Erano gli stessi odori di quando la nonna mi portava al mare da bambina, me li ricordo bene perché le pigne, cadute in abbondanza dopo una libecciata, erano proprio all'altezza delle ruote del passeggino ed erano tutto il mio mondo. Adesso, questi odori che credevo di aver dimenticato, mi facevano respirare il mondo in una maniera simile ad allora, una maniera quasi selvaggia, disinibita, autentica.

Ricordo che era così caldo che le cicale non smettevano di cantare nemmeno quando calava l'oscurità.

Ricordo la sua voce che, nel mezzo della notte mi sussurrava: «Senti, il chiurlo!».

Intorno a Ferragosto mi chiamò Nancy dall'ufficio del personale di ARA. Ero ancora in costume da bagno e stavo per entrare nella doccia. Smisi di ripulirmi la sabbia dai piedi e ascoltai con il cuore che mi palpitava nel petto quello che sospettavo dovesse dirmi. Ricordo esattamente quanto avessi sperato in quella telefonata fino a poche settimane prima, ma ricordo altrettanto bene quanto avevo cominciato a temerla da quando Anisha mi aveva chiamato, solo qualche giorno prima, per dirmi che erano ripartiti alcuni lavori. Desideravano che tornassi. Rifiutai gentilmente, dicendo che era sopravvenuto un altro impegno.

Mi misi sotto la doccia e aprii l'acqua schiacciando completamente il miscelatore verso il pallino blu.

Ecco, da quel momento in poi, essere rimasta in Italia per lui non era più una bugia.

O meglio, era una bugia vera.

Capitolo 10

Alla fine di agosto le giornate si fecero instabili e ventose, ma tornarono calme e soleggiate ai primi di settembre.

Con il sole negli occhi e i polmoni aperti per lo sforzo fisico, fendevo l'aria come una campionessa di tennis, o così mi sembrava, mentre giocavamo a racchettine sulla spiaggia quasi deserta, poco prima del tramonto.

Nicola non faceva altro che prendermi in giro per lo stile e sbuffava bonariamente tutte le volte che doveva andare a recuperare la pallina in acqua o tra i cespi di verga d'oro sulla duna, dopo un mio lancio funambolesco.

Fatto sta che passammo così quasi tutti i fine settimana di quel settembre straordinariamente assolato, a smaltire con i salti sul bagnasciuga, tutti i gelati che avevamo mangiato quell'estate, a partire da quello con la cialda al miele che mi aveva offerto dopo la nostra prima passeggiata insieme.

Con l'entusiasmo che faceva scintille per quell'estate incendiata d'amore, non detti peso a una crescente distrazione nei suoi baci.

La spensieratezza mi faceva leggere quella specie di distacco, quella lieve assenza, quell'ombra, come un suo stile particolare. *Dopo tutto* è *uno scienziato,* mi dicevo, *e gli scienziati hanno sempre la testa presa a pensare qualche nuovo progetto per l'umanità.*

Mi ricopriva di mille attenzioni e gentilezze però. Sì, lo so, un conto è la gentilezza, un conto è la carezza di uno sguardo complice, ma che cosa volevo di più? Avevo un ragazzo che tutte le amiche mi invidiavano.

A settembre iniziai anche ad aiutare il babbo nel suo studio di architettura, uno studio piccolo, anche se i progetti talvolta sono grandi. Lui ce l'ha sempre fatta, anche da solo.

Un po' come in una bottega di un artigiano rinascimentale, tornai a essere la sua apprendista.

Mi portava con sé a fare misurazioni, mi portava dal vetraio, al magazzino dei legnami. In quel momento stava lavorando alla ristrutturazione di una casa in centro.

Con il caldo inconsueto di quel settembre, i fogli degli schizzi si incollavano sotto gli avambracci e c'era bisogno di una ventola aggiuntiva per non far bloccare i computer. Sentivo Nicola tutti i giorni in pausa pranzo e ci dicevamo più o meno sempre le stesse cose.

«Sono in ufficio a combattere con le scartoffie» mi diceva.

«Si sta meglio in mare!» continuava.

Ogni volta mi illudevo che dicesse: «Si sta meglio insieme!». Ma quello era scontato e poi non era da lui avventurarsi in smancerie simili, soprattutto per telefono.

«Ti saluto, mangio qualcosa e poi mi metto cinque minuti al sole». Mi congedava così e, prima che riattaccasse, continuavo a sentire al telefono i tuffi dei bagnanti che si buttavano dagli scogli. Sapevo che in quei cinque minuti al sole di cui mi parlava Nicola ci sarebbe stata anche una nuotatina. Me lo immaginavo, con il torace scolpito, le spalle grandi, il fisico d'atleta, che si tuffava dallo Scoglio della Regina con il suo costumino attillato. I suoi tuffi ormai li conoscevo bene.

Avevo mandato una foto di noi due al mare a Katja e alle altre. Mi avevano risposto che non avrebbero mai permesso ai loro mariti di andare al mare con quel costumino striminzito: mi fecero sorridere.

Io e Nicola non eravamo poi così lontani, avremmo potuto vederci più spesso, ma capitò soltanto un paio di volte che mi venisse a trovare durante la settimana. Una volta per portarmi al mercato del pesce: lo aiutai a contare le casse di naselli, triglie e scampi che passavano sul nastro trasportatore. Un'altra perché era di strada per andare al tribunale, dove lo avevano chiamato per una perizia in seguito a una denuncia verso un commerciante che aveva messo il cartello MOSCARDINI sulla cassa che in realtà conteneva polpi congelati dell'Indo-Pacifico. Durante la settimana uscivo da sola o con le poche amiche con cui ero rimasta in contatto, quelle dell'infanzia.

Una sera andai al concerto di Cecilia, che non vedevo da anni, l'ultimo della stagione concertistica estiva. Cantava sul palco giocando con il pubblico e con la filarmonica che l'accompagnava. Era un concerto in piazza, per un momento mi parve di essere a Trafalgar Square davanti alla London Symphony Orchestra.

La passione, le improvvisazioni, il divertimento, il contatto originale e coinvolgente con il pubblico, la modulazione armoniosa della voce nell'arrangiamento di canzoni popolari che era il frutto di un accurato studio filologico, erano degni dei palchi delle più grandi capitali europee, ma lei aveva scelto di restare.

Andai a farle i complimenti e rimasi sorpresa quando fu lei invece ad assalirmi di lusinghe:

«Ciao, Francesca, quanto tempo! Come stai? So che lavori in un grosso studio di architettura a Londra, che brava! Sei stata proprio coraggiosa a partire!».

«No, Cecilia, tu sei stata coraggiosa! Senza di te non avremmo potuto avere una serata così speciale da queste parti. Io ho scelto la strada più facile, ma il vero coraggio è di chi resta!».

Il coraggio è *di chi resta.*

Me lo ripetevo mentre provavo a innestare un ciliegio dolce sul melo nel giardino dietro casa. Mi mancavano da morire i progetti di architettura del paesaggio.

Passavo le giornate a prendere le misure con il babbo. La casa da ristrutturare, su tre piani più la soffitta, era enorme e non finivamo mai. Lasciavamo le persiane chiuse per non rischiare di romperle aprendole. I tappeti carichi di polvere mi facevano starnutire e le tarme uscivano a frotte quando aprivamo gli armadi. Da un'anta aperta si intravedeva una vecchia pelliccia di visone. Il babbo posizionava il tripode, montava l'apparecchio laser e puntualmente doveva rispondere a due o tre telefonate che arrivavano per altri progetti, lasciandomi in attesa tra le tarme.

«Sì, ma da dove esce di preciso l'acqua? Dopo quanti giorni che è piovuto? Avete controllato se il manto bituminoso è danneggiato?».

«Che cosa? Corsini, non provi a fregarmi! Ho visto il sacco del cemento in cantiere, non è della qualità che avevamo concordato in preventivo!».

«No, mi ero raccomandato! Le mattonelle devono essere antiscivolo! Però che siano anche lavabili, secondo le normative igieniche!».

Poi: «Ma robe da matti, Francesca! Guarda un po' se bisogna sempre perdere tempo a decifrare i cavilli delle leggi, almeno ce ne fosse una coerente con l'altra. Dimmi la misura, su. Oh, sveglia! Sei sovrappensiero?». Era venerdì e Nicola non mi aveva chiamato in pausa pranzo. Non rispondeva nemmeno al telefono.

Tornai allo studio e cominciai a mettere le misure in bella sul disegno al computer.

Intanto il babbo aveva acceso la radio, che era il sottofondo delle nostre giornate di lavoro insieme, e con la musica mi rilassai un po'.

Ogni tanto mi soffermavo a guardare la targhetta di plexiglass rosso scarlatto con il mio nome inciso sopra, quella che mi ero portata via dalla mia postazione di lavoro da ARA.

Nicola mi chiamò poco dopo che ebbi finito di ricostruire virtualmente il secondo piano.

«Sono stato impegnato tutto il giorno in una riunione. Ci sono ancora i colleghi di Ancona che ripartono domani, ti va di venire a cena con noi stasera?».

Andai alla cena, c'era anche la tipa del matrimonio di Katja, che naturalmente si sedette accanto a lui e monopolizzò la conversazione per tutta la sera spiegando le varie politiche comunitarie sulla pesca e la scottante questione delle tonnellate di pesce che venivano gettate in mare come scarti. Tutti quei pesciolini ributtati in mare perché troppo piccoli o della specie sbagliata. Ributtati in mare dopo che erano già morti, per quelle stesse leggi che avrebbero dovuto tutelarli. Alla fine della serata mi resi conto che ero gelosa anche di quei pesci: nonostante il loro triste destino avevano tutta la sua attenzione.

Ma fu quando vidi Nicola e la tipa tornare su insieme dopo l'immersione subacquea a Calafuria il giorno dopo, che mi sentii ribollire il sangue: con la muta grigia e l'espressione dilatata dalla maschera, mi sembravano due pesci lessi, ma due pesci lessi felici.

Nei giorni seguenti cominciò a fare un po' più freschino. Da una parte ero contenta perché così Nicola non si sarebbe più tuffato dagli scogli davanti all'ufficio in pausa pranzo, con le colleghe in agguato. Le giornate erano visibilmente accorciate, così come le nostre passeggiate in spiaggia.

La palude, però, era al massimo del suo splendore, con il limonium in fiore e le distese di salicornia che avevano assunto una colorazione rossastra, mentre il cielo si dipingeva di rosa, al passaggio dei fenicotteri in volo.

«Migrano?» gli chiesi.

«No, non tutti per lo meno, sembra che si siano trovati bene qui, molti di loro rimangono tutto l'anno».

«Che cos'è quello?».

«Un airone cinerino. Chissà se riusciamo a vedere la cicogna nera, è una specie molto rara, sosta qui in autunno solo per pochi giorni prima di ripartire».

Staccai un pezzo di salicornia e me la misi in bocca.

«Sai che in Inghilterra va molto di moda farci l'insalata?».

«Ma dai!».

«L'ho vista pure a una bancarella del Borough Market, ma verde brillante, come era qui quando siamo venuti la prima volta!».

Quella volta però avevamo fatto l'amore tra le canne.

Con l'arrivo di ottobre i giorni della settimana cominciarono a sembrarmi senza significato e non vedevo l'ora che venisse il venerdì per vedere Nicola.

In genere lo raggiungevo all'acquario, appuntamento settimanale quasi immancabile. L'attaccamento di Nicola a quel luogo e a quelle persone era così forte che talvolta mi sorprendevo invidiosa persino delle tartarughe che venivano ospitate lì dopo essere state prese per errore in qualche rete dei pescatori.

Un sabato lo costrinsi a guardare, in inglese, un film ambientato a Londra che mi avevano regalato Cosimo e Zoe. Né la trama né i personaggi erano un granché, ma ogni volta che vedevo un posto conosciuto, mi emozionavo e non celavo l'entusiasmo.

Non solo Nicola non condivideva quell'entusiasmo, ma mi accorsi che ne era infastidito. Non mi disse nulla quando spensi il film prima della fine.

Il sabato successivo, approfittando del tempo cattivo, volli guardare con lui un film che mi aveva dato Zahra, una delle figlie della signora Malika in Marocco. Era un film bollywoodiano di quasi tre ore, recitato e cantato in hindi con i sottotitoli in arabo. Non arrivammo nemmeno a metà. Continuavo a non dare abbastanza peso alla sua distrazione, al fatto che incrociasse il mio sguardo solo raramente, quasi per errore, e che ogni volta lo trovassi con gli occhi fissi sul cellulare. Odiavo con tutta me stessa quel *din-din-din* arrogante che annunciava l'arrivo di un messaggio e mi innervosiva lo scatto con cui Nicola si allontanava per leggerlo. Possibile che il pescatore gli dovesse scrivere cose così importanti di sabato sera?

Si portava dietro il telefono pure quando andava in bagno, mentre io avrei voluto tanto darci una sbirciatina.

Mi sembrava distratto persino sulla scogliera, a Punta Falcone, mentre col vento che ci spettinava i capelli, mi diceva, guardando il mare, che di lì a qualche settimana si sarebbe trovato proprio là davanti con la nave da ricerca Itaca per fare dei carotaggi sul fondo del mare.

«Beato te che puoi fare tutte queste crociere!» gli dissi.

«Te lo saprò dire quando sarò in mezzo alle onde con la pioggia, il vento e il mare grosso» mi rispose, ma si vedeva che non vedeva l'ora di partire.

Scovai una piantina tra le rocce e mi misi a disegnarla sul mio taccuino. Sullo sfondo della pagina disegnai lui, visto da dietro, mentre guardava il mare. Eccolo lì il falco pellegrino, il più veloce e il più fiero, sullo strapiombo della scogliera, a contemplare la distesa d'acqua davanti a lui.

«Allora, quando ci vieni a trovare?».

La voce di Cosimo emergeva dallo schermo del computer un po' traballante, per la scarsa connessione Internet che avevo a casa.

«Fra due sabati faccio la festa di saluto, perché non vieni anche tu?» aggiunse Serena che nel frattempo aveva stretto la sua testa contro quella di Cosimo per entrare dentro la telecamera di Skype.

Ed ecco aggiungersi subito un'altra testa, quella di Zoe: «Tesoro, ti do un bacio al volo ché devo scappare, devo incontrare un tizio che ho conosciuto su un sito di appuntamenti».

«Ma Zoe è ancora agli appuntamenti online?» dissi subito dopo che la sua testa si fu volatilizzata.

«Eh, lo sai com'è puntigliosa lei nel cercare il principe azzurro. Ti saluto anch'io ché inizio tra poco il turno al Marquess Tavern, ti aspetto eh!» aggiunse Serena schioccandomi un bacio prima di scomparire anche lei.

Serena aveva preso la mia stanza al 19 di Islay Walk per fare un corso estivo di Statistica applicata alla London School of Economics. In questi tre mesi era riuscita a ripagarsi il costo del corso e dell'affitto lavorando tutte le sere al pub alla fine della strada e ora finalmente aveva ricevuto la lettera tanto attesa da Parigi: accettavano la sua domanda per l'assegno di ricerca. Quando Cosimo mi chiamava su Skype, la vedevo sempre in giro per la cucina, ed era così simpatica e socievole che ormai eravamo diventate amiche.

«Insomma, come va in quelle terre paludose?» continuò Cosimo dopo essere andato a prendere l'acqua dal bollitore per farsi un caffè solubile.

«Bevi quella brodaglia?» gli dissi con la faccia disgustata.

«Che ci vuoi fare? Mi sono abituato, anzi ti devo dire che mi piace proprio. Insomma, come va?».

Gli raccontai che avevamo finito il rilievo della casa da ristrutturare e che forse saremmo riusciti a ricavarci ben quattro appartamenti. Solo che trattandosi del centro storico probabilmente non sarebbe stato possibile fare nemmeno la più lieve modifica alla facciata.

«E per il resto?».

«Il resto cosa?».

«La tua vita maremmana, ti diverti?».

«Certo, ci sono le sagre della polenta e del porcino in questo periodo!».

Mi sa che non l'avevo convinto per niente, e non so perché non gli avevo ancora detto di Nicola e della nostra storia. Era come se ne avessi pudore.

La mattina seguente trovai nella mia casella di posta un'email che iniziava così:

```
Thank you for booking with Ryanair
Your Reservation Number is: Z23E5B.
```

Quei pazzi mi avevano prenotato un volo per Londra per il weekend della festa di addio di Serena. Ero in subbuglio per l'elettricità che questo regalo mi aveva scatenato addosso, scardinando il torpore in cui mi ero adagiata negli ultimi giorni.

Chiamai subito Nicola ansiosa di dirgli l'idea che mi era balenata nella mente: partire insieme.

«Se il tempo è buono voglio andare a pescare nel fiume i pesci gatto».

«Non ci puoi andare un'altra volta?».«No, no, vuoi mettere una bella giornata nella natura rispetto a quella bolgia infernale di Londra? Dai, vado, devo finire alcune cose per un manuscript che voglio mandare a una rivista».

«Ah, di che parla?».

«Del ritrovamento di una specie molto rara nel Mediterraneo».

«L'hai trovata tu?».

«No, l'ha trovata la veterinaria al mercato del pesce. Mi ha portato l'altra sera l'esemplare per il riconoscimento. Ciao, ci sentiamo più tardi».

Ecco un'altra donna che gli ronzava intorno. Ora dovevo pensare anche alla veterinaria.

Capitolo 11

Mi presentai al 19 di Islay Walk con un trolley pieno di salsicce di cinghiale, parmigiano, pasta fresca e cavolo nero. In casa non c'era nessuno, ma avevo ancora le chiavi. Detti un'occhiata all'orologio sul muro. Le lancette segnavano le sei e trenta, ma quell'orologio era, per gran parte dell'anno, un'ora avanti rispetto a Greenwich. Persino Zoe si era adattata a vivere per diversi mesi con il fuso orario italiano, anche se in realtà era soltanto per la pigrizia di non spostare mai le lancette quando c'era il cambio dell'ora da quella legale a quella solare. Constatai con piacere che l'usanza non era cambiata. In Italia erano dunque le sei e mezzo, quindi Nicola doveva essere ancora in ufficio. Lo chiamai mentre continuavo a guardarmi intorno nella mia vecchia cucina di Islay Walk.

Mi pareva che sugli sportelli della credenza di legno ci fossero ancora più ammaccature e che le incrostazioni sui fornelli si fossero rinforzate. Penzolavano ancora, sopra al piano cottura, il mio guanto da forno con la Union Jack stampata sopra e le presine abbinate. Da una parte del guanto c'era ancora la macchia di unto dell'ultimo barbecue che avevamo fatto insieme.

Quando Nicola rispose, il rumore del motore della macchina in corsa che sentii in sottofondo mi sorprese.

«Dove sei? Pensavo fossi in ufficio».

«Sì, no, stasera sono uscito un po' prima. Mi hanno chiesto di dare una mano per l'inaugurazione del nuovo acquario. Sei arrivata?

Scusami, sto entrando in galleria mi sa che sta per andare via il segnale, pronto? Ci sei? Ci sentiamo domani».

Un po' amareggiata per la brusca interruzione della chiamata, salii al piano di sopra, arrampicandomi con il trolley sui gradini ricoperti di fibra di cocco; quasi avevo dimenticato *come* è *duro calle lo scendere e 'l salir per l'altrui scale.*

Mi soffermai a guardare le foto attaccate sul muro del corridoio. Accanto a quelle con la mia faccia appiccicata a quella di Cosimo e Zoe in qualche picnic domenicale, se ne erano aggiunte altre.

Entrai in quella che adesso era la camera di Serena, fantasticando che Nicola fosse lì con me, fantasticando di mostrargli la mia vecchia stanza. L'acero rosso, cresciuto al bordo del New River trasformava la finestra in un quadro impressionista. Le foglie viola scuro alla sommità si gettavano una dopo l'altra in una cascata arroventata di stelle rossicce che digradavano nell'arancione man mano che scendevano verso il basso, per poi divenire giallo oro alla base.

Aprii la finestra a ghigliottina e vidi un ragazzo slanciato, coi capelli rossi, passare sotto l'acero. Lo sentii parlare al telefono con forte accento scozzese mentre si allentava la cravatta. Ne passarono altri due, dallo stradello accanto al New River, con la giacca sottobraccio e una bottiglietta di birra ciascuno, che conversavano sulla partita di rugby che sarebbero andati a vedere al pub. Passò anche una ragazza con un cappottino rosso, la gonna a pieghe e i collant neri. Sono sicura che nello zainetto nascondeva un paio di tacchi vertiginosi, mentre in quel momento portava ai piedi le scarpe da ginnastica che si era rimessa subito prima di uscire dall'ufficio. Un ciclista con la giacca giallo fosforescente sfrecciò sul selciato umido, con il caschetto e lo zaino nero.

Stavano tutti rientrando dal lavoro, dovevo sbrigarmi se volevo uscire a salutare gli altri alberi del New River prima che rientrasse Cosimo.

Qualche frutto piccolo e butterato era ancora attaccato ai rami del melo e le ciliegie, calpestate insieme ai loro noccioli, avevano lasciato una macchia indelebile sullo stradello nonostante le piogge che inevitabilmente si erano abbattute su di esso. Le bacche rosse dei cespugli illuminavano a sprazzi il crepuscolo. E nonostante la scarsa luce, riuscii a vedere nell'acqua le carpe, che non avevo mai notato prima.

Tornai a casa e mi misi a preparare la cena per tutti. Mi dovevo pur guadagnare il biglietto d'aereo e il posto sul divano letto dello studiolo.

«Ehilà, che si mangia di buono?» sentii gridare a Cosimo prima ancora di averlo visto varcare il cancelletto del giardino, dal finestrone della cucina.

«Tortelli burro e salvia e il resto è una sorpresa!».

Sapevo che andava ghiotto per le salsicce di cinghiale.

Dopo poco arrivò anche Serena, che aveva già lasciato il lavoro al pub e aveva cominciato a organizzarsi per la partenza.

«Piacere di conoscerti di persona finalmente! E congratulazioni per l'assegno di ricerca!».

«Eh sì, mi dispiacerà lasciare Londra, ma per amore si fa questo e altro. Oreste ha già preso in affitto una casa più grande nel Quartiere Latino».

«Ah, l'amour! Io francamente preferisco stare così come sono, senza vincoli d'amore. Io e Francy siamo due anime libere, vero Francy?».

«Veramente io avrei una piccola novità».

Raccontai loro di Nicola e forse non mi sbaglio se dico di aver visto un certo disappunto sul volto di Cosimo. Si mise a giocherellare con il cellulare e dopo un po' disse:

«Comunque mangiamo alla svelta perché io tra un po' devo uscire».

«Come devi uscire?».

«Sì, ho appuntamento con una russa».

«Vabbè, se proprio devi andare» dissi senza celare la delusione. «Sentite, ma Zoe dov'è?».

«Stasera aveva uno speed date» rispose Serena.

«Io preferisco trovarmi una donna al pub!» commentò Cosimo con un certo cinismo.

«E se alla fine della serata non le piace nessuno?».

«Avrà buttato via venticinque sterline!» rispose Cosimo seccamente.

La mattina successiva passai a trovare Jane, che alla fine dell'estate aveva partorito un bellissimo bambino con un ciuffo biondo in mezzo al capo. Gli avevo portato un pinocchietto di peluche con il naso piccolo e arrotondato. Mi sembrava gli piacesse molto dato che non smetteva di fissarlo con i suoi occhioni avidi d'amore, dopo che la mamma glielo aveva attaccato alla cappotta della carrozzina.

«Perché non passi a salutare i colleghi in ufficio? Sarebbero contenti» mi propose Jane, che aveva deciso di prolungare le sei settimane di maternità con un'aspettativa solo parzialmente pagata.

Ci andai. Mi fermai sotto il prisma di vetro a prendere un cappuccino insieme a una brioche ripiena di mandorle tritate e stetti lì a temporeggiare per un po' finché non mi decisi a salire in ufficio.

Non appena ebbi superato l'ultimo gradino delle scale di vetro, ed ebbi lasciato alle mie spalle la parete dipinta con le linee colate, intravidi Tim che camminava con una tazza di tè in mano verso la sala riunioni.

Sarà stato lo smalto rosso delle segretarie con i tailleur attillati e le maniere gentili o le chiome dei platani che pareva entrassero a curiosare tra i tavoli; sarà stato per l'ebbrezza dei soldi che circolavano intorno ai progetti, il senso di responsabilità che ti faceva girare la testa e l'eccitazione per il lavoro di squadra; sarà stato per le voci concitate durante le revisioni, i colori, la pulizia, l'ordine e l'odore di nuovo, il pulsare cadenzato dei plotter nella sala stampe; sarà stato l'ottimismo e la voglia di fare, le pareti intrise di fibrillazione, il tintinnare dei cucchiaini nelle tazze da tè, le telefonate che correvano nell'aria dell'open space o la scatoletta dei biscotti allo zenzero, sempre piena sul tavolo di cucina.

Fatto sta che tutto mi riportò al giorno in cui, poco più di due anni prima, ero stata assunta nel dipartimento di architettura del paesaggio e pianificazione urbana.

Mi riportò all'emozione del primo colloquio, quando tutte le energie accorrevano in mio soccorso infuocandomi le guance e Tim, seduto al di là del tavolo di vetro accanto alla direttrice del dipartimento e all'addetta al personale, mi offriva acqua fresca da una brocca di cristallo. Il bicchiere era di quelli grandi, da almeno mezzo litro, e Dio solo sa quanto avessi bisogno di acqua in quel momento, ma per la tensione, la concentrazione o forse soltanto per la timidezza, non riuscii a berne nemmeno una goccia e mi ritrovai alla fine del colloquio con la gola secca, quasi senza voce.

Quel frenetico movimento di persone che percepivo di nuovo mentre attraversavo la hall, mi fece accelerare i battiti del cuore e mi ricordò come batteva forte il primo giorno di lavoro, quando non sapevo se sarei stata all'altezza del mio compito. Quando poi, nei giorni successivi, con un'eccitazione che mi dava alla testa, capii che ce la potevo fare, che ero alla pari se non più preparata degli altri, allora cominciai ad assaporare il brivido di spingermi al limite del possibile e cominciai a portare ogni giorno quel limite sempre più lontano.

Ogni giorno era una nuova prova: i rapporti coi clienti, la tecnologia sempre in mutamento, le scadenze serrate. In giro per lo studio si sentiva il profumo del successo e l'energia di un'organizzazione che funziona perché ha accolto le innovazioni e i rischi, perché si è messa in gioco.

Funziona come un orologio svizzero finché un granello di sabbia non si insinua tra gli ingranaggi. Il Credit Crunch di sabbia ne aveva sollevata tanta, come in una tempesta. Poi la calma era tornata, l'orologio era ripartito e le dune avevano cambiato soltanto la loro posizione nel deserto.

«*Hey, Francesca, how are you?*».

«*Good to see you, Francy!*».

«*Such a long time, where have you been?*».

Ero quasi frastornata dai saluti dei colleghi mentre passavo davanti al dipartimento del marketing e a quello dell'edilizia alberghiera. Poi notai di nuovo Tim, insieme ad altre persone, al di là dei cerchi rossi dipinti sul vetro di una delle sale riunioni. Sorseggiava in piedi il suo tè, in attesa probabilmente che il video per la conferenza prendesse segnale. Mi vide e mi salutò con la mano, lasciò la tazza sul tavolo e mi fece cenno di entrare. Io gli risposi a gesti di no, che non volevo disturbare, capivo che stava per iniziare un meeting, ma lui insisté.

«*This is such a good surprise, Francesca*! Ti presento Chan Chee Chong, mi aiuta per il piano delle piantumazioni del nuovo progetto in Bahrein, guarda, questa è la planimetria generale». In quel momento dovetti combattere per non far trapelare il moto di rivalità che mi si era scatenato all'istante verso quel ragazzo mai visto prima. Era difficile mandare giù l'idea che questo nuovo progetto affidato a Tim prendesse vita anche senza di me. E quanto avrei voluto vedere Ysabel lì con me in quel momento, in quella stanza. Anche lei era stata contattata e anche lei aveva rifiutato l'offerta: era già tornata a Città del Messico insieme a suo marito e aveva trovato lavoro nell'ufficio di urbanistica del municipio.

«Gli altri li conosci» continuò Tim, indicandomi Vincent, che mi salutò con una stretta di mano, Carolyn e Mingao che mi lanciarono un sorriso mentre finivano di controllare i loro fogli: erano i progettisti delle ville intorno alle quali si sarebbero snodati i giardini del Bahrein Wonder Stream.

Il *beep* che avvertiva della connessione stabilita e l'apparire della squadra di ingegneri su metà dello schermo da ottanta pollici appeso alla parete, mi distolse da quei pensieri.

«*Good morning, Alan*!» salutò Tim.

«*Good morning, Tim*! *Good morning to everyone*!» esordì il più anziano degli ingegneri.

«Il cliente ci ha fatto sapere che si dovrebbe collegare tra pochi minuti» continuò Alan.

«Vorrei approfittare per chiarire un'incongruenza che ci era sfuggita. Il camioncino per il trasporto dei viveri al ristorante non ha spazio di manovra a sufficienza nei vialetti che avete progettato».

«Non è possibile!» controbatté Tim. «Abbiamo verificato ogni curvatura dei viali con lo spazio regolamentare. Fammi vedere a quale caso ti riferisci in particolare».

«Intendo qui, e anche qui, in quest'altro punto» disse Alan indicando sulla carta. «Non c'è spazio a sufficienza per la manovra; il camioncino andrebbe a finire addosso alle ville».

«Per favore apri il file Chan».

«È aperto Tim».

«Puoi condividere lo schermo del computer con Alan?».

«Certo».

«Un momento! Ma che cosa è successo?» reagì Tim allarmato dopo aver guardato la planimetria sul computer. «Non capisco, la distanza tra il viale e la villa in quel punto non è quella che avevamo progettato, e nemmeno qui, vicino al ristorante. E adesso? Non possiamo correggere tutto, non abbiamo tempo».

La tensione rendeva l'aria irrespirabile. Il cliente si sarebbe connesso per la videoconferenza da un momento all'altro. Pensai che avrei dovuto salutare e andarmene, ma non potei fare a meno di dare una sbirciatina al computer.

«Scusate, ma non potrebbe essere una questione di...» osai.

«Scusa, posso?» sorrisi a Chan Chee Chong che mi cedette il mouse senza esitazione.

Sentivo le guance irrorarsi di sangue, gli sguardi di tutti quanti su di me. Su di me che non avrei nemmeno dovuto essere lì.

Andai a guardare nelle impostazioni del file, cercai nelle proprietà dell'importazione, cercai nella finestra di gestione dei punti di inserimento.

Bingo!

«È come immaginavo. Sono saltate le coordinate. Il file architettonico ha un punto di inserimento sfalsato rispetto a quello degli ingegneri. Bisogna solo ritrovare il punto di inserimento corretto dei due file. Ecco! Ci siamo, adesso le coordinate dovrebbero tornare».

Ci furono gemiti di sollievo al di là e al di qua dello schermo da ottanta pollici. Tim mi strinse la mano e mi disse «Grazie!» con un'espressione quasi commossa, poi aggiunse a bassa voce: «Non facciamo che combinare pasticci con questa nuova gestione dell'interoperabilità tra file. Ti prego, resta per la presentazione al cliente».

Dopo poco si accese l'altra metà dello schermo e apparvero il cliente e il suo entourage di consulenti.

Tim sistemò il foglio di carta in modo che la telecamera posizionata sul controsoffitto lo inquadrasse tutto. Usavano questo sistema quando il cliente preferiva ragionare sui fogli piuttosto che sui file nel computer.

Dopo la presentazione della sistemazione esterna delle ville, Tim iniziò a illustrare il piano di piantumazione dell'area d'ingresso.

«Non sono molto convinto di quelle piante che avete messo davanti al ristorante, mi piacerebbero di più dei, come si dice in inglese? *Rumman*?» chiese il cliente al consigliere che aveva accanto.

«Melograni» lo anticipai io, che me ne ero stata in disparte.

«Ah, sì, melograni!» confermò il cliente sorpreso.

Ebbi anche il coraggio di proseguire: «Mi sembra un'ottima idea. Il melograno poi, se non sbaglio, viene descritto nel Corano come una delle cose buone mandate da Dio agli uomini. Si potrebbe poi proseguire il tema del frutteto e creare un'onda di fioriture con le zagare del limone, *azhar al-laymoun*, e altri agrumi, rifiorenti per gran parte dell'anno, come in un paesaggio siciliano». Arrossii all'improvviso come se mi fossi di colpo resa conto di essermi inserita indebitamente nella conversazione, ma il sorriso complice di Tim mi rassicurò.

«*Wa zuhuur al yaasimiin, ma'a raa'ihat aljanat, 'amaama al mat'am*. E fiori di gelsomino, con il profumo del Paradiso, davanti al ristorante» osai aggiungere.

«*Mumtaz*!» esclamò il cliente con entusiasmo. I melograni, le zagare e il gelsomino avevano avuto la sua approvazione.

Finita la riunione salutai Tim che si tratteneva ancora un po' nella stanza e mi diressi verso il dipartimento di pianificazione e paesaggio, leggermente imbarazzata nel camminare a fianco di Chan Chee Chong. Appena girai l'angolo, Anisha mi venne incontro radiosa. Subito dopo ci raggiunse anche Katja che mi aveva visto arrivare e aveva aspettato che finisse la riunione per venire a salutarmi. Mentre chiacchieravo a getto continuo con le ragazze, seguivo con la coda dell'occhio Chan Chee Chong che si sedeva a quella che era stata la mia postazione. Risposi per educazione all'ampio sorriso che mi concesse prima di rimettersi a lavoro.

«Ah, ho qualcosa per voi!» tirai fuori i cantuccini di Prato e il vin santo, che a dire il vero, avevo comprato al Sainsbury's davanti all'uscita della metropolitana. Le ragazze mi aiutarono a sgombrare il tavolino rotondo e a trovare i bicchieri. In pochi minuti accorse in pratica tutto l'ufficio a inzuppare i biscotti nel vino liquoroso. Dopo un po' vidi arrivare Tim con la sua tazza di tè ancora in mano. Era serio.

«Francesca, ti posso parlare per un momento?».

«Certo!» gli risposi, dissimulando lo sguardo interrogativo che scambiai con Anisha.

Quando arrivammo nella saletta blu, dopo avermi detto di nuovo quanto era compiaciuto che fossi andata a trovarli, mi disse: «Francesca, so che hai preso un altro impegno di lavoro, ma sarebbe molto importante per noi riaverti qui. Come sai l'utilizzo della tecnologia Building Information Modeling e dell'interoperabilità tra i file architettonici, strutturali e degli impiantisti, è ormai improcrastinabile. Insieme alla tua sensibilità progettuale in questi mesi si è sentita terribilmente la mancanza del tuo know-how in questo campo. Non c'è niente che io possa dire o fare per convincerti a tornare?».

Non solo mi stava chiedendo ancora una volta di tornare a lavoro con loro, ma mi stava dando carta bianca. Potevo decidere il mio stipendio e potevo chiedere qualsiasi cosa. Ci saranno stati centinaia di curricula con portfolio stampati in carta satinata che aspettavano nel cassetto di Nancy. Certo, Jane era in maternità e Ysabel si era trasferita nell'altro emisfero. Nessuno in quello studio conosceva quella tecnologia emergente bene come me, e Tim lo sapeva. Mi sembrava di toccare il cielo con un dito. L'odore della moquette si fece dolcissimo, così come quello del silicone tra i profili delle pareti di vetro che si mischiava al profumo del tè nella tazza di Tim. Era come se un rivolo di acqua fresca fosse ritornato a scorrere in una valle deserta. Fui assalita da un vortice di pensieri.

Uscendo dal prisma di vetro, andai addirittura a sbattere contro la porta, un po' per la testa in subbuglio, un po' perché stavo già cercando sul telefono il numero di Nicola.

In qualche maniera ci saremmo organizzati. E poi la distanza rinforza gli amori sinceri.

Mentre avevo ancora il respiro accelerato per l'emozione, feci partire la chiamata e aspettai che il telefono iniziasse a squillare. Intanto, dalla strada, continuavo a tenere fisso lo sguardo sulle vetrate del primo piano. Uno squillo, due squilli, tre squilli. Le chiome dei platani, rivestite dei colori autunnali, si riflettevano sulla facciata di vetro lucente insieme alle antenne della BT Tower in quel cielo insolitamente blu, e lasciavano soltanto indovinare il viavai affaccendato che si svolgeva dentro. Quattro squilli, cinque squilli, sei squilli, Nicola non rispondeva.

Riprovai un altro paio di volte, ma non rispose neppure allora. Eppure in Italia non erano ancora le due, doveva essere in pausa pranzo. È vero, eravamo rimasti d'accordo che per questi giorni ci saremmo mandati messaggi. A quel tempo non avevamo ancora Skype sul telefono. Ma io non ce la facevo a non sentirlo, mi sembrava di esplodere a tenermi dentro quella notizia.

C'era il sole e mi incamminai a passo svelto verso Camden: non desideravo altro che correre veloce e urlare a tutto il mondo la mia contentezza, gridarla ai passanti, ai ciclisti, agli autobus a due piani che riprendevano la corsa dopo il semaforo, ai taxi indaffarati, alle panchine pazienti sotto i salici dei giardini.

Quando ero uscita quella mattina presto, l'aria era piuttosto frizzantina, ma adesso il sole asciugava i marciapiedi grigio fumo di Hampstead Road come si asciuga un biscotto nel forno, e cercava la complicità del vento per scollarne le foglie umide dal bordo. Queste, però, resistevano tenacemente, ormai fuse con la pietra, spianate come in un erbario essiccato.

Anche se per la strada mi ero tolta la sciarpa e il cappellino, arrivai all'ufficio di Cosimo sudata fradicia.

«Che ne dici di prendere un hamburger e andarlo a mangiare sul tetto? Voglio approfittare di questo sole, chissà quando lo rivedremo!» propose Cosimo. «Mi sembri un po' sconvolta, cos'è successo questa volta?».

Dopo aver fatto un bel respiro, gli raccontai tutto d'un fiato di quella mattinata, della visita all'ufficio, della riunione e della proposta di Tim. Intanto eravamo usciti fuori, avevamo ordinato due steak burger di puro manzo scozzese, eravamo rientrati dalla porta di servizio dell'ufficio ed eravamo saliti con i due sacchetti fumanti su per le scale antincendio che portavano al tetto.

«Sei un mito Francy! E cosa pensi di fare?».

«Mi aspettano oggi pomeriggio per firmare il contratto!».

«Caspita, non perdono tempo eh! E *Capitan Findus* che dice?».

«Veramente non lo sa, non sono ancora riuscita a parlarci, volevo sentirlo prima di decidere, ma non risponde al telefono. Come sono basse e buffe le case di Camden! Che cosa sono tutti questi alberi?».

«È Regent's Park! Già non te lo ricordi più?».

«Regent's Park?! Non mi sembrava fosse così vicino!».

A Nicola piacerà venirci a fare i picnic a primavera! pensai, pregustando quel momento.

Quando tornai a casa nel tardo pomeriggio, con due borse cariche di spesa, trovai Cosimo che stava cercando di dare vigore ai tizzoni di carbonella nel vecchio barbecue incrostato del giardino e vidi Serena, al di là del finestrone della cucina, che sciacquava qualcosa nel lavello. Quando entrai mi accorsi che si trattava di tre zucchine enormi e due melanzane rotonde che sarebbero finite sulla griglia per la sua festa di addio. Aveva indosso il mio grembiule con la bandiera britannica stampata sopra, quello abbinato al guanto da forno e alle presine.

«Chiudete le finestre, altrimenti tutta la mia biancheria sullo stendino prenderà un cattivo odore!» sentii urlare Zoe dalla sua stanza.

«Va bene!» le rispose urlando ancora più forte Serena che mi venne incontro tutta festosa.

«Allora, hai firmato?». Cosimo le doveva già aver detto tutto.

«Ho firmato, ho firmato!» dissi accettando di gusto il suo abbraccio energico e caloroso, e lanciando un'occhiata a Cosimo in giardino, che non si curò di celare un certo sorriso compiaciuto mentre col dorso della mano si ripuliva la guancia dalla fuliggine.

«Che bello! Devi assolutamente prendere in affitto la mia camera, che poi sarebbe la tua, così potrò smettere di cercare il nuovo inquilino! A Zoe non gliene va bene uno! Da quando sarebbe di preciso?».

«Ci siamo accordati perché inizi a lavorare tra due settimane» dissi mentre posavo le borse piene di pomodori, avocado, nachos e patatine sull'unica sedia libera della stanza e attaccavo il cappotto all'appendiabiti. «C'è una grossa consegna prima di Natale. Aspetta che ti do una mano con le melanzane!».

Di lì a un'ora, la cucina era diventata una catena di montaggio. Antonella, che era arrivata con Lucio poco dopo di me, si era messa a stendere il paté di olive sulle rotelline di baguette tostate. Raffaella preparava la salsa guacamole con l'avocado e il succo di lime, Serena rivedeva la ricetta dell'insalata greca decorandola con una manciata di semi di zucca e girasole. Cosimo continuava a lottare con il fuoco, mentre Lucio assaggiava le patatine e versava vino rosso nei nostri calici di vetro. Io continuavo a tagliare a listarelle la verdura da grigliare. Ma quante persone avevano invitato alla festa? Dopo poco, cominciarono ad arrivare, uno dopo l'altro, gli amici di Serena, presentandosi tutti con una confezione di carne in una mano e una bottiglia di vino o mezza dozzina di lattine di birra sottobraccio. Zoe aveva rinunciato a pretendere che porte e finestre rimanessero chiuse ed era scesa anche lei a tuffare i nachos nell'hummus di ceci e nel guacamole, in attesa che le prime salsicce fossero pronte. Gatto Pancione si era aggirato per un po' intorno al barbecue facendo la corte a Cosimo, ma poi era andato via stizzito, un po' per la confusione, un po' per non aver ricevuto nemmeno un boccone. C'era un viavai continuo di gente tra il giardino e la cucina, e il soffice jazz che Cosimo aveva fatto partire nello stereo qualche ora prima, si percepiva a fatica.

«*Hi Sere, how are you?! So sorry to hear that you are leaving!*».

«*Uhm, this sauce is amazing, is there also some meat ready?*».

Nonostante il fresco della sera autunnale, si era creata una sorta di fila intorno al barbecue, un bel pezzo del vialetto di Islay Walk era gremito di sociologi, statistici e analisti della London School of Economics, colleghi di Serena al pub, architetti e liberi professionisti di ogni genere che si scambiavano chiacchiere in un inglese che, il più delle volte, avrebbe fatto inorridire la regina. Emilia si era lasciata con il ragazzo di Milano perché lui diceva che da quando aveva fatto carriera se ne fregava di lui. Raffaella raccontava a un tipo croato dell'attività che aveva messo su da qualche settimana. Aveva cominciato facendolo per un'amica che non aveva tempo per cucinare né voglia di mangiare tutti i giorni tramezzini. Raffaella aveva preparato per lei, lavorando ai fornelli tutta la domenica, dieci vaschette di plastica piene di polpette, pasta, bocconcini di pesce, torte salate, stufati e verdure strascicate e aveva scritto col pennarello indelebile sopra ciascuna di esse LUNEDÌ PRANZO oppure LUNEDÌ CENA, MARTEDÌ PRANZO, MARTEDÌ CENA e così via fino al venerdì. Solo due o tre vaschette erano da congelare. Il menu e gli ingredienti erano elencati a parte in un foglietto, insieme alla raccomandazione di comprare frutta e verdura fresche.

Era stato un successo. L'amica aveva fatto partire un passaparola tra i colleghi che avevano cominciato a chiamare Raffaella per le ordinazioni. Consegnava loro le vaschette ancora fumanti la domenica sera. Motorino sotto il sedere e stradario alla mano. Il segreto era la qualità dei piatti fatti in casa. Il tempo passato con la nonna a Bologna da bambina, a piegare i tortellini e a rubare dalla ciotola il ripieno di prosciutto crudo, mortadella e lombo di maiale scottato in acqua, stava iniziando a fruttare più degli anni alla facoltà di Architettura. Raffaella si era ritrovata presto sommersa dalle ordinazioni e aveva comprato pentole e padelle più grandi, ma avrebbe dovuto organizzarsi meglio. Ecco che ora la sentivo chiedere a Daniel e a Martin come avevano fatto ad aprire la loro compagnia.

«Una sterlina di capitale sociale? Non ci credo!».

«E la puoi aprire da sola su Internet. Ti lascio il nome del nostro commercialista, così fai una chiacchierata con lui».

«Oh, ma non mi dire, guarda chi si rivede!» sentii esclamare Martin subito dopo.

«Vi conoscete?» chiese Serena che si era avvicinata per salutare il nuovo arrivato.

«Sì, abbiamo passato una notte insieme! Accampati a Clerkenwell davanti allo showroom di mobili prima del giorno fatidico dei saldi. Lui era in fila subito davanti a me. Se non mi sbaglio sei riuscito a portartela a casa, alla fine, la sedia gialla a novantanove sterline, vero? Me l'hai fregata per un soffio!».

«*It's such a small world!*» commentò Raffaella.

«Be', come dice la teoria dei sei gradi di separazione? Che ciascuno può essere collegato a qualsiasi altra persona al mondo tramite una catena di conoscenze non più grande di cinque persone, no?» continuò Serena.

«Ah, sì, per il mondo serviranno pur sei anelli della catena, ma per Londra ne basta uno!» si inserì Antonella.

«Per te di certo, Antonella! Chi è che non conosci?» la canzonò Serena.

«Ah, voi matematici statistici siete troppo celebrali, mi fate venire il mal di testa» tagliò corto Raffaella.

Io spiluccavo una patatina qua e là, e mi inserivo in questa o quella conversazione, ma non reggevo più di due minuti. Chiedevo scusa e andavo a controllare il cellulare, mandavo un altro messaggio a Nicola, aspettavo la risposta, ma non ricevevo niente. Man mano che l'euforia nella festa cresceva, mi riusciva sempre più difficile guardare gli altri che si divertivano. Mi chiesi che cosa ci facessi lì. Eppure quello era il mio mondo adorato. Quello delle feste e degli zero gradi di separazione.

Alla fine mi misi seduta sui gradini di fibra di cocco a fissare il telefono.

Venne Cosimo a portarmi un panino con la salsiccia. Si stava per sedere accanto a me, ma fu chiamato da Lucio che voleva sapere dove erano state messe le altre birre.

Trasalii subito dopo, quando squillò il mio telefono.

«Cos'è questa voce delusa? Mi dovrei offendere!».

«No, Marghe scusa, è che pensavo fosse Nicola. È da ieri che non lo sento».

Margherita mi disse di quanto le dispiaceva di non poterci incontrare: avrebbe passato il weekend con Rahul in campagna, avevano prenotato il bed and breakfast da tempo ed era un miracolo che lui fosse riuscito a prendersi due giorni liberi. Liberi per modo di dire, perché si era portato dietro il computer, e mentre lui stava finendo di controllare due o tre cose di lavoro, lei ne aveva approfittato per chiamarmi.

«Allora, come vanno i tuoi progetti paesaggistici in Italia?».

«Mah, per ora il mio unico esperimento con il verde è stato provare a innestare un ciliegio sul melo di casa».

«Non credo che un melo possa dare ciliegie».

«Staremo a vedere, però c'è una piccola novità!».

Le raccontai del mio imminente ritorno.

«Ullallà, è fantastico! Però bisogna che tu ti dia una regolata, perché se ti trasferisci qui devi riuscire a stare serena anche se non senti Nicola per qualche ora. Dammi retta, fai così ora, molla il telefono da qualche parte e goditi la festa. C'è anche il mostro lì con voi?». Si riferiva a Cosimo.

«Sì, c'è anche il mostro».

«Allora fammi un piacere, inforcagli la chiappa con la pinza del barbecue dopo averla arroventata bene sul fuoco».

«D'accordo». E dopo essere riuscita a strapparmi un sorriso riattaccò.

In quel momento vidi illuminarsi di nuovo lo schermo del telefono e comparire l'iconcina con un messaggio. Nicola mi chiedeva scusa perché era stato molto indaffarato con i preparativi per l'acquario, mi diceva che stava bene e che avrebbe provato a telefonarmi l'indomani con calma. Strano. Non aveva chiesto niente di me, di come stavo. Feci per chiamarlo, ma immaginai Margherita che mi diceva *Non ci provare!* E così feci, non ci provai, rasserenata comunque dal pensiero che adesso lui stesse andando a letto dopo la giornata di lavoro e dopo lo straordinario per l'inaugurazione dell'acquario.

Alle due di notte eravamo rimasti solo Cosimo, Serena, Raffaella, Lucio, Antonella e io a riempire i grossi sacchi neri della nettezza con le lattine di birra vuote e i piatti con le posate di plastica. Zoe era andata a letto. Serena si era rimessa il mio grembiule con la Union Jack per lavare i vassoi e i calici superstiti, Raffaella sistemava le salse avanzate nel frigo e metteva da parte le ciotoline vuote.

Cosimo mise un Cd nel lettore. Quando le prime note di *Salirò* uscirono dalle casse, aprì un'anta del mobile in cucina e tirò fuori un brunello di Montalcino del duemilacinque.

«Questo lo volevo bere con voi».

«Oh, bravo!» lo incalzò subito Lucio incitando Serena a riportare i calici in tavola.

«Ragazzi, non vi sembra di vivere come in una grande bolla?» disse Antonella, non appena fummo tutti seduti intorno al tavolino tondo della cucina.

«Che cosa vuoi dire?».

«Sì, insomma, questa vita a Londra. Abbiamo tutti i nostri lavori, le nostre vite professionali, ma viviamo come fossimo eterni studenti: abitiamo in case condivise, abbiamo ogni giorno grandi compiti da svolgere, ma non abbiamo ancora deciso che cosa vogliamo fare da grandi. Ci divertiamo, non ci curiamo di spendere per le serate fuori, e spendere non ci fa paura. Forse sarà perché la viviamo come una grande vacanza. Se non lo faccio ora quando lo rifaccio? Dico bene? A me sembra che i soldi qui pesino meno. Non vi pare che anche le responsabilità, per quanto grandi, appaiano più leggere? Prima o poi però dovremmo tornare a casa».

«Sì, soprattutto se la bolla a un certo punto si rompe!» intervenni io.

«Può succedere che la bolla si rompa, come è successo a te Francesca, ma chi lo dice che dobbiamo tornare a casa?» replicò Lucio.

«Vuoi essere seppellito a Londra, tu?».

«No».

«Ecco, e allora? Prima o poi vorrai tornare?».

«Ci penseremo, intanto proporrei un brindisi per Serena! Sere ci mancherai, ci mancherà la tua allegria, i tuoi inviti domenicali a prendere il tè. E un brindisi al ritorno di Francesca dentro la bolla londinese!».

«Grazie! Vuol dire che manterrò la tradizione del tè domenicale, va bene?».

«Senti, a proposito» aggiunse Serena. «Riprenditi questo che a me sta un po' grandino!» mi disse sciogliendo i nodi che aveva fatto alle spalline del grembiule per accorciarlo.

Passai il giorno successivo a mettere sottosopra i cinque piani della libreria Foyles alla ricerca di libri sulla rigenerazione agricola del deserto e del recupero del verde globale nel mondo, ma ne uscii con l'autobiografia di Katarina Witt, oro olimpico del pattinaggio sul ghiaccio, un volume sulle pavimentazioni drenanti per esterni, un bimestrale di arredo urbano e l'ultimo numero della rivista «Red», su cui scriveva un'amica: mi piaceva ogni tanto lasciarmi illuminare da lei sullo stile e gli accessori del momento.

Mentre camminavo lungo Oxford Street, noncurante della pesante borsa con i libri, vidi nella vetrina di un negozio una scatolina di legno verniciata di blu che si apriva a formare una scena marina, come un teatrino. Sul lato lungo erano disegnate le onde del mare in diverse gradazioni di azzurro che si infrangevano sulla sabbia oro. Sui lati corti erano disegnate delle alghe verde scuro. In piedi dentro la scatolina stava una figurina di legno con la maschera, le pinne colorate e le bombole da sub dietro la schiena, accanto a una tartaruga, sempre di legno, e a un polpo dipinto di viola. Senza pensarci due volte acquistai il cofanetto per portarlo come regalo a Nicola, poi andai verso Regent Street per scegliere un bel vestito e sorprenderlo quando mi sarebbe venuto a prendere all'aeroporto quella sera stessa.

Dopo un paio d'ore, stavo uscendo vittoriosa da un negozio all'angolo con Foubert Place, quando sentii squillare il telefono. Doveva senz'altro essere Nicola. Per strada aveva iniziato a soffiare un vento gelido e per godermi la telefonata decisi di trattenermi nell'intercapedine dell'ingresso, tra le due serie di porte d'entrata.

«Come va? Qui tutto bene, sta iniziando la cerimonia ufficiale». Era davvero Nicola, finalmente.

«Scusami, devo lasciarti, c'è il presidente della provincia che sta per cominciare il discorso inaugurale».

«Ma come? Di già? Ti devo dire una cosa importante!».

«Scusa, c'è poco segnale qui, siamo in aperta campagna. A che ora arriva l'aereo?».

«Alle otto».

«Ok, ci vediamo alle otto, buon volo!».

Aveva già riattaccato. Io rimasi per non so quanto tempo imbambolata in mezzo all'ingresso del negozio a fissare i pannelli di vetro delle porte, incorniciati di un legno che pareva antico, e a chiedere scusa a chi mi urtava passando.

Stringevo ancora il cellulare tra le dita rigate dalle impronte delle borsine. Alle altre si era aggiunta la borsa di carta con il tubino color crema.

Tornai a casa per sistemare il trolley e vestirmi. Dovevo lavarmi velocemente se non volevo rischiare di perdere l'aereo. Nel bidet completamente riempito d'acqua galleggiavano calzini di tutti i colori.

«Zoe, hai messo tu i calzini a lavare nel bidet?» le dissi affacciandomi in camera sua subito dopo aver bussato alla porta. «Sì, lo so, tesoro, ti prometto che imparerò a usare quel coso prima o poi! Cercherò le istruzioni in Internet! Ora vengo a togliere tutti i calzini! Poi fammi vedere come stai con il vestito eh, così mi svago un po' da questa maledetta tesi!».

Quando, poco dopo, entrai di nuovo nella sua stanza, con il tubino color crema indosso, nello schermo del suo computer non si vedeva il file della tesi per il suo dottorato in Economia. Si vedevano invece pulsare cuoricini, stelline, faccine di ogni genere.

«Aspetta un attimo, finisco di fissare con questo tipo per stasera e sono da te!». Poi si girò e mi disse: «Wow wow wow! Sei uno splendore, quasi quasi ti mando all'appuntamento col tipo al posto mio, tanto lo so che non mi piacerà nemmeno questo. Ah, il mio unico grande amore rimarrà la rana Kermit del *Muppet show*, lui sì che era affascinante! Ma possibile che tutti i ragazzi che si conoscono online non offrano mai la cena? Io sono una vecchio stampo: mi offri la cena? Allora ti posso concedere un altro appuntamento. Altrimenti si chiude qui, arrivederci e grazie! Non ci sono più i gentlemen di una volta!».

Mentre l'ascoltavo ridevo sotto i baffi pensando a quanto era galante Nicola. Lo era stato fin da quando mi aveva offerto il primo gelato.

Le chiesi se potevo usare lo specchio a figura intera che aveva dentro l'armadio.

«Certo! Vieni qui, fatti vedere, sai cosa mi ricordi? Quei dolci che aveva portato quella volta la tua amica di Napoli, come si chiamavano? Sfogliatine?».

«Sfogliatelle. Sì, lo so, ho comprato quest'abito apposta. A Nicola piacciono le sfogliatelle!».

«Uhm, vediamo un po'... Che ne diresti di questi, o magari quest'altri, sì, questi qua sono decisamente i tuoi!» disse provando ad accostare davanti ai lobi delle mie orecchie gli orecchini provenienti dal suo arsenale spianato sul cassettone, accanto al portagioie a forma di bambola in abito da sera e alla scarpetta porta anelli.

«Oddio, devo scappare o rischio di perdere l'aereo!» dissi assalita dal panico, dopo che ebbi dato un'occhiata all'orologio.

«Grazie per gli orecchini Zoe, te li riporto tra due settimane!» le dissi salutandola e baciandola sulle guance prima di andare a prendere il trolley nello studiolo, lasciare velocemente un biglietto a Cosimo sul tavolo della cucina e correre all'aeroporto. Non volevo per niente al mondo rischiare di perdere quell'aereo.

Capitolo 12

All'inizio, quando si aprì la porta degli arrivi e non lo vidi, pensai che si fosse nascosto dietro un pilastro per farmi una sorpresa, poi mi resi conto che non era dietro nessuno pilastro e nemmeno dietro il gruppo di palloncini a forma di cuore che levitavano sopra la transenna di acciaio. Pensare che per un istante avevo creduto quei cuoricini fossero per me. Ero persino arrossita, poi, quando avevo sentito quell'anziana signora intonare le note di *Tanti auguri a te!* e l'avevo vista avvicinare i fili dei palloncini alla manina di un bambino che doveva compiere sì e no cinque anni, mi ero sentita una stupida. Non potei fare a meno di sorridere mentre osservavo quel bambino che teneva ben salda la sua valigetta a forma di tartaruga con una mano e con l'altra afferrava i palloncini, mentre cercava con gli occhi l'approvazione della mamma.

Forse Nicola si era fermato a prendere un caffè al bar. Con le gambe tremanti, sbirciai il bancone che un ragazzo in camicia bianca stava ripulendo prima della chiusura: no, non era nemmeno al bar. Forse, pensai allora, si era attardato in centro per scegliere le rose più belle in un negozio di fiori. No, le rose non erano nel suo stile.

Accesi il telefono italiano: ci mise un sacco a riprendere il segnale. Ah, sì, c'era il messaggio di una chiamata persa, provai subito a richiamare, ma una voce mi disse che era irraggiungibile. Non sapevo che Nicola intanto fosse lì, a pigiare il piede sull'acceleratore della sua Alfa grigio antracite e picchiare le mani sul volante con rabbia. Non sarebbe dovuto partire così tardi, non avrebbe voluto farmi aspettare.

Guardai con nervosismo l'orologio, l'ultimo treno dalla stazione centrale sarebbe partito dopo mezz'ora. Provai di nuovo a chiamare, ma poi mi rassegnai a prendere un taxi per la stazione. Lungo tutto il tragitto non tolsi gli occhi dal cellulare e quando fu il momento di scendere non mi accorsi della pozzanghera davanti al marciapiede. Le scarpe col tacco dieci si intrisero d'acqua e fango. Le gettai con rabbia nel primo cassonetto e mi rimisi le scarpe da ginnastica appoggiandomi a una panchina. Tentai per l'ultima volta di chiamare Nicola, inutile. Salii mesta come il fango di quella pozzanghera sul primo vagone che mi capitò a tiro. Il treno era partito da una ventina di minuti, quando il telefono squillò.

«Dove sei? Non ti vedo, scusami, ho trovato una coda lunghissima. Ma come? Sei in treno? Qual è la prossima fermata? Ok, aspettami, ti vengo a prendere!».

Mi venne a prendere alla stazione di Rosignano e questa cosa mi parve così romantica che l'arrabbiatura e la delusione svanirono all'istante. Che peccato non avere più con me le scarpe col tacco dieci!

Lo trovai che mi aspettava sotto la pensilina, mi sembrò piuttosto nervoso.

«Non mi potevi aspettare?».

«Sì, così rischiavo di rimanere a dormire all'aeroporto!».

«Ma guarda te! Cosa ti è venuto in mente di prendere il treno? Secondo te davvero non ti venivo a prendere?».

Ero io che dovevo essere furiosa e invece lui mi stava accusando con un tono aggressivo che non gli apparteneva, come se dovesse difendersi da qualcosa.

«Guarda che ho provato a chiamarti un sacco di volte ma risultavi sempre irraggiungibile. Avevo provato a chiamarti molte volte anche da Londra perché dovevo dirti una cosa importante: mi hanno chiesto di tornare a lavorare da ARA!».

«Ah sì, e tu che hai detto?».

«Ho accettato».

«Hai accettato senza nemmeno parlarne con me?».

«Volevo parlarne con te, ma non me ne hai dato occasione».

Pigiò la frizione e cambiò la marcia per entrare sull'Aurelia in un modo così brusco che mi fece paura.

Era la prima volta che lo sentivo alterato, quasi violento, feroce. Ero abituata al suo tono pacato e gentile. Ora faceva l'offeso perché non gli avevo detto del lavoro, ma avevo notato che ce l'aveva già con me prima ancora che gli dicessi di ARA. E non poteva essere arrabbiato perché ero salita sul treno, che diamine! Era lui che non era venuto a prendermi!

Continuammo a discutere in un crescendo di toni furiosi, urlando e offendendoci a vicenda.

«Va' va', te l'ho detto, per me puoi tornare a Londra quando vuoi, non è questo il punto, il punto è che me lo dovevi dire prima!».

«Perché? Che cosa sarebbe cambiato? Tanto hai detto che posso tornare a Londra quando voglio!».

«Niente, solo che volevo saperlo! Non è che uno può essere al tuo servizio senza nemmeno sapere le cose!».

«Al mio servizio?! E perché invece non mi chiedi di restare?».

«E perché dovrei chiederti di restare?».

«Ecco, vedi, non te ne frega niente di me!».

«No, casomai è a te che non te ne frega niente! Comunque te l'ho detto, va', prendi quell'aereo, non mi voglio certo mettere tra te e la tua carriera. Fra l'altro, nelle prossime settimane sarò quasi sempre in mare. Ci si vede direttamente a Natale, anzi no, facciamo a Capodanno. O rimani a vedere i fuochi sul Tamigi?».

Fortuna che aveva le mani sul volante altrimenti saremmo arrivati a tirarci i capelli.

«Fammi scendere!».

«Ma non rompere!».

«Fammi scendere ti ho detto!».

«Sta' zitta!».

«Fammi scendere subito da questa macchina. Non voglio stare un minuto di più accanto a un bruto irragionevole come te! Prepotente, barbaro, selvaggio!».

Si girò verso di me e mi guardò in un modo tale che mi costrinse a inghiottire la saliva formatasi per la strizza. Grazie al cielo il poco senno che gli era rimasto in circolo gli impedì di fare la frenata improvvisa che gli avevo con terrore letto nello sguardo. Si diresse invece con pieno controllo e con una manovra precisa alla piazzola di sosta. Io feci la mossa di aprire lo sportello, anche se era chiaramente una messa in scena. Dove volevo andare a quell'ora di notte in mezzo alla strada statale? Nicola mi prese la mano, la sollevò dalla maniglia dello sportello e mi baciò così forte che l'indomani le labbra mi pizzicavano ancora per lo sfregamento violento e impetuoso contro la sua barba incipiente.

Quello che venne dopo, può raccontarlo soltanto la luna, che si rifletteva sull'acqua placida di fronte alla Costa degli Etruschi e ci accarezzava la pelle con il suo chiarore, cospargendola di sussurri.

«Fuggi via con me!» gli mormorai nell'orecchio prima di rivestirci, ma non udii nessuna risposta.

Il venerdì successivo lo raggiunsi come d'abitudine a Livorno. Il venerdì era il giorno delle riunioni all'acquario.

Passai a prenderlo a lavoro, caricò la sua bici pieghevole nel baule della macchina e andammo insieme a casa sua. Prima di salire i quattro piani senza ascensore, si fermò a controllare la buca della posta. C'era una lettera. L'aprì mentre avevamo già iniziato a salire le scale.

«Oh cavolo!» disse sbuffando e richiudendo velocemente la lettera non appena mi sporsi per vedere di cosa si trattasse.

«Cos'era?» dissi allarmata dalla sua reazione.

«No, niente, solo una multa» mi rispose stringendo le labbra e ripiegando velocemente la busta nella tasca.

Dopo i gamberetti che aveva preso direttamente dal pescatore e che aveva cucinato con la fregola sarda e un po' di pomodori di Pachino, dopo il mezzo bicchiere di vino bianco e dopo non averlo visto per tutta la settimana, non avevo voglia di uscire di nuovo per andare all'acquario, ma quello era un impegno cui non si poteva rinunciare.

Saverio, il segretario del circolo subacqueo, mi portò a fare il giro delle vasche delle tartarughe mentre Nicola discuteva dei futuri progetti di monitoraggio. In una vasca c'era Gustavo, una *Caretta caretta*. Aveva perso una zampa quando era rimasto impigliato nella rete da pesca. Nella vasca accanto, più piccola, c'era Gloria, appartenente alla stessa specie. Gloria, a detta degli esperti, doveva racchiudere dentro di sé delle uova.

«Sai che una volta ci è capitato di ospitare una grande tartaruga liuto, rarissima da trovare nei nostri mari. Aveva un carapace così scuro e liscio da sembrare fatto di cuoio, e sette creste che ne percorrevano tutta la lunghezza».

«Questa invece è la nostra ultima arrivata» continuò Saverio, indicandomi una tartaruga che, a quanto diceva la scritta sulla vasca di plastica bianca, si chiamava Gertrude.

«Mi sbaglio o i loro nomi iniziano tutti con la lettera G?».

«Eh sì, dipende dall'anno in cui sono state trovate. Gertrude ce l'ha portata due settimane fa un pescatore che l'ha tirata su quasi moribonda dalla rete. Le abbiamo fatto dei prelievi e un paio di iniezioni per rimetterla in sesto. Adesso stiamo organizzando una liberazione per la seconda metà di dicembre: se tutto va bene le rimetteremo in acqua a Calafuria, in salute».

«Speriamo che Gloria riesca a trovare un posto sicuro per depositare le uova in tempo» dissi, partecipando al suo entusiasmo.

«Eh già, fra l'altro hanno fatto vedere un bellissimo video sulla schiusa delle uova all'inaugurazione dell'acquario sabato scorso, peccato non siate venuti: è stata proprio una bella festa!».

Trasalii. Che cosa intendeva Saverio con quel *Peccato non siate venuti*? Nicola c'era stato eccome, si era anche dato da fare parecchio per aiutare con i preparativi, e poi ci eravamo sentiti proprio quando il discorso del presidente della provincia stava per cominciare.

Impossibile che Saverio e Nicola non si fossero visti.

Non so per quale reazione istintiva mi venne da pensare a quella busta che Nicola mi aveva nascosto così celermente appena arrivati a casa sua.

Quando fummo tornati nel suo appartamento, aspettai che fosse entrato nella doccia e mi misi a cercare la lettera. La trovai seminascosta dalla custodia dell'orologio subacqueo, lanciai un'occhiata verso il bagno per accertarmi che lui non mi vedesse e l'aprii.

Tirai un sospiro di sollievo: sì, era proprio una multa per eccesso di velocità, come aveva detto Nicola. Ma cosa ero andata a pensare? Che fosse una lettera d'amore?

Mentre ripiegavo il foglio ridendo ancora di me stessa, mi cadde l'occhio sullo stemma stampato sulla busta in alto a destra, con una corona e un leone alato sopra una torre. Sotto lo stemma, in semicerchio, una scritta diceva: COMUNE DI ROVIGO.

Sentii contorcersi lo stomaco come fosse stato risucchiato in un buco nero.

Riaprii velocemente la lettera per leggere i dettagli, per confermare quello che non avrei voluto neanche pensare: l'infrazione faceva riferimento al sabato precedente, il sabato in cui io ero a Londra e in cui lui sarebbe dovuto essere all'inaugurazione dell'acquario.

Nicola tornò dal bagno e mi trovò con la busta ancora in mano.

«Sei stato a Rovigo vero?».

«Non è come pensi, avevo bisogno di vederla per darle l'addio di persona, non è successo niente! Ci siamo salutati prendendo un tè con le sue zie».

Intanto scorrevano nella mia mente una dopo l'altra le brevi telefonate che ci eravamo fatti quando ero a Londra. Mi sembrava di vedere, e quasi mi pareva di toccarla, la nebbia della Pianura Padana con Nicola che passava accanto al cartello con la scritta ROVIGO e intanto mi faceva credere di essere in una galleria della strada costiera poco fuori Livorno, e mi diceva che non aveva segnale. Lo immaginavo, nitido come in una fotografia, seduto a cena davanti a lei quella sera, mentre io aspettavo le sue telefonate sui gradini di moquette di cocco al 19 di Islay Walk. Lo vedevo mentre prendeva il tè con le zie e ignorava il suo telefono che squillava in tasca. Lo vedevo mentre guardava l'orologio perché doveva venire a prendermi all'aeroporto, senza che però riuscisse a staccarsi da lei.

Rivedevo la mia corsa forsennata all'aeroporto di Londra Stansted, con il trolley zoppicante per la ruotina che si era appena rotta. Rivedevo la contesa con la hostess che non voleva lasciarmi passare per il peso in eccesso del bagaglio a mano, mi rivedevo indossare uno sopra l'altro i pantaloni, il maglione, il cardigan, il pigiama di pile. Mi rivedevo sprofondare sudata ed esausta nel sedile dell'aereo mentre le luci in cabina si spegnevano e le stelle fluorescenti sul mio pigiama si accendevano insieme ai pensieri su quando l'avrei baciato di nuovo.

Rivedevo la mia faccia sui vetri del controllo passaporti, mentre davo un'ultima controllatina al rossetto color corallo. Rivedevo la porta scorrevole degli arrivi che si apriva.

E Nicola non c'era.

Cercai di mantenere fermo il labbro superiore, ma quello non ne voleva sapere di obbedire, sembrava avere vita propria e continuava a tremare come un uccellino impaurito. Possibile che in tutti questi anni a Londra non avessi imparato proprio niente dagli inglesi, nemmeno un po' di self-control?

«Te l'ho detto, sono andato per salutarla. Ho scelto te, sono tornato da te!». Il labbro superiore ora tremava come una corda di violino nel terzo movimento dell'*Estate* di Vivaldi.

«Appena ho girato l'angolo tu sei andato da lei!».

«Era per chiudere tutto!».

«Appena ho girato l'angolo!».

«Te l'avrei detto!».

«E che cosa aspettavi a dirmelo? Lo so io! Aspettavi che io ripartissi di nuovo così saresti potuto tornare da lei, e allora tornaci! Lascio il campo libero, non so che cosa farmene di uno che mi tradisce non appena parto per un paio di giorni».

«Non ti ho tradito» sussurrò piano mettendosi le mani tra i capelli mentre io iniziavo a rimettere le mie due o tre cose nella borsa che mi ero portata per passare il weekend da lui.

«Ah, questo era per te!» gli dissi sbattendo sul tavolo la scatolina di legno blu che si aprì facendo schizzar via le figurine con il sub e il polpo dipinto di viola. Solo la tartaruga rimase adagiata sull'azzurro delle onde del mare, ma io non me ne accorsi perché avevo già chiuso la porta alle mie spalle.

Capitolo 13

L'aereo decollò un'ora in ritardo a causa del forte vento che imperversava sulla pista, e si immerse subito in una coltre di nubi densa e lattiginosa prima di ritrovare il sole. Con la testa china sull'oblò potevo vedere soltanto un tappeto bianco accecante. Qualche migliaia di metri più in basso, la nave da ricerca Itaca faceva rientro lentamente nel porto di Livorno. Le condizioni meteorologiche non permettevano, per il momento, di proseguire la campagna di carotaggio del fondale.

Nicola, dal ponte di poppa, guardava il mare che la nave si lasciava alle spalle, reso spumeggiante dalla tramontana e dalla schiuma sollevata dalle eliche. Per un momento alzò lo sguardo verso il cielo come alla ricerca di qualcosa o qualcuno, ma l'unica cosa che scorse fu lo strato denso di nuvole modellate dal vento.

Solo poche ore prima eravamo partiti da casa, il babbo, la mamma, nonna Amelia e io, con una valigia piena di sughi e sformati che schiacciava alternativamente la nonna o me a seconda della curva.

Quasi mi dispiaceva lasciare lo studio del babbo, perché il progetto di ristrutturazione stava entrando in fase di cantierizzazione e mi sarebbe piaciuto seguire i lavori da vicino. Il vantaggio di quel tipo di progetti era poterli seguire dall'inizio alla fine, sentendoli completamente propri, mentre con le vaste pianificazioni di ARA poteva capitare spesso di sentirsi come una piccola parte di una catena di montaggio. E poi, poco lontano da casa, c'era quella lottizzazione che stava per partire. Avevamo già superato una fase importante dell'iter burocratico.

Lungo la strada verso l'aeroporto, a un certo punto, costrinsi il babbo a fare una deviazione per Punta Falcone.

«Perderai l'aereo!» mi urlò dietro la mamma quando mi feci lasciare al parcheggio di Salivoli e cominciai a correre lungo il sentiero tracciato nel basalto, poi su per la scogliera spazzata dalla tramontana, oltrepassando l'osservatorio astronomico, la vecchia batteria di tiro avvinghiata dal caprifoglio finché la vidi, piccolina, la nave, nel tratto di mare tra l'Isola d'Elba e Capraia.

Te lo saprò dire quando sarò in mezzo al mare con la pioggia, il vento e il mare grosso, mi aveva detto quando eravamo stati lì insieme. In quel momento Nicola si trovava a poppa, con la cerata arancione bagnata per gli spruzzi del mare mosso, e controllava con un suo collega geologo che la perforatrice pneumatica non si danneggiasse mentre veniva tirata su dopo aver tentato di estrarre la sabbia dal fondo. L'operazione rischiava di essere compromessa a causa delle onde lunghe.

Avrei voluto urlare il suo nome come aveva fatto Arianna con Teseo quando l'era parso di vedere la sua nave allontanarsi dalle rive. Con i capelli che si agitavano davanti al viso, tirai fuori dalla borsa il mio blocchetto degli schizzi. I fogli iniziarono a sventolare impazziti e il capolino di elicriso, che avevo conservato tra quelle pagine fin da quella notte sulla spiaggia, volò via nello strapiombo. Lo vidi volteggiare in balia del vento finché sparì inghiottito dai flutti. Nel blocchetto c'era rimasta solo una pagina da disegnare: una nave all'orizzonte.

Così vicino eppure così lontano.

Quando ritornai in macchina avevo le guance arrossate dal vento e dal pianto che avevo cercato di ricacciare dentro mentre percorrevo il sentiero accanto ai rovi assaliti dalla vitalba, con i suoi frutti piumosi che svolazzavano come fiocchi di neve in una tormenta. La nonna, per la strada, mi dava consigli su come sarebbe stato meglio riscaldare gli sformati perché tornassero di nuovo croccanti e mi diceva come avrei dovuto cucinare i tagliolini con i funghi secchi che mi aveva messo in valigia. Li aveva avvolti ben bene in cinque tovaglioli: «Perché i cani da fiuto» si preoccupava «non abbiano a sentirne l'odore e ti costringano a farti aprire la valigia!». Io non facevo altro che fissare il paesaggio fuori dal finestrino e contavo i cartelli stradali che si alternavano uno dopo l'altro, uscita dopo uscita, finché il mio stomaco si attorcigliò in un doppio nodo quando oltrepassammo il cartello che indicava la direzione per Livorno. Questa volta non mi avrebbe trovata ad aspettarlo al molo.

Con la testa appoggiata al finestrino dell'aereo, ripensavo a quella notte, quella in cui mi ero chiusa alle spalle la porta della casa di Nicola, quando ero salita in macchina e mi ero messa a guidare per le strade di Livorno, a impazzare annichilita e furiosa per la città, delirando come una baccante.

Mi ero dovuta fermare al bordo della strada per calmarmi un po' prima di poter ripartire.

Nicola aveva continuato a insistere di non avermi tradito. La sera prima di imbarcarsi sulla nave da ricerca Itaca, si era fatto trovare sotto casa mia, riuscendo persino a convincere due lacrime a solcargli gli zigomi davanti ai miei occhi e a renderle complici dei suoi tentativi di farmi restare con lui. Considerando il suo carattere così fermo e razionale, quelle due lacrime dovevano avere la stessa portata del Rio delle Amazzoni, e per un momento erano riuscite a farmi vacillare.

Avrei potuto provare a perdonarlo e partire per Londra con lui nel cuore, ma come potevo stare a quasi millecinquecento chilometri di distanza col pensiero che, alla prima occasione, potesse salire sulla macchina e tornare da lei?

No, era stato meglio troncare di netto.

Era stato meglio prendere il volo e fuggire come Medea, nel cielo, sul cocchio del sole. *Col mio carro volante mi sollevo nel regno dei venti, per correre in alto gli spazi sublimi dell'aria.*

Pensare che a un certo punto anch'io, come lei, avevo creduto di poter rinunciare a tutto per lui.

Ecco che passavamo sopra le Alpi, le nuvole si erano dissipate e dall'oblò cosparso di cristalli di ghiaccio, sembrava di poter toccare la neve con le dita. Le Alpi hanno sempre un effetto magico, funzionano da spartiacque. Passate le Alpi, non ci si guarda più indietro.

Capitolo 14

Appena arrivata a Londra, mi sentii subito avvolta dalla sua energia.

L'odore della città, della metro nera di morchia e colorata di vita, dell'autobus numero 38, con i sedili rivestiti di velluto che, dietro ai sapienti algoritmi grafici, nascondeva lo sporco di anni. L'odore dei marciapiedi brulicanti di persone, degli hamburger nei cartocci gocciolanti e del caffè caldo nelle tazze di cartone strette tra le mani dei passanti.

Tutto, intorno a me, mi faceva partecipe di quel dinamismo metropolitano. Tutto parlava della sua bellezza: la proporzione tra le strade e gli edifici, il rapporto tra le facciate e i marciapiedi, le mattonelle in rilievo per i non vedenti e le scritte LOOK LEFT, LOOK RIGHT agli attraversamenti, il dialogo tra le insegne e le vetrine, persino certe imperfezioni nelle rifiniture, i mattoni, la pietra, il vetro, gli sprazzi di intonaco bianco.

E la bellezza, si sa, cura tutto.

La bellezza ti fa sentire in contatto con il mondo intero.

Ma le rose della bancarella di fiori accanto alla fermata non avevano nessun profumo.

Percorsi il tratto di strada fino al 19 di Islay Walk pensando a come avrei risistemato la camera. La mia nuova e la mia vecchia vita mi aspettavano dietro i mattoncini di quelle case a schiera, costruite negli anni Settanta dirimpetto alle residenze signorili, quelle che si affacciavano dall'altra parte del New River, al di là del pungitopo.

Il giorno dopo mi presentai alle porte dell'Ikea ancor prima che venissero aperte, e quando fu il momento di salire sul 341 per ritornare, le persone in fila dietro di me alla fermata, dovettero pazientare non poco perché finissi di scaricare dal carrello lo scatolone con la libreria nuova, la grande borsa blu con la lampada da terra, le tendine, il copripiumone, la scatola con le lucine, e il cartoccio di dolci del coffee bar. Dovetti chiamare Cosimo però, perché, una volta scesa dall'autobus, mi aiutasse a portare tutto a casa.

«Se me lo avessi detto prima avrei noleggiato un muletto!» disse lui stirandosi la schiena dopo aver poggiato lo scatolone sul pavimento della cucina.

«Vieni, muletto, che ti do una carotina!» gli dissi dopo aver tirato fuori dal cartoccio dei dolci una brioche alla cannella.

«No, davvero, come hai fatto a caricare tutta questa roba sull'autobus? È una bella idea comunque quella di rinnovare la stanza, visto che ci vengono anche a dipingere le pareti!».

«Cosa?».

«Non te lo avevo detto? Tra qualche giorno dovrebbe venire l'imbianchino. Darà una mano di bianco a tutte le stanze, tranne allo studiolo. Poi verrà pure il fabbro per mettere una serratura nuova al cancello».

«Ah, finalmente il padrone di casa si è deciso! Da quanti anni gli facevamo presente la presenza della muffa sulle pareti? E il cancellino? Anche quando sono arrivata ieri sera l'ho trovato spalancato! Perché lo studiolo non verrà ridipinto?».

«Gli ho detto che non ce ne era bisogno, tanto è esposto a sud e la muffa non c'è».

«Vabbè, ma già che c'era...».

«No, no, lo studiolo sta bene così!».

«Ok, se lo dici tu».

Passai il resto della domenica in camera mia a montare la libreria, mentre Cosimo si esercitava con la chitarra ai pezzi che avrebbe suonato di lì a pochi giorni in un pub di Angel.

Canticchiavo accompagnando le note che sentivo arrivare dalla stanza accanto e nel frattempo aprivo lo scatolone, leggevo le istruzioni, controllavo che ci fossero tutti i tasselli di legno e mi contorcevo per tenere ciascun ripiano perpendicolare alla spalletta. Infilavo le viti, giravo la brugola e ogni tanto sentivo Cosimo che urlava: «Se ti serve una mano dimmelo!». Poi si rimetteva a suonare e io continuavo a contorcermi.

Quando ebbi finito di alzare la libreria dal pavimento, di infilare i passanti della tenda nuova nel bastone e di foderare il duvet con il copripiumone color cappuccino, mi rannicchiai sul letto, sotto le lucine colorate a forma di fiori e colibrì che avevo disposto ad arco sulla testiera di legno. Detti un'occhiata alla tenda color panna e sperai potesse supplire al fatto che avevo perso l'abitudine di dormire senza tapparelle.

Anche se non era ancora il crepuscolo, accesi la lampada col paralume di carta e mi sembrò che l'atmosfera non fosse poi così male per le sei sterline che l'avevo pagata.

Ma una sensazione strana cominciò a pervadermi a partire dallo stomaco, quasi un tremolio delle viscere, una nausea, una vertigine profonda, quando, dall'altra stanza, giunsero gli accordi di una canzone che iniziava così: *Ricordi, sbocciavan le viole...* Cominciai a piangere, ma un pianto a scrosci, di quelli che non finisce finché non si chiude il rubinetto dalla centrale, di quelli che non te ne frega niente nemmeno se ti sentono singhiozzare dall'altro capo della città, nemmeno quando un tuo amico si precipita preoccupato in camera tua e si siede accanto a te per consolarti, anzi il pianto aumenta, bagna i cuscini, cosparge il copripiumone nuovo di rivoli salati, finché non rimani completamente disidratata e allora il tuo amico va a prenderti un bicchiere d'acqua, ti abbraccia e ti dice che ora deve andare alle prove con la band. Ti chiede se vuoi andare con lui, ma tu preferisci metterti a guardare fuori dalla finestra l'acero che ha perso tutte le foglie incandescenti e adesso, dietro i rami nudi, lascia intravedere le anatre che transitano, sculettanti, nel New

River. Ti soffermi a osservare un signore alto e magro in impermeabile scuro che percorre il sentiero con un levriero grigio come l'ardesia e una signora piuttosto corpulenta che tiene al guinzaglio un carlino color cachi, della stessa tonalità del suo cappotto.

«Ma che ci fai qui, piccolo trampoliere?». Non potevo credere ai miei occhi, un airone cinerino, proprio come quello della palude, stava imbambolato sull'altro lato del canale come fosse una statua. «Perché non migri verso luoghi più caldi, ti sei perso?». D'un tratto lo vidi cadere nell'acqua, tutto d'un pezzo, per poi tirarsi su svolazzando agitato come se si fosse svegliato di colpo per il bagno gelido. Scoppiai in una grossa risata e tornai pian piano a respirare con un ritmo più pacato.

Nei giorni successivi iniziai a lavorare al progetto per il Bahrein e rientrai presto nella mia comfort zone: la mattina prendevo la metro, arrivavo nel mio prisma di vetro, facevo il log-in al computer, scorrevo velocemente le pagine della «Repubblica» online, rispondevo alle email e mi mettevo a lavoro. Ripresi anche le lezioni di pattinaggio sul ghiaccio. Mi piaceva pensare che se fossi cresciuta in un luogo dove avessi avuto a disposizione per tutto l'anno una pista, sarei stata sicuramente una campionessa olimpica. La sera mi stringevo al peluche termico e mi addormentavo.

A volte riuscivo a non pensare a Nicola per più di un'ora o addirittura per un pomeriggio intero, ma portavo ogni giorno con me, insieme a quello inglese, anche il telefono italiano, sperando che mi chiamasse.

Sì, ero fuggita, ma avrei voluto essere inseguita. Un po' come quando ero bambina e scappavo soltanto per farmi cercare.

Poi arrivò il mio compleanno, e nemmeno allora mi chiamò.

Si era sentito invece spesso con Silvana e, tra una conversazione e l'altra, l'aveva invitata ad andare da lui per la liberazione delle tartarughe di dicembre.

Io intanto avevo preso una decisione: non mi sarei più portata dietro il telefono italiano, lo avrei lasciato a casa.

Una mattina lo posai sulla libreria nuova e lo lasciai lì, proprio accanto alle trenta sterline in contanti che avevo preparato per Audrone, la donna della pulizie.

Andai a lavoro, al ritorno mi fermai al Tesco a fare la spesa e quando rientrai a casa la sera, mi accolse di nuovo, come nei giorni precedenti, l'odore della vernice fresca. L'imbianchino aveva finito il suo lavoro già da qualche giorno, ma l'aria era ancora pungente.

In casa sembrava non ci fosse nessuno.

«Cosimo? Zoe?» provai a chiamare indirizzando la mia voce al piano di sopra mentre attaccavo la giacca all'appendiabiti. «C'è nessuno?».

Non ricevetti risposta, cominciai a mettere il latte e la verdura in frigo quando, all'improvviso, mi parve di sentire un sottile lamento provenire dal piano di sopra, ma fu solo per un attimo, tanto che credetti di essermelo immaginato.

Mi diressi verso le scale rivestite di fibra di cocco e quel piagnucolio, simile al vagito di un neonato, riprese, anzi cominciò a farsi sempre più deciso. Cresceva d'intensità man mano che, esitante, salivo gli scalini.

Deve venire da fuori, cercavo di convincermi. *Che cattivo isolamento acustico queste case popolari!*

«Cosimo? Zoe?» provai a chiamare di nuovo.

Entrai in camera mia e mi accolse una ventata gelida. Le tendine color panna sventolavano dentro e fuori l'apertura della ghigliottina.

Corsi a chiudere la finestra. Avevo lasciato un piccolo spiraglio aperto quella mattina, per areare la stanza e far andar via l'odore di vernice. Audrone, la donna delle pulizie, doveva aver aperto la finestra fino in cima.

Mi strinsi nelle braccia per scaldarmi un po' quando d'un tratto percepii un incerto cigolio alle mie spalle. Con la coda dell'occhio vidi la porta della camera che si apriva lentamente. Vidi nello specchio il mio viso pallido e le labbra viola e qualcosa che sfiorava il battiscopa. Me lo ritrovai di colpo a strisciare tra le caviglie, insieme a un miagolio implorante.

«Che cosa ci fai qui, Gatto Pancione?» dissi, tornando a respirare.

Lo presi in braccio e lo accarezzai e fu allora che mi cadde lo sguardo sulla libreria nuova.

C'erano ancora le trenta sterline in contanti per la donna delle pulizie, ma non c'era più il mio cellulare italiano.

Ripetei mentalmente le azioni che avevo fatto la mattina prima di uscire e, sì, ero proprio sicura di averlo lasciato lì.

«Lo sai quanto sei sbadata. Vedrai che te lo sei portato dietro e ti è cascato da qualche parte!» provò a convincermi Cosimo appena gli raccontai tutta la storia al suo ritorno.

«Ah, a proposito» aggiunse, «mi ha mandato un messaggio Audrone: oggi non è potuta passare, è partita per l' Ucraina, mi pare d'aver capito che le è nata una nipote».

Poco dopo telefonò mia mamma:

«Francy, scusa, ho visto solo ora le chiamate, mi volevi?».

«No, mamy, non t'ho chiamato».

«Ah, scusa, mi sarò sbagliata, come va, ciccina? Ti ho spedito un bel pacco prenatalizio!».

Non feci in tempo a salutarla che mi arrivò un messaggio da un'amica delle elementari: *Ciao Francy, scusami, prima non ti ho potuto rispondere. Come stai?*

Questa poi era bella: quando avevo chiamato Caterina? L'ultima volta c'eravamo sentite per salutarci il giorno della mia partenza. Il mistero del telefono italiano! Ovunque fosse finito era meglio così. Tanto avevo giusto due spicci di credito residuo. Meglio lasciarsi tutto alle spalle, ecco, lo smarrimento era stato un segnale!

Forse, stringendo i denti e trattenendo il fiato, sarei riuscita anche a dimenticare Nicola.

Se non fosse stato per il regalo di compleanno di Margherita.

Capitolo 15

«Dai, Francy, è una sorpresa!» continuava a ripetere Margherita di fronte alle mie insistenze per sapere di cosa si trattasse.

L'appuntamento era alle sette del venerdì sera alla fermata di South Kensington.

«Scommetto che è una cena a base di crêpe in quel posticino dove fanno l'omelette col lardo, le patate e quella salsetta strana all'aglio che mi ha lasciato il sapore in bocca per due giorni quando mi ci portasti l'ultima volta!».

«No, non è una cena a base di crêpe, spero tu non abbia troppa fame!».

«Allora un concerto jazz-tribal-pop nella sala delle ceramiche del Victoria and Albert Museum» continuavo a tentare di indovinare mentre uscivamo dalla metro.

«No, non è nemmeno quello, però ti stai avvicinando».

«Un concerto di monaci buddisti tra le statuette di avorio dorato della dinastia Ming?».

«No».

«È l'ultimo venerdì del mese e i musei sono aperti fino a tardi, deve essere per forza qualcosa al museo se mi hai fatto venire fino a qui!».

«Se è per questo è aperto anche il Natural History Museum».

«Mi porti a vedere il *Diplodocus*?».

«Ma secondo te? Quello scheletro gigante di dinosauro è esposto lì da più di cento anni e io ti ci porto proprio stasera? È qualcosa, diciamo, più legato alla madrepatria».

«Allora è un film all'Istituto Italiano di Cultura».

«Eh no».

Cominciammo a camminare lungo il marciapiede blasonato di Exhibition Road. Le nicchie scavate sulla facciata del Victoria and Albert Museum, con dentro le statue di artigiani illustri dell'epoca vittoriana, si succedevano una dopo l'altra alla nostra destra, mentre a sinistra i rami nudi dei platani scintillavano di lucine natalizie davanti alla pista di ghiaccio e lasciavano intravedere un edificio un po' gotico e un po' romanico. Il Natural History Museum sembrava proprio una cattedrale.

«Non mi dire, mi porti a pattinare?».

Margherita nemmeno mi rispose e passò oltre. Superammo il Science Museum e costeggiammo il campus dell'Imperial College, dove vengono forgiate le future eminenze della scienza e della tecnologia.

La strada, nata grazie all'esposizione universale del 1851, sembrava non finire mai, e solo quando Margherita mi disse, a un certo punto, di girare a sinistra, allora capii dove mi voleva portare.

«Che bello, Marghe! Da quanto tempo non ci venivo!».

Girato l'angolo di Prince Consort Road, apparve maestosa la Royal Albert Hall, sotto la sua cupola di vetro e ferro battuto, cinta tutto in tondo dal fregio a mosaico di terracotta, con gli archi illuminati da una luce che esaltava il colore caldo dei mattoni.

«Dimmi, dimmi! Quale spettacolo?».

«Aspetta e vedrai».

Margherita tirò fuori i biglietti dalla borsa: «Devo capire da quale ingresso dobbiamo entrare».

«Fa' vedere!» esclamai quasi strappandole i biglietti di mano. Riuscii soltanto a leggere: Door 6 Circle Row 7 Seat 172.

«Dai, lo scoprirai quando entriamo».

«Non resisto, fammi vedere!».

Dopo aver opposto una debole resistenza, Margherita mollò la presa in maniera melodrammatica.

Sul pezzo di carta, al centro, in grassetto, c'era scritto il nome dello spettacolo.

Rabbrividii.

«Che faccia! Pensavo ti piacesse l'opera».

«Sì, certo l'adoro! È solo che...».

«Solo che?».

Solo che è *la* Madama Butterfly[2].

«No, niente, mi chiedevo: sarà in italiano o in inglese?» dissi, cercando di fugare ogni ombra dalla mia faccia e di irradiare invece l'entusiasmo adatto a onorare il suo regalo.

Mentre salivamo al terzo piano, il mio stomaco si contorceva come fossi in cima a una montagna russa: la contentezza di essere lì si mescolava alla paura del ricordo della *Madama Butterfly* con Nicola sotto le stelle di Torre del Lago. Il pavimento seminato alla veneziana e le sue grechine mi davano quasi le vertigini. Quando però, mostrati i biglietti alla maschera, passammo sotto l'arco d'ingresso alla gradonata e la vista del teatro si aprì davanti ai nostri occhi, mi sembrò che qualcosa si aprisse anche dentro di me, insieme all'immensità della sala. Quella sensazione di respirare a pieni polmoni tutto l'universo, mi pervase di nuovo.

Tutto intorno a noi dominava il colore rosso. Rossi erano i sedili ribaltabili imbottiti del *circle*, rosse erano le poltroncine della platea, le tende e le sedie dei tre piani di palchi. Di un rosso pompeiano erano le decorazioni del teatro. Di un rosso ramato le colonnine che sorreggevano gli archi della galleria, sopra di noi. Dopo poco però, del rosso delle sedie non si vide più nemmeno un lembo perché i posti furono tutti occupati e i riflettori vennero puntati sull'arena centrale. Un gazebo di legno, la casa a soffietto di Cio-Cio-San e Pinkerton, si trovava al centro di un giardino, circondato dall'acqua in cui si specchiava.

«Come fanno ad allagare così l'arena?».

«Ho letto che sotto il pavimento ci sono due cisterne d'acqua da migliaia di litri!» mi rispose Margherita quando ci fummo sedute ai nostri posti.

Eravamo più alte della griglia da cui pendevano le luci sulla scena. Le lanterne appese al gazebo in mezzo all'arena parevano dei puntini, e poco al di sopra di noi, al posto delle stelle, dischi in fibra di vetro per il controllo del riverbero acustico levitavano sul cielo della Royal Albert Hall.

Gli archi iniziarono a rincorrersi sul palco dell'orchestra, e quando poco dopo Cio-Cio-San entrò in scena, accorsa al richiamo d'amor, cantando la sua gaiezza di sposa, iniziai a vacillare. Nemmeno il fatto che l'opera fosse in inglese riuscì a mitigare l'effetto: già alla fine del primo tempo erano crollati tutti i miei propositi di dimenticare Nicola.

«Scusa, ma è ovvio che lui sia andato a cercare la tipa!» esordì Margherita dopo che l'avevo resa partecipe dei miei sentimenti, mentre eravamo in fila al bar nell'intervallo tra il primo e il secondo atto.

«Gli hai fatto credere di aver lasciato il lavoro per lui dopo una manciata di giorni che lo conoscevi, come minimo ha pensato che tu fossi una pazza squilibrata».

«Dici? Io pensavo che si fosse sentito lusingato».

«Lusingato? Ma sei matta? Gli uomini fondamentalmente sono dei cacasotto. A loro piace l'idea di farci sentire protette, ma solo se sono sicuri che ci sappiamo proteggere da sole. Poveri uomini! Devono sempre fingere di fare i grossi, non li invidio per niente! Che cosa ti aspettavi?» continuò, frugando nel sacchetto delle patatine appena comprate. «Gli hai fatto vedere che eri una pappamolle e che per lui rinunciavi ai tuoi interessi! Questa tipa, invece, ha un posto fisso e le idee chiare: è ovvio che sia andato da lei a inseguire certezze! Poi hai detto pure che è pagato con la partita IVA senza un vero contratto? Chissà che senso di precarietà gli hai dato tu con la tua moscezza!».

«Moscezza?».

«Sì, demotivazione, scoglionamento, come la vuoi chiamare? La percepivo anch'io quando mi chiamavi dall'Italia! Vuoi riconquistarlo? Fatti un piano. Punto numero uno: mantieni la tua identità. Punto numero due: sorprendilo».

«Sì, e come? Gli faccio passare un dirigibile con un messaggio d'amore davanti al peschereccio?».

«Bischerate! Se per lui il mare conta così tanto immergiti nel suo mondo!».

«Ma non avevi detto di mantenere la mia identità?».

«Certo! Amare il suo mondo non significa mica tradire quello che sei. Gioca un po' d'astuzia!».

«Va bene. Giocherò d'astuzia» dissi con un sorriso un po' scettico e un po' speranzoso. «Ma dimmi, come va con Rahul?».

«Alla grande! Tra un po' verranno a trovarlo i suoi, credo voglia farmeli conoscere. Io mi sto dando da fare per imparare la cucina indiana, ho comprato un libro enorme di ricette e pure un *masala dabba*».

«E che cos'è?».

«È un contenitore di metallo per le spezie. Tutte le donne indiane ce l'hanno. Ho programmato una cenetta romantica per la prossima settimana. Meglio ritornare ai nostri posti ora» aggiunse quando l'altoparlante ebbe annunciato che il secondo atto sarebbe ripreso dopo due minuti.

«Sì, andiamo».

«Capito allora? Bella dentro e bella fuori!» disse Margherita strizzandomi l'occhio mentre risalivamo le gradinate del *circle*.

Suddenly we'll see it, a wisp of pure white smoke on the horizon, riprese a cantare la povera Cio-Cio-San, china sul sentiero di legno sopra al giardino giapponese, che adesso era stato prosciugato per lasciar affiorare le rocce e la ghiaia bianca rastrellata secondo cerchi concentrici. *"My poppet of a darling, my skylark, my starling" remembering the nicknames he invented*, continuava Cio-Cio-San in quella traduzione inglese che aveva trasformato il profumo della verbena in un canto di uccelli.

Cast out your needless worries, I am prepared to wait here forever.

Scaccia le tue paure inutili, sono pronta ad aspettare qui per sempre.

Io no, non avrei aspettato di veder levarsi il fil di fumo all'orizzonte, dovevo passare subito all'azione.

La bellezza della musica mi aveva fatto vedere in modo cristallino quello che volevo.

La mia identità l'avevo ritrovata. Ero dovuta tornare a Londra per riprendermela.

Adesso dovevo solo farmi venire un'idea per immergermi nel suo mondo.

[2] Si fa riferimento alla *Madama Butterfly* andata in scena alla Royal Albert Hall con produzione di David Freeman, scenografia di David Roger, traduzione inglese di Amanda Holden.

Capitolo 16

Il sabato mattina Cosimo mi accompagnò alla posta per prendere il pacco che mi aveva spedito la mamma.

Lo aprimmo insieme sul tavolo della cucina: l'apertura dei pacchi provenienti dalla madrepatria era sempre un momento mistico.

Un profumo di cannella, anice e vaniglia uscì fuori dal cartone non appena facemmo saltare via il nastro adesivo. Dietro la lattina con l'olio nuovo, fecero capolino, un po' stropicciati, un sacchetto di cavallucci che le noci e i canditi avevano reso bitorzoluti e due buste di ricciarelli di Siena spolverati di zucchero a velo. Cosimo, più di me, manifestava il suo entusiasmo man mano che il contenuto della scatola si svelava, e non tanto per i dolci, quanto per le salsiccette e il salamino di cinghiale sottovuoto. La sua attenzione si posò a un certo punto su un barattolo, sulla cui etichetta c'era scritto ANTIPASTO DEL BUTTERO, ma fu un'altra cosa a colpirlo.

«E questa? Non ci posso credere! Una tovaglia a quadri! Sembra quella che stendeva mio nonno per fare la merenda tutti insieme all'orto!» esclamò. «Quanto mi mancava una tovaglia a quadri a Islay Walk!».

Credo che la mamma l'avesse messa nello scatolone soltanto per ammorbidire l'attrito tra i barattoli dei sughi. È incredibile quanto certe piccole cose acquistino valore per un emigrante.

In fondo alla scatola un biglietto: *Per la mia piccola espatriata, perché possa assaporare l'atmosfera pre-natalizia*, e una foto del mio melo, quello su cui avevo provato a innestare il ciliegio: sembrava che l'innesto non avrebbe superato l'inverno.

Decidemmo di tenere per noi i cavallucci, gli affettati sottovuoto, i sughi, i tortellini e le salsicce di cinghiale, e di portare gli altri dolci, incluso il pan pepato e la barretta di torrone morbido, alla cena di Lucio e Antonella, che erano appena tornati da una vacanza in Messico.

«*Sorry, Steve*!» dissi sinceramente mortificata al ragazzo di Raffaella dopo essermi dimenticata per l'ennesima volta di parlare in inglese quella sera. Era colpa delle lasagne di Antonella che mi facevano sentire a casa, ed era anche colpa del fatto che la combriccola fosse quasi sempre composta da italiani. Pensare che quando ero partita la prima volta per Londra non li volevo nemmeno frequentare gli italiani! Ma poi, si sa, una lasagna tira l'altra.

«Non ti preoccupare, capisco dai gesti!» mi rassicurò Steve.

«Sapete perché gli italiani furono grandi nella Resistenza e non svelarono i segreti al nemico nemmeno sotto tortura?» continuò.

«Perché?».

«Perché con le mani legate non potevano gesticolare e quindi non riuscivano nemmeno a parlare!».

Meno male c'era Steve, con la chioma di un arancione quasi fosforescente e la pelle così bianca che sembrava di poterci vedere dietro in trasparenza, a ricordarci dove ci trovavamo.

«Invece» continuò lui con ironia, «che cosa mi dite del vostro leader politico che è stato eletto "Rockstar dell'anno" da una rivista italiana? L'ho letto un paio di giorni fa sul "Telegraph"».

«Per favore! Non ci roviniamo la serata!» controbatté Antonella addentando un pezzo di torrone.

«A proposito» continuò Lucio, «sentito che è stato presentato in Senato il disegno di legge per il processo breve? L'hanno chiamato "Misure per la tutela del cittadino contro la durata indeterminata dei processi".».

«"Misure per la tutela della mafia", avrebbero dovuto chiamarlo, altroché!», ribatté Cosimo interrompendo per un attimo il taglio del panpepato, con la lama del coltello che rimase sospesa per un attimo sul piatto.

«Buono questo torrone!» commentò intanto Raffaella. «Questa notizia mi era sfuggita. Di cosa si tratta?» chiese, sottraendo furtivamente dal piatto il primo pezzo di panpepato.

«Se ho capito bene, vogliono limitare a due anni la durata dei processi per ogni grado di giudizio» le risposi.

«E non è un bene? Magari riuscissero a velocizzare le cause e smaltire tutto l'ingorgo giuridico!» replicò Raffaella.

«In teoria. Il punto è che lo scopo non è velocizzare i processi ma far cadere in prescrizione quelli che non si sono conclusi entro il termine dei due anni, inclusi i processi per gravi reati di corruzione e concussione» replicai cercando conferme negli occhi degli altri.

«È così» avvalorò Antonella. «E se non è anticostituzionale questo!».

«Non solo è anticostituzionale: è imbarazzante!» continuò Cosimo con quel tono che si accendeva in un crescendo di rabbia quando si toccavano certi argomenti.

«È l'ennesima legge *ad personam*, ecco cos'è. I piccoli processi dei poveracci potranno essere conclusi, mentre quelli veramente importanti... lasciamo stare, va'!». «Tanto è sempre così. Per la giustizia, per le tasse, per il lavoro. Io in quel Paese non ci torno neanche morto!» si fece sentire Lucio dal terrazzino, lanciando un'occhiata ad Antonella mentre si accendeva una sigaretta. «Oh, non vi mangiate tutti i ricciarelli eh!».

«Ma allora scusa, che cosa facciamo? Fuggiamo tutti e lasciamo il Paese allo sfascio?» controbattei io.

«Intanto preferisco non finire allo sfascio io!» replicò Lucio con decisione. «Tu perché sei tornata?».

«Lucio, Lucio! Tu non torni in Italia neanche morto però i ricciarelli di Siena li mangi, eh!» aggiunse Raffaella smorzando la tensione. Nella cucina si cominciava a sentire il profumo dei chiodi di garofano.

«Raccontateci della vacanza piuttosto! Come è andata?».

«Bene!» rispose Antonella. «La cosa più spettacolare è stata la caletta di Tulum, lungo la Riviera Maya. In cima alla scogliera, tra le palme e le piante di papaia...».

«E le iguana che si scaldano al sole» aggiunse Lucio.

«... ci sono le rovine di un tempio Maya. Subito sotto, c'è una spiaggia con la sabbia bianca, ma così bianca...».

«... che sembrava di essere ai Caraibi!» aggiunse di nuovo Lucio con fare canzonatorio.

«Nella costa caraibica dello Yucatan» continuò, «proprio lì dov'eravamo noi, c'è la barriera corallina più lunga dell'emisfero occidentale!».

«E come potevamo farci mancare le immersioni subacquee?» aggiunse Antonella lasciando trapelare che era stato lui ad averla convinta.

«Però ne valeva davvero la pena! Abbiamo visto coralli, spugne tropicali, pesci angelo coloratissimi. Persino le tartarughe marine ci passavano vicine!» continuò lei con le pupille che le brillavano ancora riflettendo i colori di quella moltitudine di creature marine che stavano passando di nuovo davanti ai suoi occhi. «E quella cernia che ti si è avvicinata a curiosare?», disse rivolta a Lucio.

«Sì, davvero, pensavo volesse darmi un bacio!».

«Ora ti metti a fare il filo pure alle cernie dello Yukatan?» ironizzò Cosimo.

«Non sapevo che aveste il brevetto per sub» dissi loro stupita.

«Infatti non ce l'avevamo» rispose Lucio. «L'abbiamo preso là. Le immersioni nello Yucatan sono state le esercitazioni pratiche finali. Avevamo fatto la parte teorica a Londra. Un weekend di parte teorica con immersioni in piscina qua, e un weekend con due immersioni in acqua aperta a Tulum».

«Vorreste dirmi che in due fine settimana in tutto avete preso il brevetto da sub?».

«Sì. Ti fanno fare la parte teorica in città e la parte pratica in vacanza con un istruttore certificato. Ma qualcuno del nostro corso, se non mi sbaglio, ha fatto la parte pratica qui vicino, vero Anto?».

«Che freddo, non mi ci far pensare! Riscaldiamoci piuttosto con un po' di vin brulé, che è pronto!» esclamò Antonella. «Passatemi i bicchieri. Francy, ne vuoi? Francy? Pronto? Ci sei?».

Mi era balenata un'idea in testa.

Lucio e Antonella mi dettero il bigliettino della scuola sub e prima di andare a letto mi misi su Internet a cercare informazioni sui corsi.

Nella loro scuola non c'erano lezioni per principianti fino all'inizio dell'anno nuovo, ma mi resi conto che le scuole per sub a Londra erano tantissime. Mi misi a cercare e cercare sul web facendo notte fonda finché non trovai, in un piccolo diving centre nella zona di Battersea, un corso che sarebbe iniziato il weekend successivo e proponeva per il fine settimana a seguire l'immersione pratica finale con consegna del brevetto.

Avevo trovato il modo di stupirlo.

Marghe ti prendo alla lettera: mi immergo nel suo mondo!

Da lì a tre settimane ci sarebbe stata la liberazione delle tartarughe a Calafuria. Nicola, mi aveva raccontato che, di solito, lui e gli altri sub dell'acquario accompagnavano per un po' le tartarughe sott'acqua, dopo che queste erano state introdotte in mare dalla barca.

Quale occasione migliore?

Chissà che faccia avrebbe fatto vedendomi arrivare con la muta, le pinne e la maschera e tuffarmi insieme a lui e alle tartarughe!

La mattina seguente mi presentai al diving centre e compilai i moduli dell'iscrizione. Uscii dalla scuola con un kit che conteneva, insieme a un paio di Dvd e a una sorta di diario di bordo da compilare, un libro con due subacquei sorridenti in copertina, accanto alla foto di un ramo di corallo.

Passai i momenti di pausa della settimana successiva a studiare.

Ore cinque e trenta del sabato mattina: prima giornata di corso.

Ripassavo come una forsennata il materiale di studio. Anche se le nozioni di fisica erano le stesse di quelle imparate al liceo e rispolverate all'università, l'attrezzatura e le strumentazioni erano tante e per me tutte nuove. Alle sei e quarantacinque preparai un panino col prosciutto crudo che avevo trovato nel pacco della mamma e alle sette e zero cinque uscii di casa. Presi la metro: era deserta.

Mi misi seduta.

In un'altra occasione mi si sarebbero chiusi gli occhi all'istante e avrei avuto bisogno di un cartello attaccato al collo con su scritto SVEGLIATEMI ALLA STAZIONE DI CLAPHAM SOUTH, ma in quel momento ero troppo impegnata a ripassare mentalmente l'equipaggiamento subacqueo. Uscita dalla metro, costeggiai il parco di Clapham Common ancora avvolto nella nebbia.

Entrai nel negozio per articoli subacquei, raggiunsi il piano interrato dove il proiettore per le lezioni teoriche era già acceso.

Trovai posto in prima fila.

Devo stare attenta, molto attenta, non mi deve sfuggire nemmeno una parola.

«Buongiorno a tutti e benvenuti al corso per subacquei. Io mi chiamo Kenan».

L'istruttore giamaicano con i capelli rasta ci ricordò brevemente come si sarebbero svolte le nostre giornate: lezioni teoriche la mattina, immersioni in piscina il pomeriggio.

«Perché secondo voi una nave da crociera galleggia mentre una monetina affonda?» continuò Kenan cercando di catturare l'attenzione di tutti con una moneta da mezza sterlina in mano.

«Il principio di Archimede ci insegna che ogni corpo immerso in acqua, riceve una spinta verticale dal basso verso l'alto, uguale al peso del volume d'acqua spostato. Se un oggetto pesa meno dell'acqua che sposta, l'oggetto galleggerà» disse indicando sullo schermo il disegno di una nave sulle onde.

«Se l'oggetto pesa più dell'acqua che sposta, affonderà» disse indicando il secondo disegno, quello con la monetina affondata. «Se l'oggetto pesa come l'acqua che sposta, non galleggerà né affonderà, sarà in assetto neutro» aggiunse mostrando il disegno di un sub che pinneggiava allegramente a metà tra il fondo e la superficie.

Era sempre l'adrenalina a tenermi gli occhi puntati verso lo schermo illuminato dal proiettore e a prendere a calci pensieri del tipo *Oddio, in che pasticcio mi sono messa!*

«Esaminiamo ora il concetto di pressione».

Kenan fece vedere una slide che illustrava come sulla superficie dell'acqua ci fosse la pressione di un bar dovuta al peso dell'atmosfera. Dieci metri sotto il pelo dell'acqua la pressione sarebbe stata invece di due bar, cioè un bar in più dovuto al peso di quei dieci metri d'acqua. Venti metri sotto il pelo dell'acqua ci sarebbero stati tre bar di pressione, trenta metri sotto il pelo dell'acqua ci sarebbero stati quattro bar e così via fino al fondo degli abissi oceanici, fino a raggiungere un migliaio di bar vicino alla Fossa delle Marianne.

«Che cosa succede al nostro corpo quando scendiamo sott'acqua?».

«Succede come quando si atterra con l'aereo e troviamo la bottiglietta vuota dell'acqua accartocciata!» rispose uno da dietro.

«Esatto, la pressione comprime gli spazi d'aria presenti nel nostro corpo, nelle cavità nasali, nelle orecchie, nei polmoni ed è molto comune, per esempio, sentire dolore alle orecchie. È per questo che dobbiamo imparare a compensare soffiando con le narici tappate o muovendo la mascella» disse Kenan indicando il disegno di un orecchio visto in sezione.

«Ora, cosa pensate che succeda quando risaliamo in superficie dopo essere stati in profondità?».

«L'aria presente nel nostro corpo si espande» disse un altro.

«Esatto, ed è una situazione molto critica. Guardate qui». Ci fece vedere un'animazione di un palloncino giallo che risaliva dalla profondità del mare e si espandeva sempre più fino a scoppiare.

«Ovviamente ci sono delle accortezze che dovrete osservare per evitare che il vostro organismo venga danneggiato dall'espansione dell'aria durante la risalita. In particolare dovrete imparare a controllare la respirazione e la velocità di risalita».

Compensazione, assetto neutro, respirazione, velocità di risalita. Compensazione, assetto neutro, respirazione, velocità di risalita. Ce la posso fare. Ce la devo fare!

Superai a pieni voti i quiz a risposta multipla che davano l'accesso alle prove in piscina.

Kenan mi aiutò a scegliere, tra quelle a disposizione della scuola, una muta semistagna adatta a me e gli altri accessori. Caricò tutta l'attrezzatura sul furgone e mi dette un passaggio per arrivare alla piscina. Il fondo raggiungeva una profondità di cinque metri.

Ero a bordo piscina con addosso gli stivaletti di neoprene, il cappuccio, la muta bagnata perché indossata da chissà chi durante il corso precedente. Tenevo le pinne in mano. Intorno alla vita avevo una cintura di anelli di piombo plastificato giallo, una specie di giacchetto agganciato al torace che si gonfiava d'aria se schiacciavo un pulsantino e quindici chili di bombola d'acciaio con aria compressa dietro la schiena. Dalla valvola della bombola penzolavano quattro tubicini. A uno di questi era attaccato un indicatore della quantità d'aria, a un altro l'erogatore dell'aria, a uno altro ancora l'erogatore di soccorso e all'ultimo un tubicino collegato al giacchetto. Sputai nella maschera, su cui il giorno prima aveva sputato qualcun altro, per evitare che si appannasse e lasciai le pinne sul bordo della piscina. Avevo sempre preferito l'acqua allo stato solido, mi piaceva scivolarci sopra, spingere con un piede e planare con l'altro sopra le lame affilate dei pattini da ghiaccio.

Adesso, per la prima volta in vita mia, lasciavo che il *pack* si incrinasse sotto i miei piedi. Mi sarei immersa giù, sempre più giù, in profondità, alla ricerca di Nicola.

Controllo finale. *Uno, due, tre, segnale di immersione, via!*

Con la bocca stretta sull'erogatore d'aria respirai per la prima volta sott'acqua. Mi sentii di colpo leggera e agile.

Mi librai in acqua come un astronauta in una navicella spaziale.

Il respiro si abituò all'erogatore. Respirai lentamente e a fondo.

Risaliamo? Di già? A uno dei compagni facevano male le orecchie, rinunciò.

Ritornammo giù, raggiungemmo la parte profonda della piscina. Sembrava che la maschera volesse risucchiarmi la faccia. *Che cosa aveva detto l'istruttore? Di esalare dentro la maschera dal naso? Ma il naso non lo dovevo chiudere per compensare? E il respiro? Quello non dovevo trattenerlo: mai trattenere il respiro!*

Gli unici suoni che sentivo erano il gorgoglio delle bollicine che uscivano quando espiravo, che mi solleticavano i lembi di pelle libera del viso, e il sibilo ritmico e ovattato dell'aria che passava dall'erogatore come da un mantice.

Davanti a me, i capelli di Kenan fluttuavano come i tentacoli di un anemone.

Il resto del mondo era sospeso in un'altra galassia. Passammo all'esercizio più importante: lo svuotamento della maschera. Mi tolsi la maschera, me la rimisi, guardai in basso, premetti la parte superiore sulla fronte, soffiai col naso sollevando la testa. La maschera si svuotò. Cercammo poi l'assetto neutro. Con le mani conserte, in concentrazione, con le pinne che sfioravano il fondo, levitammo nell'acqua in quella che sembrava una posizione yoga.

Gli esercizi si susseguirono uno dietro l'altro senza tregua fino alla risalita, prudente, respirando lentamente e a fondo. Arrivati in superficie gonfiammo il giacchetto allacciato al torace e galleggiammo. Tolsi l'erogatore e respirai l'aria sopra il pelo dell'acqua. Mi sembrò come quando tolti i pattini da ghiaccio ricominciavo a camminare a piedi nudi.

A bordo piscina smontai l'attrezzatura.

Sciacquai tutto.

Rimontai tutto.

Controllai se l'attrezzatura del mio vicino fosse a posto e lui controllò la mia.

Questa volta ci mettemmo subito le pinne, camminammo un po' all'indietro per raggiungere il bordo della piscina, ci tuffammo in acqua uno dopo l'altro facendo il «passo del gigante».

Ecco, questo sarà il passo che farò per l'immersione con le tartarughe!

Avevo mangiato soltanto un morso di quel panino col prosciutto, per paura che mi rimanesse sullo stomaco durante l'immersione. Sarei potuta collassare in qualsiasi momento della giornata per il sonno, la fame, la stanchezza e la strizza, ma la determinazione a raggiungere il mio scopo mi aveva come accecato, impedendomi di vedere tutti i pericoli.

Quando verso le sei del pomeriggio raggiunsi la metro, colai a picco in un sedile di velluto blu maculato di chiazze verde acqua, gialle e amaranto. Dovetti tornare indietro un paio di stazioni quando mi accorsi che mi ero addormentata e avevo superato la fermata di Highbury & Islington. Percorsi Islay Walk come uno zombie, sorridente sotto la pioggerellina. Avevo ancora i capelli bagnati perché in piscina non c'era il phon; era dicembre e il cappellino di lana in cui li avevo raccolti serviva a poco, non vedevo l'ora di infilarmi in casa e fare una doccia calda.

Arrivai davanti al 19 di Islay Walk e trovai il cancellino stranamente chiuso. Provai ad aprire con la chiave che avevamo smesso di usare da tempo, ma non si apriva.

Provai e riprovai. Niente da fare.

«Cosimo! Zoe!» chiamai a voce alta sperando che uno di loro si affacciasse alla finestra, ma non rispose nessuno.

Presi il cellulare e telefonai a Cosimo.

«Ah, scusa, mi sono dimenticato di dirtelo: è passato il fabbro a mettere la serratura nuova questa mattina, ho fatto una copia della chiave anche per te, è in cucina».

«Scusa, ma che me ne faccio della chiave in cucina?».

«Non pensavo saresti rientrata prima di me. Io sono alle prove. Aspettami in un bar, finisco un paio di pezzi e vengo ad aprirti!».

«No, non ti aspetto in un bar! Sono bagnata fradicia, mi sto congelando, vieni subito!».

«Ok, arrivo!».

Riattaccai il telefono e quando sollevai gli occhi mi resi conto di essere accerchiata da una dozzina di bambinetti sui dieci dodici anni.

«Abiti qui?» si fece avanti un moretto riccioluto.

«Sì».

«E perché non entri?».

«Non ho le chiavi del cancello».

«Se vuoi ti aiutiamo noi».

«No, grazie». Piccole pesti! Quindi erano loro che ci avevano scassinato la serratura e si divertivano a giocare nel giardino in nostra assenza facendoci trovare le panche sottosopra? Ero troppo stanca per chiacchierare con quei ragazzini.

Però il tipetto riccioluto continuò: «Per caso ti manca un cellulare?».

A quel punto mi si drizzarono le antenne.

«Sì, perché tu che ne sai?».

«Io so chi te l'ha rubato, l'ho visto con i miei occhi entrare dalla finestra».

«Ah sì? E chi me l'ha rubato?».

«Ah, questo non posso dirtelo».

«Io lo so chi è, io lo so chi è!» si inserì una bambina che doveva essere la più piccola del gruppo.

«È stato Morgan, è stato Morgan!».

Morgan? Il mio tenero vicino undicenne con gli occhi alla Paul Newman, che sembrava uscito dalla pubblicità dei biscotti per la colazione?

«Morgan! Morgan! Affacciati alla finestra!» cominciarono a urlare i ragazzetti all'unisono prima ancora che io avessi pensato a cosa fare.

Metà della faccia di Morgan apparve dietro le tendine.

«Vieni giù col cellulare. Riportalo alla signora!».

Io stavo ancora cercando di capire: quella era una baby gang o una squadra di polizia urbana?

Vidi Morgan che faceva di no col capo.

«Vieni subito giù o lo dico a James!».

E ora chi era questo James? Incerta e disorientata decisi di lanciargli uno sguardo truce. Non so se a funzionare fu lo sguardo o la minaccia di chiamare James, ma dopo una manciata di secondi Morgan era sceso col cellulare in mano, l'amico cicciotto e Gatto Pancione al seguito. Il gatto però si era astutamente fermato sotto la tettoia per non bagnarsi con la pioggia.

«Dai qua!» disse il morettino.

«Ecco signora, è questo il suo cellulare?».

Ero più stordita che mai. Guardai il cellulare, nello screensaver c'era la foto di Morgan che faceva un gestaccio insieme al suo amico cicciotto. Però sembrava proprio il mio cellulare. Detti un'occhiata ai registri. Mio Dio! C'erano quattro chiamate perse di Nicola.

Capitolo 17

A dire il vero, dai registri del telefono, risultavano anche diverse chiamate partite dal mio cellulare verso quello di Nicola. Ecco che cos'era successo: quei ragazzini si erano divertiti a chiamare gli ultimi numeri in rubrica finché non era finito il credito. Ora mi spiegavo anche le telefonate misteriose che mia mamma e alcune amiche dicevano di aver ricevuto. Fulminai Morgan con lo sguardo e lui scappò via, trascinando con sé l'amico cicciotto. Non feci in tempo a chiedergli perché mai avesse preso il cellulare senza prendere le trenta sterline in contanti che erano poggiate accanto.

Subito dopo, senza tante cerimonie, si dileguarono anche gli altri bambini e mi accorsi che Cosimo stava arrivando alle mie spalle. Gli raccontai la storia mentre entravamo in casa.

«Sono ragazzi!» fu il suo unico commento.

Mi avvolsi i capelli in un asciugamano e provai subito a richiamare Nicola. Non lo sentivo da prima della mia partenza e quando premetti il tasto per far partire la chiamata, un intero sciame di farfalle cominciò a sbattere le ali contro le pareti del mio stomaco. Inutilmente però, perché la linea era occupata. Aspettai un po', provai un'altra volta ma dava sempre occupato.

Nicola era lì, sul ponte della nave da ricerca Itaca, che parlava al telefono con Silvana.

Stavano chiarendo gli ultimi dettagli per il weekend delle tartarughe.

Lei sarebbe arrivata il venerdì sera col treno delle sette e trenta e lui sarebbe andato a prenderla alla stazione.

Riprovai a chiamare un'ultima volta e di nuovo trovai la linea occupata. Decisi di andare a farmi una doccia calda e di riprovare più tardi. Lasciai il telefono sul tavolo della cucina, l'unica stanza della casa in cui prendeva segnale.

Mentre ero sotto la doccia Nicola vide le notifiche delle mie telefonate e richiamò. Il telefono squillò a lungo sul tavolo della cucina. Cosimo, che aveva deciso di affettarsi un po' di salamino prima di tornare alle prove, dapprima lasciò perdere, poi, data l'insistenza degli squilli, rispose.

«Pronto?».

«Pronto?» rispose Nicola esitante. «Mi scusi, credo di aver sbagliato numero».

«No, no, cercavi Francesca? Sono Cosimo, lei è a fare la doccia».

Cadde la linea.

«Chi era?». Arrivai in cucina tutta trafelata, con l'asciugamano ancora avvolto intorno al corpo e grappoli di schiuma tra i capelli.

«Credo fosse quel tuo pescatore di sogni, ma ha pensato di aver sbagliato numero. Io però gliel'ho detto che eri nella doccia».

«Scusa, ma lui che ti ha detto?».

«Niente».

«Niente?».

«Niente, ha riattaccato».

«Come?».

«Ha riattaccato o è cascata la linea, non saprei dire».

«Ha riattaccato o è cascata la linea?».

«Te l'ho detto: non lo so!».

Provai a richiamarlo subito. Feci in tempo a sentire un *pronto* soffice, pacato e gentile che indusse le farfalle nel mio stomaco a cimentarsi in una gara per accaparrarsi il nettare in cui mi ero sciolta.

«Pronto, Nicola, mi senti? Pronto? Pronto?». Era andato via il segnale.

La nave da ricerca Itaca aveva ripreso la navigazione verso il largo.

Nicola si sentì istantaneamente sollevato, come succedeva sempre quando la nave si allontanava dalla costa, il cellulare perdeva il segnale, e tutti i conflitti e le preoccupazioni terrestri rimanevano sospesi in un luogo senza spazio e senza tempo, al di là di una linea invisibile di cui si percepiva solo il profumo, quello della salsedine.

Ma dentro di lui questa volta si era insinuato un tarlo e i suoi pensieri avevano cominciato a oscillare insieme alle onde. *Se non le interessa più niente di me, perché mi ha chiamato tutte quelle volte nei giorni precedenti, senza nemmeno parlare, come un' innamorata adolescente? E lui? Chi era lui?*

Effettivamente non gli avevo mai parlato di Cosimo, d'altronde non me lo aveva mai chiesto. Non mi aveva mai chiesto niente delle persone con cui vivevo, sapeva solo del New River.

Nicola, appoggiato al parapetto della nave, fischiettava in maniera quasi impercettibile una melodia che più che una serenata pareva una supplica alla luna.

Questions of science, science and progress don't speak as loud as my heart.

Nei giorni seguenti, nessuno dei due provò a richiamare. Nicola aveva paura di sentirmi felice e io avevo paura di sentirlo. Ero così concentrata sul mio piano che non potevo rischiare di metterlo in pericolo lasciandomi sfuggire anche una sola parola. Avevo da lavorare fino a tardi per la scadenza della seconda fase del progetto nel Bahrein, fissata di lì a pochi giorni, mi ero buscata un bruttissimo raffreddore e, come se non bastasse, Cosimo mi aveva chiesto di aiutarlo per un concorso di progettazione che scadeva la settimana prima di Natale.

Tema del concorso: un prototipo di casa ripetibile per una famiglia di sette persone in Rajasthan, alle porte del deserto del Thar.

Quando tornavo a casa dal lavoro, lo trovavo nello studiolo.

In una mano stringeva il matitone d'alluminio con la mina grossa e morbida che premeva contro il foglio, nell'altra sorreggeva la testa, la guancia premuta contro le dita aperte sullo zigomo, la luce della lampada a pantografo puntata sul foglio di carta da spolvero, già completamente ricoperto di grafite.

«E se mettessimo al centro della corte un captatore di rugiada, che ne dici?».

«Un captatore di rugiada?».

«Sì, la forma è ispirata al coleottero delle nebbie, una specie endemica della Namibia. Guarda».

Mi feci spazio accanto a Cosimo, presi un foglio nuovo e feci lo schizzo di una specie di bacinella capovolta.

«Come il coleottero cattura sul suo dorso l'acqua di condensa, questa cupola d'acciaio convoglia le gocce formatesi nella notte verso un canalino perimetrale che viene svuotato all'alba».

Continuavamo a discutere ogni sera sul progetto fino a notte inoltrata. Eravamo arrivati a decidere la pianta a corte ed eravamo a buon punto con la definizione dei materiali. Ma nella distribuzione degli spazi interni ci veniva sempre a mancare qualche metro quadro rispetto ai limiti imposti dal concorso.

Una di quelle sere tornai a casa con tanti ciotolini colmi di cibo indiano.

«Questi ci dovrebbero bastare per un po' di giorni».

«Dove l'hai presa tutta questa roba? Te la sei fatta preparare da Raffaella?».

«Non esattamente».

«Che buono questo curry! È così buono che mi ha fatto venire un'idea! Potremmo togliere lo spazio interno di distribuzione tra le stanze e usare il patio stesso come corridoio. Dopo tutto la corte è sempre stato il cuore della vita domestica indiana e le temperature lo permettono. Guadagneremmo un sacco di metri quadri! Questo curry è favoloso! Da grande voglio una mogliettina che cucini così!».

Non ebbi il coraggio di dirgli che tutte quelle pietanze le aveva cucinate Margherita.

Aveva preparato la cena a sorpresa per Rahul, seguendo le istruzioni del suo libro enorme di ricette indiane e aveva insaporito i piatti attingendo dal suo *masala dabba* colmo di spezie. Per dedicarsi alla realizzazione di tutte quelle pietanze si era presa due giorni di pausa dal lavoro, lasciando in sospeso il dipinto che gli era stato commissionato per la navata laterale di una chiesa sconsacrata a Notting Hill, trasformata in centro conferenze. Mi aveva chiamato tutta eccitata prima che arrivasse lui, descrivendomi la tavola imbandita.

Ma Rahul si era dimenticato di dirle che quella settimana aveva iniziato il digiuno.

«E tu che cosa gli hai detto?» le chiesi quando andai da lei dopo che mi aveva chiamato per dirmi di passare a prendere il cibo, dato che non aveva abbastanza spazio nel freezer.

«E che cosa potevo dire? Ho iniziato il digiuno anch'io!» mi rispose, felice di aver intrapreso questo sacrificio purificatorio con lui. «Non si vive di solo pane, no?».

«Ma siamo in un periodo di quaresima induista?».

«No, no, nell'induismo il digiuno è volontario e individuale. Ha fatto un voto per raggiungere un obiettivo».

«E quale?».

«Questo non me lo ha detto, ma non ha importanza. Un obiettivo che può raggiungere solo con l'autocontrollo, di sicuro. Quando una persona è sopraffatta dai desideri e dalla brama, diventa negligente riguardo al proprio essere spirituale, e come l'oro si purifica con le fiamme, la mente viene purificata dal digiuno».

Prima di andare a letto feci le fumenta con l'essenza di eucalipto, e ripensai a Margherita, a come l'avevo vista determinata e bella quel giorno, con i sensi affamati ed elevati alla contemplazione, innamorata.

La presentazione al cliente del progetto del Barhein Wonder

Stream avvenne dopo una notte passata in ufficio con Tim, Chan Chee Chong, le donne delle pulizie e le guardie notturne. Fortuna che portavo sempre con me il dentifricio e lo spazzolino da denti.

Alla festa di Natale dell'ufficio, quella sera stessa, temevo avrebbero appeso all'albero, come palle di Natale, i tondi violacei che avevo attorno agli occhi. Per tutta la sera tenni in una mano il mojito che fingevo di sorseggiare con le labbra nascoste tra le foglioline di menta e nell'altra il fazzoletto per soffiarmi il naso. Quel raffreddore doveva assolutamente passarmi, altrimenti non avrei potuto fare l'immersione in acqua aperta nel weekend.

Al momento dello scambio dei regali con i colleghi, tra uno stuzzichino e l'altro del buffet allestito intorno all'area della cucina, erano passate esattamente trentotto ore senza che avessi messo i piedi fuori da quell'ufficio.

Seguendo la tradizione del Secret Santa, nei giorni precedenti avevamo estratto a sorte da un sacchetto il nome della persona dello studio a cui avremmo fatto il regalo. Non seppi mai chi avesse estratto il mio nome, ma quando aprii la scatola e ne tirai fuori un bikini fatto di caramelline di zucchero colorate e infilate insieme vidi Anisha e Katja che ridacchiavano in un angolo, prima ancora che finissi di leggere il biglietto con su scritto: *Per la gioia dei pesci durante la tua immersione in mare aperto.*

Il raffreddore mi passò, o così volli credere, alle nove e trenta del sabato mattina, davanti alla riva del lago di Wraysbury. Non era altro che una cava di ghiaia allagata, a lato dell'autostrada M25, che avevo appena percorso sul furgone di Kenan, l'istruttore sub.

Dopo aver parcheggiato vicino al margine del lago, Kenan aveva aperto il portellone del furgone e aveva cominciato a tirare fuori una dopo l'altra le bombole e le grandi borse nere che contenevano le mute, i cappucci e gli stivaletti, le maschere coi boccagli, i giubbottini, le pinne e i guanti di neoprene che ciascuno degli aspiranti subacquei aveva preparato nel negozio di Battersea, collocando gli oggetti in scrupoloso ordine di utilizzo.

Nella email di ricapitolazione che mi era arrivata il giorno prima, c'era scritto: *Mi raccomando, non dimenticatevi di portare la crema solare*. Fatto sta che quella mattina il cielo era coperto da una fitta coltre di nuvole scure e mentre cercavo la borsa con il mio nome, iniziò a piovere.

Una pioggerellina fitta e continua, gocce sottili che mi pungevano la faccia e bucherellavano la superficie del lago.

Mi ritrovai in costume da bagno davanti ai giunchi.

Eravamo a metà dicembre, anche se non sembrava essere un dicembre eccessivamente rigido. Continuava a piovere, Kenan ci disse che la temperatura dell'acqua era di cinque gradi sopra lo zero.

Nicola, faccio questo per te, solo per te.

L'ennesimo brivido mi percorse la schiena quando una compagna di corso mi allacciò da dietro la zip della muta già bagnata.

Percorsa da un tremito senza sosta, con le labbra che sentivo diventare viola, a fatica riuscivo a pensare e a guardarmi intorno. Riuscii soltanto a provare invidia per la muta stagna dell'istruttore sotto cui aveva indossato il maglione.

Non mi restava altro che attendere che il mio corpo riscaldasse la pellicola d'acqua tra la pelle e la muta e sperare che uscisse il sole.

Sul piccolo molo di cemento ci infilammo il GAV, il giacchetto gonfiabile a cui avevamo legato la bombola.

Ultimo controllo. *Uno, due, tre, passo del gigante, splash!*

Ci siamo tutti?

Nuotando in superficie con maschera e boccaglio, raggiungemmo una boa a cui era attaccata una catena.

L'istruttore fece il segnale di immersione, strinsi l'erogatore nella bocca, sgonfiai il GAV.

L'acqua cominciò velocemente a salire sopra il collo, iniziò a solleticarmi il mento, bagnò le gote nude, ricoprì la maschera, mi attraversò la fronte, penetrò nel cappuccio all'altezza delle tempie, fino a oltrepassare la testa che sentii impregnarsi di un ultimo brivido, mentre un esercito di formichine di ghiaccio si espandeva come un fiume in piena dentro il cappuccio.

E non fu quello il momento più critico, anche se da principio nell'acqua mi parve quasi di trovare conforto.

Cercai di compensare. Sprofondammo nel verde del lago, seguendo la direzione della catena attaccata alla boa fino alla piattaforma di metallo forato che si trovava alla profondità di sei metri. Sentivo le orecchie pungere.

Ci mettemmo in ginocchio sulla piattaforma, non potei fare a meno di notare un animaletto che camminava sulla griglia di metallo. Pareva una coccinella, ma era grigio come l'argilla del fondo. Tutto intorno era verde e fangoso. Riuscivo a malapena a vedere l'istruttore. Da quello che mi aveva raccontato Kenan per strada, sapevo che sommersi poco lontano da noi ci dovevano essere un pulmino, un semaforo, un black cab londinese, insieme ad altri relitti di barche e automobili fatti affondare per il sollazzo dell'esplorazione.

Cominciammo a ripetere gli stessi esercizi che avevamo fatto in piscina, ma lo svuotamento della maschera, con quell'acqua limacciosa, non era esattamente la stessa cosa.

«Se riesci a immergerti a Wraysbury, puoi immergerti ovunque!» mi aveva detto Kenan sul furgone, quando gli avevo confidato il mio piano chiedendogli consigli pratici.

Continuavano a premermi le orecchie.

Dopo che avemmo completato l'esercizio della maschera, Kenan ci chiese, scrivendolo sulla lavagnetta subacquea, se fosse tutto a posto. Io avevo iniziato a tremare per il freddo, il dolore alle orecchie era diventato lancinante, ma dovevo resistere, dovevo farcela. Volevo comunicare a Kenan che andava tutto bene.

Avevo cominciato ad avvertire delle strane contrazioni muscolari, quasi mi pareva di non avere più sensibilità alle dita. *Devo solo cercare di evitare movimenti inutili per non disperdere il calore. Andrà tutto bene. Devo assolutamente completare l'immersione.*

Continuavo a essere percossa da brividi che non riuscivo a controllare, ma non potevo mollare proprio ora.

Mi venne spontaneo alzare il pollice davanti a Kenan in segno di ok. Lui mi guardò con un' espressione perplessa, allora alzai il pollice di nuovo per ulteriore conferma. Mi si avvicinò. Cos'è successo? Fece un segnale a tutti con il pollice anche lui, allora mi venne in mente che nel linguaggio dei segni subacquei, il pollice è il segno della risalita. Provai ad attirare l'attenzione di Kenan per fargli capire che mi ero sbagliata, avrei voluto scriverlo sulla lavagnetta subacquea, ma ormai avevano cominciato tutti a risalire. Risalii anch'io, seguendo la catena attaccata alla boa come riferimento. Cercavo di mantenere il respiro regolare mentre il petto mi tremava insieme al resto del corpo. Forse quel gesto col pollice mi aveva salvato. Quando arrivai in superficie e tolsi la bocca dall'erogatore, mi resi conto che non avrei resistito un minuto di più. Uscire dall'acqua però fu ancora più difficile che entrarci. L'aria, bagnata com'ero, mi parve più gelida di prima, anche se aveva smesso di piovere. Mi tolsi le pinne e lasciai sul molo la bombola e il GAV. Corsi a prendere l'asciugamano e il phon che mi ero portata da casa e mi diressi agli spogliatoi. Dopo poco vidi arrivare una compagna di corso che Kenan aveva mandato per controllare se stessi bene. Il mio corpo sì, ora stava bene. Con l'asciugacapelli caldo puntato sul petto, che smussava pian piano quel milione e passa di cime irte della pelle d'oca, andava molto meglio.

«Sto bene, grazie! Vengo subito a sistemare l'attrezzatura» la rassicurai. Anche il dolore alle orecchie era passato, ma sarei voluta esplodere in un pianto disperato. Avevo mandato all'aria l'immersione? Avrei dovuto cominciare tutto da capo?

«Non ti preoccupare, Francesca, hai fatto bene a voler risalire per non rischiare l'ipotermia» mi disse Kenan quando lo raggiunsi. Non stetti a dirgli che quel gesto in realtà non era voluto.

«Ci mancava solo un esercizio da fare, lo faremo nella prossima immersione, quella dopo pranzo» aggiunse. «Sempre che tu te la senta».

La sola idea di rimettermi quella muta bagnata mi faceva rabbrividire. Ma il sole fu clemente e, dopo essere riuscito a scansare a gomitate quelle nuvole che gli coprivano la vista, anche se un po' fioco, fece apparire tutto più sopportabile.

A pranzo stetti leggera: un toast con il prosciutto cotto e un tè caldo alla menta. I compagni di corso, invece, seduti al banco del bar accanto a me, non si fecero mancare hamburger e patatine fritte, con una colata di formaggio fuso sopra. L'unica cosa da cui si astennero prima della seconda immersione, fu la pinta di birra.

Anche se avevo la stanchezza accumulata dall'immersione precedente, la seconda volta mi sembrò tutto più facile. Non so come, ma questa volta riuscii a compensare, forse il tè bollente alla menta mi aveva stasato l'orecchio.

Quando, seguendo la bussola, arrivammo al semaforo sommerso che era ricoperto da uno strato sottile di alghe, un luccio mi passò vicino, e fu allora che Kenan mi scattò una foto con la sua macchina subacquea. Il luccio verde scuro maculato, con la testa affusolata, svanì subito dopo nell'acqua verdastra.

«BEAUTIFUL!» scrisse Kenan nella sua lavagnetta subacquea.

Non appena risalimmo in superficie, dopo quasi mezz'ora di immersione e dopo aver raggiunto la profondità di dodici metri, l'odore del fango del lago mi impregnò più che mai le narici. Quell'odore mi rimase impresso per giorni, e ancora adesso riesco a sentirlo quando penso ai giunchi che contornavano la sponda. La grossa carena scura di un aereo appena decollato dal vicino aeroporto di Heathrow passò sopra le nostre teste.

Nicola, aspettami, sto arrivando!

Capitolo 18

Mancava meno di una settimana all'ora x. Meno di una settimana per mettere in pratica la seconda parte del piano, quella di farmi bellissima.

Il lunedì rimasi a casa perché nonostante il phon e le docce calde, nella notte, dopo le quattro immersioni del weekend, mi era salito un febbrone da cavallo. Anche se la mattina stavo già meglio, dovevo assolutamente riguardarmi e rimettermi in forma il più presto possibile per il grande evento. A lavoro non ci sarebbe stato comunque molto da fare dopo la consegna. Verso metà mattinata scesi in cucina per guardare cosa ci fosse nel frigo; erano giorni che non riuscivo a fare la spesa. Pelai due carote, pulii un gambo di sedano che si era incollato in fondo al ripiano, sbucciai la metà utilizzabile di una vecchia cipolla e ripulii le barbette di una patata avvizzita. Chiamai Zoe per chiederle se potevo utilizzare la carne che le era avanzata dopo aver cucinato il gulasch. Misi tutto a bollire nella pentola per farmi un bel brodo caldo. Ero stata fortunata: nella credenza, in un sacchetto chiuso da un fermaglio colorato, c'era ancora una manciata di tortellini del pacco di mamma. Lasciai il brodo a bollire in cucina e tornai a rifugiarmi sotto il piumone d'oca insieme al peluche termico. Presi dalla borsa il foglietto piegato a metà con il certificato temporaneo di sommozzatore che mi avevano rilasciato il giorno prima. Lo aprii, lo lessi. OPEN WATER DIVER c'era scritto accanto al mio nome. Lo ripiegai, lo riaprii, lo rilessi. Dopo qualche settimana sarebbe arrivato per posta il tesserino definitivo, ma intanto bastava quello.

Ogni tanto alzavo la testa e osservavo, fuori dalla finestra, una fila scomposta di paperelle alla ricerca di un riparo, ascoltavo le gocce di pioggia che attraversavano gli aghi del tasso e picchiettavano incessanti su quelle del pungitopo, scivolavano sui rami nudi del giovane olmo e accarezzavano l'acero davanti al New River.

Solo otto gradi di latitudine più a sud, Nicola prendeva il sole sul ponte della barca, con le bretelle della cerata slacciate, dopo aver finito di contare e misurare i naselli dell'ultima cala. Continuò a seguire con lo sguardo il volo di una sula anche quando il pescatore cuoco lo chiamò, insieme al resto dell'equipaggio, perché gli spaghetti con i gamberi appena tolti dalle reti erano pronti. Era davvero una sula? È quasi impossibile osservarne un esemplare nel Mediterraneo. Eppure doveva proprio essere lei perché all'improvviso ritrasse le ali e si trasformò in una punta di freccia infuocata, si gettò in picchiata nell'acqua sollevando alti schizzi. Ne uscì con una sarda nel becco, o forse era uno sgombro, poi si tuffò di nuovo.

Dopo i carotaggi con la nave da ricerca Itaca, la campagna di monitoraggio a bordo del peschereccio Maria Annunziata era ripresa.

Nicola aveva ancora indosso gli occhiali da sole quando cominciò ad arrotolare la forchetta intorno agli spaghetti.

Il brodo era buono, lo mangiai in fretta quando il ripieno dei tortellini era ancora bollente e mi scottai la lingua. Tornai subito a letto, con la pioggia incessante che cercava in ogni modo di incupirmi. Non sapeva che dentro di me covavo una speranza capace di prosciugare ogni nube.

Quando mi chiamò Margherita nel tardo pomeriggio aveva smesso di piovere, ma io ero ancora lì a crogiolarmi nel letto.

«Francy, vieni subito ti prego!».

«Che cosa è successo?».

«Vieni, ti prego, ho bisogno di te!».

«Dove sei?».

«A casa di Rahul».

Mi misi una tuta sopra il pigiama di pile e arrotolai la sciarpa intorno al cappuccio del piumino. Rahul abitava in una palazzina di dieci piani, poco lontana da Islay Walk.

Suonai al citofono e mi rispose una voce tremolante.

Quando, salite le due rampe di scale, arrivai all'appartamento, Margherita aveva le gote rigate dalle lacrime, ma anche l'espressione vagamente goduriosa di una bambina che ha appena commesso una marachella.

«Entra» mi disse, pulendosi con un fazzoletto il rimmel che le era colato dagli occhi.

Quello che vidi dopo aver varcato la porta era una scena degna di un reportage di guerra.

La credenza rovesciata sul divano, i vetri di uno sportello in frantumi, le due lampade da terra ribaltate, le tende annodate, come i fili delle lampade, la libreria stesa sul pavimento, leggermente inclinata sui libri caduti prima di lei, un quadro sfondato, appeso all'appendiabiti. Dappertutto biglietti attaccati con scritto *Questo te l'avevo comprato io*, oppure *Questo te l'avevo fatto io*, oppure *Questo te l'avevo restaurato io*. Ovunque strisce di colore che percorrevano il pavimento, risalivano gli oggetti accatastati, si aggrovigliavano in fili giallo oro, color rame, rossastri, marroncini. Curcuma, cumino, coriandolo, semi di mostarda. L'intero *masala dabba* riversato in quell'opera pittorica eccelsa. Ogni mobile e l'aria della stanza impregnati dell'odore delle spezie. Ed era solo la prima stanza.

«Hanno fatto l'oroscopo!» mi anticipò Margherita vedendomi senza parole.

«Chi, ha fatto l'oroscopo?».

«I genitori di Rahul! Credevo stessero venendo qui per conoscermi. Tempo fa in realtà mi aveva detto che erano intenzionati a proporgli una sposa, un'amica di famiglia, ma lui era deciso a opporsi perché amava me, mi diceva, e voleva presentarmi ai suoi perché anche loro cambiassero idea. E invece avevano fatto l'oroscopo!».

«Ma l'oroscopo di chi?».

«Il mio incrociato a quello di Rahul. I vecchi della sua famiglia si sono riuniti per calcolare le nostre stelle nella configurazione dello zodiaco e per verificare la compatibilità dei nostri *kuta*. Non erano compatibili, capisci? Un ragazzo e una ragazza non si possono sposare se non hanno i *kuta* compatibili!».

«Ho capito, ma Rahul ti ha detto che ti ama e che vuole presentarti ai suoi».

«Non dopo l'oroscopo. Si sposa a gennaio con la ragazza indiana. È già tutto fissato, ci credi? Lui poteva opporsi a suo padre, lo ha fatto pure nella scelta del lavoro, giusto? Ma non poteva opporsi all'oroscopo! *Non posso prendermi questa responsabilità*, mi ha detto. *Se poi le cose andassero male, e le cose andranno male, dovremmo biasimare solo noi stessi per non aver prestato attenzione all'avvertimento, mi dispiace Margherita, sarai sempre nel mio cuore*».

«Di sicuro non ti dimenticherà tanto facilmente!» dissi ridacchiando, un po' per sdrammatizzare un po' perché sopraffatta dall'elegante catastrofe che si presentava davanti ai miei occhi.

«Sì, credo che mi penserà quando vorrà prendere i calzini dal cassetto domattina!» disse ridendo anche lei dopo avermi indicato con un cenno del capo la cassettiera verde acqua capovolta con i cassetti schiacciati contro il pavimento e un bigliettino con su scritto *Questa l'ho dipinta io*, che penzolava da un lato.

«Forza, diamoci da fare! Mi devi aiutare a ribaltare il letto. Non ce la faccio da sola. Per cosa pensi che ti abbia chiamata?».

«Te l'avevo detto che i meli non possono partorire ciliegie!» aggiunse poi Margherita con un tono sconsolato.

«Ma almeno ho imparato a fare il digiuno, non è roba da poco!».

Ridemmo insieme.

Nel corso della settimana, avevo fissato un appuntamento di bellezza al giorno, tutti in pausa pranzo.

Il martedì toccò al *threading*: infallibile tecnica orientale per tirar via i peli da sopracciglia e baffetti alla radice tramite fili di cotone abilmente intrecciati.

Margherita tempo prima mi aveva dato il numero di una tipa, una certa Sheetal, una ragazza indiana amica di Rahul, bravissima, a quanto pareva, in quest'arte che non avevo mai provato sulla mia pelle.

Margherita però non mi aveva avvertita del rivolo di lacrime che sarebbe sgorgato per tutto il tempo in cui i fili intrecciati si sarebbero avvicinati agli occhi. Non potevo dire che si trattasse esattamente di dolore, ma mentre i fili scorrevano sulla pelle intorno alle sopracciglia, era come se premessero su dei sensori che attivavano direttamente il mio sacco lacrimale senza che io ci potessi far niente o ne soffrissi. Intanto un formicolio piuttosto piacevole, mi percorreva il viso. Quando sentii il profumo del gel all'aloe evaporare sopra le labbra e rinfrescare la fronte, capii che Sheetal aveva finito. Avevamo però deciso che mi meritavo un massaggio. Fu allora che volli investigare un po' di più sulla storia dell'oroscopo, visto che Anisha, con cui ne avevo parlato velocemente la mattina a lavoro, mi aveva detto soltanto che lei si era sposata per amore, facendo cadere l'argomento.

«Una mia cara amica era innamorata di un ragazzo» si confidò Sheetal. «Fortunatamente erano della stessa casta, ma i loro genitori insistettero per fare l'oroscopo e i risultati furono disastrosi».

«Hanno rinunciato al matrimonio?» chiesi, entrata già nell'atmosfera del gossip.

«No, erano così innamorati che decisero di sposarsi lo stesso!».

«E poi che cosa è successo?».

«Ah, ormai sono felicemente sposati da cinque anni».

«Allora i genitori si sono ricreduti?».

«Non proprio, loro credono che il successo del matrimonio sia dovuto al fatto di aver recitato, per non so se duecento o trecento volte, una preghiera data loro da un astrologo per sconfiggere il fato avverso».

«Mio cugino, invece» continuò Sheetal, «ha appena divorziato. Era un matrimonio combinato, tutte le parti dell'oroscopo tornavano perfettamente».

«E gli astrologi che cos'hanno detto?».

«Che era un'eccezione ovviamente, ma le eccezioni in India raggiungono cifre di milioni» disse sorridendo. Poi continuò a massaggiarmi dietro le orecchie e cominciò a scendere verso il collo.

«Ma non pensi che dovrebbe essere l'istinto a farti trovare la persona giusta?».

«Certo, se una persona la conosci e la frequenti sì, ma se, come avveniva fino a poco tempo fa, e in certi casi avviene ancora, tutte le unioni venivano combinate tra persone che non si erano mai incontrate prima, l'unico modo per fare previsioni era quello degli oroscopi. Comunque nei matrimoni d'amore oggigiorno gli oroscopi vengono ignorati, sono stupita dei genitori di Rahul e di Rahul stesso, non li credevo così, come dire, all'antica. In realtà...».

«Cosa?».

«Forse non dovrei dirtelo, ma io credevo che Rahul fosse già fidanzato prima di partire dall'India».

«Vorresti dire che Rahul ha usato l'oroscopo come scusa? Si è divertito con Margherita sapendo fin da subito che sarebbe tornato da quella ragazza? Avremmo dovuto tirar giù anche l'armadio!».

«Come, scusa?».

«No, niente, parlavo tra me e me».

Tornai a casa dopo il lavoro e raggiunsi Cosimo nello studiolo. Stava riflettendo sulla divisione in due fasi di costruzione della casa: la prima a opera dell'impresa edile e la seconda dei proprietari.

«Il telaio in legno, la cucina e il bagno li facciamo costruire all'impresa».

«Sì, magari con elementi seriali prefabbricati».

«Il resto può essere montato in autonomia con materiali locali, che non richiedono specializzazione».

«Senti, riguardo all'intonaco avevo fatto una considerazione: nella città di Jodhpur, vicina al nostro sito, fanno un uso sistematico del colore blu. C'è chi dice che lo utilizzino perché è associato al dio Shiva, c'è chi dice lo facciano semplicemente perché è la tinta più economica, perché tiene lontano le zanzare e le termiti. Sembra che tenga lontano persino i ladri».

«E come?».

«I ladri, a quanto pare, pensano che le persone che abitano in una casa blu siano povere perché quella è una tinta economica. In ogni caso» continuai, ignorando il suo sorrisetto beffardo, «è fuori dubbio che il blu aiuti a percepire meno il caldo. Perché non facciamo la facciata del nostro edificio interamente blu? Aspetta un attimo!».

Andai in camera mia e tornai con un sacchetto che avevo portato dal Marocco. L'avevo preso per Margherita ma non glielo avevo ancora dato.

«Guarda qui» dissi aprendo il sacchetto. «È *nila*, ossido di cobalto in polvere. Nella città berbera di Chefchaouen lo aggiungono al latte di calce per gli intonaci, non a caso chiamano anche questa la "città blu". Non è la stessa composizione del colore di Jodhpur, ma mi piacerebbe usare questa polvere con l'acquarello per i disegni a mano libera, che ne pensi?» dissi aprendo il sacchetto e affondandoci le dita per esplorarla.

Andammo avanti con le sezioni e i prospetti al computer e cominciai a fare le prove per dosare la quantità di blu per gli acquarelli.

Quando la mattina mi svegliai andai subito in bagno per non saltare il mio turno. Non appena mi vidi allo specchio iniziai a strillare.

Accorse Zoe, mi guardò in faccia: «Oddio, cosa ti è successo?».

Sopra le labbra erano nati milioni di piccoli vulcani rossi con la punta bianca.

Chiamai subito al telefono Sheetal assalendola come la cliente più isterica che avesse mai avuto.

«Sì, a volte una lieve irritazione può avvenire. Non è che ti sei messa sul viso del fondotinta, del fard, della terra?».

«No, caspiterina, non ho messo nulla, mi avevi detto di non farlo!».

Poi mi venne in mente il blu di Chefchaouen, forse potevo essermi imbrattata un po' le mani, forse potevo essermi portata le mani alla bocca un paio di volte. Forse potevo essere andata a letto senza lavarmi il viso.

«Non ti preoccupare, è di sicuro un'irritazione temporanea».

«Quanto temporanea?».

«Tre quattro giorni».

«Sii più precisa, tre oppure quattro giorni? È importante!».

«Tre giorni, Francesca tre giorni, mettici un po' di aloe vera!» disse intuendo che era l'unica risposta possibile se voleva riattaccare e avviarsi a lavoro.

E adesso cosa potevo fare? Come potevo presentarmi a Nicola così?

Cercai di non pensare alle migliaia di bollicine che mi trafiggevano il prolabio, proprio sopra l'arco di Cupido.

Quel giorno toccava alla ceretta brasiliana di Marcela. Solo grazie al passaparola delle colleghe avevo potuto scoprirla: per trovarla bisognava scendere le scale dietro una porticina in una viuzza poco lontana dalle vie dello shopping. Per arrivare da lei passai sotto gli ombrelli e i finti pacchi regalo tempestati di lucine natalizie che sfioravano i tetti degli autobus in Oxford Street e camminai sotto il soffitto di stelle illuminate, attaccate a mo' di ragnatela da una parte all'altra di Regent Street. Marcela aveva la chioma densa e ricciuta come le sponde del Rio delle Amazzoni e due palme stilizzate sul grembiulino nero. Era ormai comprovata da svariate sedute, ma ogni volta che iniziava a cospargermi le gambe di cera bianca e finiva per ricoprirle interamente, dalle dita dei piedi all'inguine, invece di fare un pezzettino per volta, mi prendeva sempre quell'incipit di terrore primordiale che ha una preda senza via di uscita. Mi aggrappavo al lettino con le unghie fino a quando l'odore del cocco cominciava ad anestetizzarmi e mi convinceva ad abbandonarmi al mio destino. Così mi immolavo per lo scopo sommo che dovevo raggiungere e il dolore della ceretta che strappava i peli in tutte le direzioni, si trasformava in piacere.

«Ecco fatto, *sweetheart*!».

Marcelinha prolungò il mio stato di raggiunta beatitudine con un bel massaggio.

Uscii dal salone con milioni di puntini rossi su tutte le gambe.

«Metti l'aloe!» si raccomandò.

Il giovedì fu la volta del salone per la manicure; ne avevo trovato uno vicino all'ufficio.

Entrai e, insieme a una vampata di vernice e acetone, mi si avvicinò una signora piuttosto anziana di inequivocabile origine cinese.

«*What can we do for you today?*».

«Vorrei una manicure per favore».

«*Sure, darling, we'll do a manicure for you darling, would you like a pedicure too?*».

«No, grazie, non ho abbastanza tempo per la pedicure».

«*Why not, darling? We do express pedicure in no time, it's only fifteen pounds more*».

«Va bene, allora faccio anche la pedicure».

«*Would you like to use our beautiful electric massaging chair?*».

«No, non importa, grazie».

«*Why not, darling? Massage is very good for you, you relax and we do manicure and pedicure for you, just two pounds more*».

«Ok, proviamo la sedia massaggiante».

«*Kim, ma shang zhun bei an mo yi he zu di an mo xi yu qi. Zhe wei nü shi xu yao zu di an mo*». L'anziana signora si rivolse a una ragazzina con la scritta KIM ricamata sul taschino del camice bianco e una mascherina celeste che le copriva naso e bocca.

La ragazzina mi fece un gran sorriso prima di prendermi in consegna.

Mi sedetti sulla poltrona che mi aveva indicato. Da lì potevo vedere tutto il salone e la facciata a vetri che dava sulla strada.

Intanto che i piedi si ammorbidivano nell'acqua, la cinesina con la maschera cominciò a farmi la manicure. Nel bel mezzo della mano sinistra, con la destra che prendeva già aria per asciugare lo smalto, vidi passare davanti alla vetrina Anisha e Katja. Si fermarono sul marciapiede. Sapevano benissimo che ero lì dentro. Sbirciarono facendo ombra con le mani per vedere meglio. Quando mi intercettarono mi salutarono con la mano e si misero a mangiare di gusto i loro panini con il falafel, proprio davanti alla vetrina. Di sicuro li avevano presi al camioncino del libanese vicino a Crabtree Fields. Mi cominciò a gorgogliare lo stomaco. Non riuscivo a frenarlo. Ero lì, bloccata mani e piedi con l'acquolina che mi si riversava in bocca. Era chiaro che lo facevano apposta, quelle canaglie. Poi Anisha entrò, subito seguita da Katja, mi si avvicinò e tirò fuori da un cartoccio un altro panino col falafel. Ne avevano preso uno anche per me, le mie adorabili, insostituibili colleghe! Ma come facevo a mangiarlo? Avevo tutte le dita smaltate di fresco! No problem. Anisha prese la miniforchetta di legno in dotazione col falafel, estrasse una polpetta, la fece roteare in aria, mimando un volo pindarico che sapeva di tortura, mentre la poltrona massaggiante mi avvicinava e allontanava da quella polpetta che solo dopo diverse manovre finì nella mia bocca. Stessa sorte ebbero la seconda e la terza. Una foglia di prezzemolo volteggiò fino a posarsi sulla poltrona massaggiante.

«Ecco fatto, Madam!» mi disse la ragazzina dopo che ebbe finito anche la pedicure. Anisha e Katja si erano già dileguate.

Andai alla cassa dove mi aspettava la signora anziana.

«*Are you happy with manicure and pedicure, darling?* Uh! Cosa hai fatto sopra le tue labbra? Abbiamo un trattamento purificante viso a sole quindici sterline, *darling, it's very good for you darling!*».

«Mmh» ci pensai un attimo. «No, grazie, metto l'aloe».

«Smettila di guardarti allo specchio e vieni a darmi una mano con le sezioni!» mi richiamò Cosimo dallo studiolo.

Feci ancora un paio di volte l'appello, niente da fare, i puntini rossi erano ancora tutti lì.

«Bisogna trovare il modo di far vedere che le due ali intorno alla parte centrale della casa possono essere costruite in un secondo momento e che lo spazio può essere modificato costruendo o rimuovendo le partizioni interne. La struttura lignea permette facilmente anche la costruzione di un piano aggiunto».

«Cosimo, ti rendi conto che l'intero piano può essere compromesso!».

«Il piano terra o il piano aggiunto?».

«Il piano di andare da Nicola, il piano dell'immersione, il mio futuro!».

«Per due puntini rossi? Vabbè, senti, io farei un'assonometria con la parte centrale ben marcata e le ali laterali della casa in semitrasparenza, magari potremmo far vedere due o tre sistemazioni delle partizioni in pianta. Ma la smetti di stuzzicarti quei cosi, vieni qui e concentrati, ci manca da fare ancora tutta l'impaginazione».

Nove gradi di longitudine più a est, nel mezzo del mar Ligure, in una notte senza luna, in quel mondo dove nessuno lo poteva disturbare e dove nemmeno il telefono poteva arrivare, brillava una stella.

«Non è una stella!».

«Ma come non è una stella? Luccica!».

«Appunto, luccica in maniera continua, quindi è un pianeta! Le stelle brillano un po' a intermittenza, come quella lassù!». Nicola ricordò ogni parola della nostra conversazione di quella notte d'estate in cui guardavamo il cielo insieme, abbracciati sulla spiaggia accanto al pattino di salvataggio.

Per un momento si sentì leggero e felice, per un momento gli sembrai vicina vicina, così lontana eppure così vicina. Rientrò nella cabina, il sacco a pelo già steso sulla cuccetta superiore accanto all'oblò, ma non riuscì a dormire. Doveva smetterla con quei pensieri. L'indomani sarebbe arrivata Silvana.

Il venerdì toccò alla parrucchiera. Avevo trovato online l'offerta per un trattamento anticrespo con efficacia garantita.

Raggiunsi il posto, in una traversa vicina al mercatino di Brixton.

Su una lavagnetta davanti alla vetrina c'era scritto: SI FANNO CAPELLI ANCHE ALLE BIANCHE.

Un odore di mela verde, sapone e ferro da stiro si spalancò subito dietro la porta. Una parrucchiera mi fece cenno di avvicinarmi.

«*Hi, honey, what shall we do to your hair today?*».

Le due assistenti alzarono gli occhi verso di me, insieme alle clienti. Pure quelle sotto il casco sollevarono lo sguardo dai loro giornaletti.

Di colpo mi sembrò di trovarmi sul set di *Otto Sotto un Tetto*.

«Avrei prenotato un trattamento lisciante alla cheratina. Avrei bisogno di qualcosa di molto forte perché dovrebbe resistere a un'immersione sott'acqua».

«Non ti preoccupare, *honey*, ti sistemiamo noi!» disse la titolare roteando abilmente le forbici dietro la testa di un habitué.

Quando mi fecero accomodare nella poltroncina davanti allo specchio contornato di lampadine a incandescenza, con una delle assistenti che mi metteva l'asciugamano addosso e l'altra che mi portava una rivista e un caffè, cominciai a sentirmi una star del cinema.

«Dunque, devi fare un'immersione? Cos'è, un battesimo?».

«No, no, è una lunga storia».

Vollero che raccontassi tutto dal principio. Le clienti mi ascoltavano avide di dettagli e cominciarono subito a fare il tifo per me.

Uscii di lì con il balsamo e l'odore di mela verde spalmati sulla testa.

«*Let us know how it goes, honey!*».

Il venerdì sera, le bollicine erano quasi tutte asciutte. Sheetal poteva considerarsi salva.

Lo zaino con l'essenziale era pronto. Il piano d'attacco era stilato. Avevo sentito Saverio, il segretario del circolo subacqueo, e gli avevo chiesto, senza dare altre spiegazioni, di aggiungere una bombola di aria compressa sulla barca. Mi raccomandai che non dicesse niente a Nicola.

L'aereo sarebbe atterrato a Pisa alle dieci e trenta dell'indomani. Il babbo sarebbe venuto a prendermi in macchina all'aeroporto e insieme saremmo passati dal negozio in cui avevo prenotato la muta in affitto, della stessa marca e taglia di quella della scuola, il GAV, l'erogatore, i pesi, il cappuccio, le pinne e gli stivaletti, la maschera e il boccaglio.

Cercherò di non farmi notare sulla barca. Mi metterò subito la muta col cappuccio e la maschera così lui non mi riconoscerà. Mi scoprirà sott'acqua!

Avevo fatto una piccola ricerca sui fondali di Calafuria per sapere che cosa mi aspettava: scogli, ciottoli e ampie aree sabbiose, macchie di posidonia sparse qua e là. E poi saraghi, gronghi, murene e corvine che sbucano dagli anfratti nella roccia calcarea insieme alle aragoste. Ma soprattutto coralli, intere colonie di corallo rosso alternate al giallo della spugna Aplysina.

Devo dire che avevo un po' di fifa, del freddo, del mare aperto, ma ero tanto concentrata su quello scopo da raggiungere che tutto il resto passava in secondo piano. Il brevetto me lo avevano dato, all'esercizio della maschera ero stata bravissima e le parole dell'istruttore continuavano a risuonarmi nella testa: *Se riesci a immer-*

gerti a Wraysbury, puoi immergerti ovunque. Avevo il vago sospetto che con quell'*ovunque* intendesse qualcosa più simile alle barriere coralline dei Caraibi che non agli scogli di Calafuria a dicembre. Comunque, tutto era pronto.

Mancavano solo i render da finire per il concorso.

Il peschereccio Maria Annunziata stava iniziando le manovre per l'approdo. I cormorani asciugavano le ali sui blocchi di cemento frangiflutti, le penne dispiegate al vento in un abbraccio di bentornato. Una gru sollevava le casse da un grosso peschereccio ormeggiato in porto. Accanto a quello, due pescherecci più piccoli parevano gemelli. Nicola li osservò a lungo, non li aveva mai visti prima. Mentre la barca si avvicinava alla banchina riuscì a leggere i nomi che portavano sullo scafo: *Nicola II* uno, *Francesca Madre*, l'altro. Uno scherzo del destino che gli costò una dolorosa fitta al petto. Ecco ricomparire sul molo i pensieri incrostati di sale che erano rimasti ad attenderlo. Con un filo d'aria fischiettò il ritornello:

Stranded starfish have no place to hide, still waiting for the swollen Easter tide.

Mentre aspettavo che venisse elaborato il render con la vista della casa in prospettiva, ne approfittai per fare un paio di altre cose al computer. Cosimo era sceso ad affettare del salamino. Caricai sul mio profilo Facebook la foto che Kenan mi aveva spedito, quella con il luccio a Wraysbury. Curiosai un po' tra le storie degli amici, era da pochi mesi che mi ero iscritta e c'era sempre qualcuno che ricompariva all'improvviso dal nulla. Il rendering continuava a lavorare in sottofondo. Decisi di cercare informazioni sugli oroscopi indiani e trovai un calcolatore di oroscopo online. Cosa avrebbero detto le stelle della compatibilità tra me e Nicola? Compilai tutti i campi: data di nascita sua, ora di nascita mia, ora di nascita sua, ora di nascita mia, luogo di nascita suo, luogo di nascita mio. Stavo per cliccare sul bottone CHECK HOROSCOPE ma mi venne in mente quanto ci ero rimasta male, all'età di sette anni, quando avevo fatto quel giochino con le lettere del mio nome e quello di Matteo per calcolare l'affinità di coppia tra di noi. Feci in tempo a chiudere il sito prima che Cosimo rientrasse nella stanza con un piatto di rotelle di salame e mezza baguette.

Mentre i pescatori finivano di pulire il ponte con la sistola, Nicola apriva la catena della bici legata a un palo vicino al molo. Percorse il tratto di strada tra il porto e casa sua, con un sacchetto di gamberetti che penzolava dal manubrio. Doveva farsi una doccia e mandare velocemente delle email di lavoro prima di andare a prendere Silvana alla stazione.

Mentre il computer si accendeva, Nicola posò gli occhi, come sempre, sulla scatolina di legno blu appoggiata sulla scrivania, quella da cui uscivano il sub, la tartaruga e il polpo dipinto di viola. Non appena si aprirono le email, da Facebook gli arrivò la notifica di una nuova foto pubblicata. Se fosse rimasto colpito da me o dal luccio dal dorso verde scuro maculato, questo ancora non lo saprei dire, ma quella vista di sicuro attivò il pulsante che gli accendeva il petto.

Cosimo e io avevamo ricoperto di fogli le pareti dello studio.

Li avevamo attaccati con il nastro adesivo per far asciugare gli acquarelli con il blu di Chefchauen e scegliere quali includere nelle tavole finali per il concorso, insieme ai prospetti, le piante, le sezioni e i render fatti al computer.

«No, non lo attaccare lì, mettilo un po' più a destra!» mi disse Cosimo concitato, mentre stavo posizionando uno degli ultimi disegni.

«Perché lì no?».

«Perché ci sono le puppe di Margherita!».

«Come?».

«Guarda bene, si vedono solo in controluce». Effettivamente c'erano un paio di impronte dense, vagamente circolari, visibili solo a occhi esperti.

«L'avevo cosparsa di olio di mandorle».

Alzai gli occhi al cielo. Ecco perché non aveva voluto che imbiancassero lo studio.

Il treno di Silvana arrivò in orario. Nicola si fece trovare al binario, le prese il trolley sollevandolo con agilità anche se era pesante.

«Ho preso giusto due cose per il weekend».

Le aprì la portiera della macchina e la fece salire.

«Ti va di passare a prendere il tipico panino livornese con la torta di ceci, come aperitivo?».

«Perché invece non passiamo subito da casa?» disse Silvana con fare malizioso.

«Certo» rispose Nicola gonfiando il petto, sorpreso dalla foga di lei.

«Speriamo di fare in tempo!».

«In tempo per cosa?».

«Per vedere la striscia quotidiana della D'Urso sul Grande Fratello!».

«Ah».

Salirono in casa. Nicola le portò il telecomando e si mise a sgusciare i gamberetti.

«Mannaggia, l'hanno già fatta, non è che hai il canale dei reality? Mi chiedo cosa ci sia davvero tra George e Carmela. È chiaro che lei sta per innamorarsi, ma lui ha detto che resterà fedele a Carla».

«Ah, sta per innamorarsi? Si riesce a leggere queste sfumature dentro i loro animi?».

«Certo! Le pareti della casa sono di cristallo! Nell'ultima settimana Carmela e George si sono avvicinati sempre di più, anche se Sarah pensa che non sia giusto quest'atteggiamento nei confronti della compagna e del figlio di lui».

«Ah, Sarah pensa così?».

«Eh sì, invece Mara crede che George stia con Carla solo per il figlio, e Dominique ha dichiarato che non è giusto stare con una persona solo per il figlio. Ha pure pianto, Carmela, nel confessionale, ma non riesce proprio a stare lontano da George».

«Senti senti». Nicola cominciò a sentirsi pervadere da una sorta di impalpabile scoraggiamento.

«Mi piace Mara, ho tirato un tale sospiro di sollievo quando Mattia è stato eliminato al posto suo. Non ti dico l'ansia tutta la settimana, dopo che era stata nominata».

«Ah, me lo immagino!» tentò di empatizzare, trattenendo una risata. «Spero ti piacciano i gamberetti. Un pescatore mi ha dato una ricetta nuova per farli con le linguine e il lardo di Colonnata. Che ne dici?» le propose con entusiasmo.

«Veramente i frutti di mare non mi sono mai piaciuti un granché».

«Questi sono crostacei. Comunque ho un bel nasellino nel frigo. Lo posso fare con i pomodori di Pachino. Sentirai che bontà!».

«Veramente a me la roba di mare non va tanto giù, mi viene da pensare alle onde e a tutto quello sballottio».

«Non ti piacciono le onde?».

«Direi di no, soffro il mal di mare».

«Soffri il mal di mare?».

«Da morire!» Nicola la guardò esterrefatto.

«E allora domani sulla barca?».

«Quale barca?».

«Quella da cui libereremo le tartarughe».

«Ah, io resterò a terra, ho portato il binocolo».

«Ma non puoi restare a terra, ti perderai il più bello!».

«Veramente avevo pensato che saresti rimasto a terra con me».

Nicola la guardò combattuto per un attimo, poi disse:

«Senti, ho guardato le previsioni del tempo per domani, il mare è una tavola piatta, vedrai, non ti sembrerà nemmeno di essere su una barca. Sarà meglio sbrigarsi, ci sono delle cose che ci potrebbero servire».

Nicola e Silvana raggiunsero la farmacia sotto casa e, nonostante le rimostranze di lei, Nicola fece incetta di braccialetti antinausea, gomme da masticare e caramelle allo zenzero.

«Adesso andiamo, ti porto a mangiare in un posto dove fanno ottima carne alla brace!».

«Ci facciamo una bella spaghettata mentre il computer calcola?» mi urlò Cosimo dalla cucina, dopo essere sceso a sgranchirsi un po'.

«Sì, una bella spaghettata aglio e olio, non chiedo altro!» gli risposi mentre finivo di impostare una vista prospettica del lato sud della casa.

«Dagli bassa risoluzione perché poi voglio cambiare delle cose» continuò a urlarmi da sotto.

«Ok! Comunque ti ricordo che la scadenza è domani. Forse potremmo anche smettere di cambiare le cose a questo punto. A proposito, dobbiamo decidere il motto».

«Che ne pensi di *La Stanza Senza Tetto*?».

«L'altra sera non ho fatto altro che fare zapping tra Canale 5 e Porta a Porta» continuò Silvana davanti al calice di rosso semivuoto, a un tovagliolo stropicciato e a una ciotolina incrostata di crème brûlée.

«Ah, c'era qualcosa di interessante?».

«Sì, c'era lo speciale sull'aggressione con la statuetta del Duomo di Milano. Si è fratturato pure il setto nasale, povero caro! Speriamo si rimetta presto. Su Canale 5 invece c'era la prova del bacio, imperdibile! La prova del bacio l'hai vista?».

«No, mi pare proprio di no».

Per fortuna a bordo del peschereccio non abbiamo la televisione, pensò Nicola.

«Sarah ha detto che George non bacia un granché bene!».

«Sarah? Ma Sarah non era quella che diceva che non stava bene tampinare questo George perché teneva moglie e figlio?».

«Sì, ma alla prova del bacio tutti si baciano con tutti. Passano l'intera settimana ad allenarsi. A me però il bacio alla francese di Tullio è piaciuto tantissimo» disse facendo a Nicola gli occhi languidi e avvicinandosi a lui dall'altra parte del tavolino.

Nicola la guardò fissa negli occhi, molto intensamente, la guardò e riguardò ipnotizzato da quelle labbra carnose dipinte di rosso che aspettavano solo di essere stropicciate. Silvana chiuse gli occhi, li chiuse anche lui, poi li aprì di colpo.

Ma come aveva fatto a essere così cieco? Come aveva potuto lasciarsi scappare quello che di più bello gli era capitato nella vita?

«Senti, Silvana, devo fare una cosa molto importante!» disse Nicola alzandosi.

Si diresse alla cassa per pagare il conto, prese la giacca di Silvana, le aprì la portiera della macchina. Partì, parcheggiò sotto casa, le disse di aspettarlo. Salì in casa e riscese. Aprì il baule della macchina, vi mise dentro il trolley di Silvana, lo richiuse. Ripartì, parcheggiò davanti alla stazione, le disse di nuovo di aspettarlo lì, andò dal bigliettaio a chiedere informazioni.

«C'è un treno per Castagneto Carducci che parte tra dieci minuti».

«E quindi?».

«Mia mamma ti verrà a prendere alla stazione, dormirai da lei e ti porterà domani alla liberazione delle tartarughe. Io devo partire immediatamente» disse Nicola mentre l'accompagnava al binario. Lei aveva le mascelle spalancate per l'incredulità. Lui l'aiutò a salire sul treno, le passò il trolley, lei continuava a guardarlo senza nemmeno riuscire a dire niente, non si capacitava.

«Ah, mi stavo dimenticando» fece una corsa alla macchina e ritornò al treno.

«Questi portali a mia mamma per favore!» disse porgendole dal finestrino il sacchetto di gamberi sgusciati. «Buon viaggio!».

Il primo render ad alta risoluzione si faceva attendere. Avevamo impostato una vista in cui il nostro modello di casa a corte veniva accorpato ad altri moduli uguali per formare configurazioni urbane compatte, come è tipico dei centri abitati che si devono difendere dal sole. Quella era soltanto una delle tante combinazioni che potevano venire fuori dall'assemblaggio dei moduli. L'avevamo studiata considerando un orientamento della strada in direzione est-ovest, perpendicolare alla direzione delle tempeste di polvere.

Sullo schermo comparivano lentamente le scritte COMPLETAMENTO AL 70%, COMPLETAMENTO ALL' 80%, COMPLETAMENTO AL 90%, i pixel definivano colori sempre più nitidi.

COMPLETAMENTO AL 100%. «Finalmente! Fa' vedere come è venuto!».

«Sì! Fantastico, proprio così lo volevo!».

Io e Cosimo ci abbracciammo forte per la soddisfazione, ci guardammo negli occhi.

Mi baciò.

«Le dico che non ci sono più posti nell'ultimo volo di stasera!».

«No, la prego, possibile che non ci sia un posto in piedi, un posto in stiva!» insisteva Nicola davanti al bancone della biglietteria aerea.

«Mi dispiace, gliel'ho già detto. Non c'è niente. Però ho un posto per domani mattina, sul volo delle sei».

Ma cosa sto facendo? Queste pazzie si fanno a vent'anni mica a trenta!

«Va bene, va bene, prendo quello delle sei! Come? Duecentonovantacinque euro?! Va bene, me lo dia!».

L'atmosfera tra me e Cosimo rimase sospesa per una frazione di secondo in quel bacio tanto appassionato quanto subito ritratto.

Scoppiammo a ridere tutti e due fragorosamente subito dopo.

«Ma ti immagini io e te insieme?».

«Ti confesso che un po' di tempo fa non so cosa avrei dato per averti!».

«Davvero?».

«Se penso che per te ho lasciato Margherita».

Sgranai gli occhi.

«Ma poi sei arrivata qui con quegli orribili pigiami di pile».

«Orribili saranno i tuoi calzini pigiati nelle infradito!» gli dissi dandogli un pugnetto sulla spalla. A questo punto non sapevo se sentirmi lusingata o offesa, colpevole, o solo spaventosamente stupida. «E se io ti dicessi che mi piacevi un sacco all'università?» osai confessargli.

«E perché non me lo hai mai fatto capire?».

«Non facevi altro che parlare di Margherita!».

«A proposito, come sta?».

«Eh, insomma, dico che se non la chiami nei prossimi giorni sei un bischero!».

«Forse. Non lo so, vedremo» disse lui. «Oh, ma non perdiamo tempo! Qui ci sono ancora otto viste da impostare» aggiunse.

Ci rimettemmo a lavorare ai nostri computer uno accanto all'altra, ma per una decina di minuti continuammo a lanciarci occhiatine incredule, risatine un po' imbarazzate, forse anche lui stava pensando a come ci eravamo sfiorati in tutti questi anni senza mai toccarci. Poi finimmo assorbiti di nuovo dal nostro lavoro e non ci pensammo più.

Nicola si sedette su una panchina dell'aeroporto finché sentì un poliziotto della security battergli su una spalla.

«Signore, l'aeroporto sta chiudendo».

«Devo prendere un volo tra poche ore».

«Mi dispiace signore, dovrà ritornare alle quattro».

Da quanto era carico di eccitazione, urgenza, premura, invece di tornare a Livorno, avrebbe piuttosto preferito rimanere in macchina nel parcheggio dell'aeroporto. Voleva essere sicuro di non perdere l'aereo, ma il freddo di dicembre lo convinse a ritornare a casa ad aspettare.

Avviammo il secondo rendering, poi il terzo, poi il quarto. Facevamo la spola per fare i caffè giù in cucina. All'ottavo rendering ci addormentammo tutti e due davanti al computer.

Mi svegliò il rumore della porta d'ingresso che sbatteva e i risolini di Zoe che era rientrata con un uomo.

Oddio che è *successo?* Cosimo era steso sulla tastiera del computer, l'ultimo rendering continuava ad andare. Ci eravamo addormentati tutti e due. Che ore erano, le sei? Mamma mia, era tardissimo! Dovevo correre a prendere quell'aereo! Scesi a precipizio le scale rivestite di cocco mentre Zoe e la sua conquista salivano placidamente.

«Questo l'ho conosciuto sul sito del "Guardian". Mi ha offerto la cena» mi sussurrò Zoe in un orecchio quando ci incrociammo sulle scale.

Rinunciai ai mezzi pubblici e chiamai subito un taxi. Quando alzai lo sguardo fuori dal finestrone della cucina non credetti ai miei occhi: illuminata dal lampione accanto all'olmo, cadeva serenamente la neve.

«Signorina, non posso andare più veloce, la strada è scivolosa!» ripeteva il tassista mentre continuavo a guardarmi allo specchietto del black cab. Le bollicine sopra il labbro erano sparite, dovevo davvero arrivare in tempo!

Per le strade di Londra si trascinavano indolenziti, tra i fiocchi leggeri, i reduci del venerdì sera, con la camicia sbottonata, il trucco scolorito, i tacchi in mano.

Nei momenti in cui non spronavo il tassista ad andare più veloce, ascoltavo nelle cuffie la guida audio che avevo scaricato qualche giorno prima: *Come divenire un perfetto subacqueo*. Mi sentivo come a volte succede prima di un esame, quando sembra di aver dimenticato tutto. D'improvviso ogni sogno, ogni speranza, sarebbero potuti diventare reali. Ma la neve se ne fregava del mio turbine interiore, cadeva calma, placida, indifferente. Pensai alla barca su cui sarei salita quello stesso giorno, ripassai mentalmente il mio piano, mi prefigurai le mosse, la faccia di Nicola.

Mi precipitai come una pazza al controllo bagagli e superai il controllo passaporti.

Guardai nello schermo, molti voli erano stati cancellati o ritardati per il cattivo tempo.

Quello per Pisa no.

Accanto al numero del volo pulsava minacciosamente la scritta GATE CLOSING. Non feci nemmeno caso al numero del gate tanto era sempre lo stesso, quello nella parte più remota del terminal. Correvo in maniera esagitata, scansando la folla nutrita di persone in partenza per le vacanze di Natale. Mentre percorrevo il lungo corridoio verso il gate, tanto era il desiderio di incontrare Nicola, che mi parve addirittura di vederlo, con quel suo zaino blu, che camminava in direzione opposta alla mia, dall'altra parte del vetro.

Vidi il gate da lontano, stavano ancora imbarcando, era un miracolo, ce l'avevo fatta. Riconobbi subito la fila di capelli neri, occhi scuri e pelli olivastre che tornavano dalle loro famiglie per trascorrere il Natale insieme. Ero l'ultima della fila. Potevo riprendere fiato e tornare a concentrarmi sulle parole che mi entravano nelle orecchie dalle cuffie: *Se rimanete intrappolati nel kelp, evitate di dimenarvi o contorcervi, vi aggroviglierete ancora di più. Mantenete invece la calma, fermatevi e se riuscite, retrocedete percorrendo a marcia indietro lo stesso tratto.* Di sicuro non mi sarei imbattuta in quel tipo di alga bruna, ma sarei potuta rimanere impigliata in una delle praterie di posidonia che popolavano a tratti i fondali davanti a Calafuria. Attesi il mio turno, porsi con un sorriso emozionato il biglietto alla hostess che mi disse gentilmente.

«Mi scusi signorina, lei ha un biglietto per Pisa».

«Certo che ho un biglietto per Pisa!».

«Noi stiamo imbarcando per Malaga».

Cosimo fu svegliato da una telefonata del London Royal Hospital.

Al secondo squillo le palpebre avevano cominciato a lasciar trapelare un varco sottile, che poi si era spalancato di colpo con il terzo squillo: uno stordito senso di smarrimento lo aveva colto quando aveva percepito i tasti del computer premere sulla sua guancia sinistra e si era accorto che la mano destra era ancora appoggiata sul mouse. Ci mise un po' per trovare il telefono sotto la montagna di fogli accatastati sul tavolo, ma, dopo aver risposto e parlato con l'infermiera, non impiegò più di una manciata di secondi a scendere a rompicollo le scale di cocco, lanciare le infradito sotto il mobiletto d'ingresso, infilarsi le scarpe senza curarsi di ridare forma ai calzini incuneati tra l'alluce e l'illice, strappare il giacchetto dall'attaccapanni, sbattere la porta d'ingresso dietro di sé e dirigersi verso la vespa 150 Sprint che teneva parcheggiata alla fine di Islay Walk. Lo strato di neve intorno alle ruote era già troppo alto però, e i fiocchi continuavano a scendere copiosi. Decise di chiamare un taxi per arrivare il più presto possibile all'ospedale.

Nicola stava uscendo con aria spaesata da Liverpool Street Station. Doveva essere da poco sorto il sole, ma era difficile dirlo, un cielo bianco lo attendeva alla fine della scala mobile, insieme alla neve. Si guardò intorno, trovò aperto un negozietto che sembrava vendere di tutto. Un ragazzo pakistano ascoltava la radio dietro il bancone dei giornali.

«Cerco una cartina di Londra, per favore».

«*On the shelf over there, mate*».

Prese tra le mani uno stradario, andò all'indice.

Dove ha detto che abitava Francesca? Mi pare fosse un'isola della Scozia, Iway, Oway, ah, sì, Islay Walk! Ma Islay Walk nello stradario non c'era. Ne prese un altro, riprovò a cercare, non c'era nemmeno in quello. Vide in un angolo dell'espositore uno stradario un po' più grande, da quindici sterline. Islay Walk, Islay Walk, Islay Walk, ah, eccola finalmente! Proprio lì, accanto al canale del New River.

Quando andò a pagare, notò sul bancone un vassoio con un coperchio di plastica trasparente. Vi erano disposti sopra, in circonferenze concentriche, decine di baklava dorati dal miele a forma di losanga.

Alla caffetteria dell'ospedale, Cosimo sorseggiava distrattamente un cappuccino mentre, con il cuore palpitante, teneva gli occhi incollati all'orologio appeso alla parete della sala. Gli avevano detto che se voleva parlare con i dottori, sarebbe dovuto tornare al reparto di neurologia alle nove.

«Lei è il marito?».

«No, cioè sì, sono il marito!» si corresse Cosimo prevenendo lo sguardo contrariato del medico.

«È stato un bel colpo, ma per fortuna non si è riscontrato nessun trauma cranico».

«Ma come è successo?».

«Ha dato l'allarme il custode dell'edificio. L'ha trovata priva di sensi dopo aver sentito un gran rumore provenire dalla navata laterale, nel cuore della notte».

«Dalla navata laterale?».

«Sì, dalla navata della chiesa che stava dipingendo. È caduta dall'impalcatura. Scusi, ma lei non ha detto di essere il marito?».

Quando Margherita si svegliò, trovò Cosimo al suo capezzale. Il numero di telefono registrato per le emergenze era sempre il suo.

«Che cosa ci fai qui?».

«Che cosa ci facevi tu sull'impalcatura?».

«Dipingevo, è il mio lavoro, lo sai!».

«A quell'ora di notte?».

«Non riuscivo a dormire. Tu, piuttosto, che cosa hai fatto alla guancia?».

«Che cosa ho fatto alla guancia?».

«Non lo so, hai come dei solchi quadrati».

I toni erano tornati quelli di una volta. Quanto gli erano mancati! Quanto le erano mancati!

Quando la porta di quella stanza d'ospedale si aprì, Cosimo teneva in una mano il foglio delle dimissioni e sotto il suo braccio stringeva Margherita più forte che poteva.

«Guarda che ce la faccio a camminare da sola!».

«Stavo solo cercando di procurarti una frattura alle costole, visto che sei cascata da due metri e non ti sei fatta niente!».

Avevo appena perso il volo più importante di tutta la mia vita. Quante volte ero arrivata tardi all'aeroporto ma ero sempre riuscita a salire su quel benedetto aereo! L'assistente di terra minacciò di chiamare la security quando, senza che riuscissi a controllare il tono della voce, cercai di farle capire perché dovevo a ogni costo prendere quell'aereo.

«Mi dispiace, signorina, il gate è chiuso!».

«Ma come è chiuso? L'aereo è ancora lì!».

Lo potevo vedere dalla vetrata a pochi metri da me. Ecco che si staccava dal finger e cominciava a fare le manovre per immettersi nella pista di decollo. Il pavimento sprofondava sotto i miei piedi, i pannelli quadrati del controsoffitto ondeggiavano sopra la mia testa, mi appigliai all'unica speranza.

«Gliel'ho già detto, mi dispiace, non ho voli disponibili per i prossimi tre giorni» insisteva l'impiegata della biglietteria.

«Mi controlli i voli per Roma, per favore».

«No, niente fino al ventiquattro».

«Genova?».

«Signorina, senta, si calmi e vada a prendersi una tisana calda, non ho voli disponibili per nessun'altra destinazione in Italia fino a lunedì. Non lo sa che siamo a Natale?».

«Ma nemmeno, che so io, facendo scalo a Parigi?».

«Parigi poi non se ne parla. Consideri che c'è il tunnel della Manica chiuso per il cattivo tempo».

Un tizzone ardente mi scavava lo stomaco, non riuscivo a perdonarmi il modo in cui mi ero lasciata sfuggire quel volo. Niente sembrava avere più senso, tutto quello per cui avevo lottato nelle ultime settimane era svanito nella manovra di un aereo che si staccava dal finger senza di me. Mi sembrava di non riuscire più a venir via da quell'aeroporto, venir via significava ammettere che era davvero finito tutto.

Vidi il mio volto deformato in una grande palla di Natale, una di quelle attaccate all'albero in mezzo alla hall delle partenze, lo sentii rigarsi di lacrime silenziose, lo raccolsi tra le mani, mi sfuggì un gemito di dolore.

Per tornare a casa feci la strada più lunga e dalla fermata di Highbury & Islington mi ritrovai dove il New River comincia a sgorgare a monte di Islay Walk.

La neve continuava a scendere a fiocchi pesanti. Mi assalivano con il loro candore sfacciato, con quella perfezione illibata che si avventava contro la mia pena. Il sentiero non era ancora stato calpestato da anima viva, la neve continuava a stratificarsi sulla pietra, sulle foglie, sui rami, si scioglieva nell'acqua del canale.

«Cos'è quel chiacchiericcio di sottofondo babbo?» dissi a mio padre tenendo l'orecchio mogiamente appoggiato al telefono.

«No, niente tesoro, è solo la mamma che ringrazia i santi del Paradiso».

«E perché?».

«Perché aveva sperato tanto che tu non prendessi quell'aereo. Sai, non dorme da giorni all'idea che tu...».

«All'idea che io? Babbo? Pronto? Pronto?».

A forza di ascoltare quella guida audio sulle immersioni, doveva essersi scaricata tutta la batteria del telefono.

Aprii il cancello del 19 di Islay Walk come un automa e andai dritta a prendere i pattini da ghiaccio appesi all'attaccapanni.

Li misi nello zaino, al posto delle altre cose che non mi servivano più.

Feci per uscire, quando vidi sul tavolo, con la coda dell'occhio, un sacchetto trasparente. Mi avvicinai. Dentro c'erano tre baklava dorati dal miele. Accanto, un biglietto con su scritto:

Il primo è per liberare la bocca dagli altri sapori, il secondo è quello che gusti appieno perché sai che ce ne sarà un altro, il terzo rappresenta il limite ragionevole tra l'appagamento e il desiderio di averne ancora.

Corsi subito di sopra. Cosimo non era nello studiolo dove l'avevo lasciato né in camera sua. Entrai nella stanza di Zoe. Era sotto le lenzuola con la sua conquista, un ragazzo di colore, robusto e sorridente.

«Ma si può sapere che cosa avete tutti stamattina? Possibile che non si possa stare un po' in pace! Cosa? Quei baklava? Sì, è venuto un tizio che ti cercava. E che ne so dove è andato? Saranno passati cinque minuti, forse dieci o una mezz'ora, non saprei! Il tempo vola quando ci si diverte, vero John?».

Nicola non si ricordava a che numero di Islay Walk abitassi però si era ricordato del ramo di ciliegio, quello di cui gli avevo parlato tante volte, quello che si protendeva ad arco sul New River, poco prima del mio cancello. Sarebbe stato difficile riconoscerlo in inverno, ma si era accorto, camminandoci sotto, che le impronte scavate nello strato sottile di neve fresca, lasciavano indovinare un tappeto purpureo di ciliege calpestate di cui il sentiero si era intriso nonostante le innumerevoli piogge. Aveva trovato il tasso e il pungitopo, e quello lì, completamente spoglio, pensò dovesse essere l'olmo. La mia casa non poteva che trovarsi davanti ai suoi occhi.

Aveva bussato, scuotendo l'anello attaccato al cancellino di legno, ma nessuno aveva risposto. Aveva bussato più forte.

Possibile non ci sia un campanello davanti a questa casa!

Aveva provato a chiamare il mio nome davanti alle finestre. Aveva deciso di telefonarmi quando, stropicciandosi gli occhi, Zoe aveva aperto la porta e si era diretta verso il cancello.

«Che succede a quest'ora del mattino? Come? Francesca? Sì, l'ho vista uscire stamani presto, mi pare».

Il sonno e la notte brava le avevano fatto completamente dimenticare che l'avevo salutata con auguri e baci il giorno prima perché credevo non ci saremmo riviste fino a dopo Natale.

«Aspetta un attimo, vado a controllare. No, Francesca non c'è, e non c' è nemmeno Cosimo».

«Cosimo? Ah, capisco» rispose con un filo di voce, quasi avesse appena ricevuto una pugnalata al cuore. «Posso almeno lasciare una cosa?».

«Certo, entra pure!».

Dopo aver scritto quello che doveva in un bigliettino accanto alla busta con i baklava, se ne era andato, seguendo la corrente del canale.

Mi precipitai fuori di casa senza nemmeno pensare e cominciai a guardare in ogni direzione. *E adesso, da che parte sarà andato? Un momento, queste impronte potrebbero essere le sue!* Mi parve di vederle, quelle sue Timberland color camoscio che avanzavano scricchiolando nella neve. Cominciai a camminare velocemente, seguendo quelle orme, rischiando di scivolare.

Lo trovai sul ponticello di legno, quello accanto alla capanna del custode. Lo sguardo rivolto verso l'acqua.

«Cerchi le carpe?» riuscii a malapena a balbettare, dopo aver rinunciato a dominare il battito del mio cuore partito al galoppo.

«Sì, ma con questo freddo non credo che si faranno vedere» disse dopo essersi voltato, con una voce che avrebbe potuto sciogliere tutta la neve intorno. D'un tratto mi sembrò che il New River profumasse di elicriso.

«Ti posso offrire una mela spolverata di zucchero a velo per consolarti» gli dissi indicando le piccole drupe gialle che pendevano ancora dal melo selvatico.

Le meline arrossirono per l'emozione.

«Grazie, ma ho già davanti a me tutto quello di cui ho bisogno».

Il melo mi strizzò l'occhio e poi tornò a sonnecchiare accanto al nocciolo e al salice. Tutto era fermo, tutto era silente. Anche le nostre voci risultavano ovattate in mezzo a tutto quel bianco. Nella quiete della natura, rimbombava soltanto il battito dei nostri cuori.

L'emozione per quell'incontro ci rese timidi e, per un po', non riuscimmo nemmeno a reggere lo sguardo l'uno dell'altra. Allora lo gettammo tutti e due nel New River, fingendo, come in un tacito accordo, di osservare le foglioline della lenticchia d'acqua che si erano ancorate al fondo del canale per proteggersi dal freddo.

Proprio allora mi resi conto che per tutte quelle settimane ero stata in un'unica grande apnea.

Mi prese la mano e cominciammo a passeggiare come se ci fossimo dati appuntamento tutti i giorni lì a quell'ora.

Avrei voluto dirgli talmente tante cose che non gli dissi niente.

Fu lui che mi sussurrò in un orecchio: «Ma tu guarda, un airone cinerino! Che cosa ci fa qui, in mezzo alla neve?».

Aveva appena smesso di nevicare. Il sentiero e la vegetazione intorno erano rimasti sospesi insieme a noi in una sorta di incantesimo, i cespugli trasformati in meringhe di fiordilatte, i rami degli alberi ricoperti di granita d'orzata. Fu così che nel silenzio, in questo stato di totale oblio, quando a Nicola suonò il telefono, lo squillo risultò ancora più violento.

«Non rispondere!».

«Devo rispondere».

«Non rispondere!».

«Devo rispondere; l'ho mollata da mia mamma!».

Rispose.

Capitolo 19

«Pronto, Silvana».

Urtai con la testa le infiorescenze pendule del nocciolo e venne giù una doccia di cristalli. Poveri amenti ingannati da quell'effimero inverno mite! Mi bagnai di nuovo sbattendo contro i rami del tasso, rischiai più volte di sdrucciolare sul sentiero ma non mi fermai.

«Francesca, dove vai?».

Non ci potevo credere, era venuto fin qui per me e ora era così coglione da rispondere a quella telefonata!

«Non ci posso credere! Non posso essere così coglione!» urlò Nicola al New River mentre gettava il telefono in acqua, preso alla sprovvista dal suo stesso gesto.

Anche Nicola aveva cominciato a correre.

Scorsi un autobus alla fermata, lo presi al volo, si chiusero le porte, il conducente ripartì, ignorando Nicola che bussava alla porta.

Salii al piano di sopra, facendo finta di non guardare giù dal finestrino, ma con la coda dell'occhio mi accorsi che Nicola stava inseguendo l'autobus.

Il double decker rosso girò per Canonbury Square, non c'era traffico a quell'ora del sabato mattina, non c'erano persone che dovevano salire o scendere alla fermata successiva. L'autobus andò oltre. Vidi Nicola fermarsi con le mani sulle ginocchia e poi tenersi la milza. Ero tentata di raggiungerlo, ma l'orgoglio non mi faceva scendere dall'autobus né respirare. Ero ritornata in quello stato di apnea. Fuggivo per essere inseguita.

A Nicola non restava che tornare alla casa di Islay Walk.

Sono stato talmente coglione che adesso non ho nemmeno più un telefono per cercarla!

Quando arrivò nel vialetto di Islay Walk, gli parve di vedere un tizio che entrava proprio in quella casa. Accanto, una ragazza che zoppicava un po'.

Nicola corse verso il cancellino.

«*Excuse me, do you know Francesca Castelli?*».

«Certo, e tu chi sei?» rispose Cosimo, che aveva captato subito l'accento italiano.

«Sono Nicola».

«Nicola?! Questa è bella!».

«Temo di aver combinato un guaio, dovete aiutarmi a trovarla».

«Vieni, entra dentro, credo che qui abbiamo tutti bisogno di una tazza di caffè caldo. A proposito, io sono Cosimo, e questa è...».

«Sua moglie!» incalzò Margherita stringendo la mano a Nicola e facendo un sorriso grande come una casa. «Non hai detto così al dottore questa mattina?» aggiunse poi rivolgendosi a Cosimo. Nicola aveva capito subito che tra quella ragazza e Cosimo c'era del tenero, anche se forse non erano esattamente marito e moglie, e si sentì all'istante sollevato.

Davanti alla tazzina di caffè, Nicola cominciò a raccontare. Margherita lo seguiva con gli occhi fuori dalle orbite. Con una mano si copriva la bocca spalancata, con l'altra teneva la borsa del ghiaccio sulla coscia. Intanto ascoltava tutte le fasi del travaglio interiore che lo aveva spinto a partire. Cosimo provava a chiamare Francesca, ma il telefono dava il messaggio di utente irraggiungibile.

«Quindi tu hai preso il volo questa mattina da Pisa, ma Francesca che cosa ci faceva ancora a Londra?».

«In che senso ancora a Londra?».

«Nel senso che lei avrebbe dovuto essere a Pisa, ha pianificato questo viaggio da settimane per immergersi con te durante la liberazione delle tartarughe».

«Ah, questo non me lo aveva detto! Immergersi con me?» replicò esterrefatto.

«Si può sapere cosa succede?». Allarmata dalla confusione era scesa pure Zoe, insieme all'uomo dal sorriso simpatico.

«Ah, ciao, Margherita! Questa sì che è una sorpresa!».

Poi, rivolgendosi a Nicola aggiunse: «Ah, rieccoti! È passata di casa Francesca poco fa, ti cercava».

Fu Margherita a raccontare da capo la storia di Nicola e Francesca, aggiungendo di sua fantasia dettagli che si doveva essere immaginata mentre Nicola parlava.

«Era venuta in camera mia per sapere di quei baklava sul tavolo» confermò Zoe.

«Non ti ha detto dove sarebbe andata?».

«No, ma mi pare di aver visto i lacci dei suoi pattini da ghiaccio uscire dallo zaino».

Cosimo guardò l'attaccapanni, i pattini effettivamente non c'erano.

«Vieni con me, so dove può essere andata».

Cosimo sollecitò Nicola a seguirlo fuori di casa.

La perturbazione sembrava aver firmato una tregua. La neve in alcuni punti aveva persino cominciato a sciogliersi. Scintillanti goccioline scivolavano dalle foglie del pungitopo.

«Dove andate? Aspettatemi!» urlò dietro di loro Margherita che, ancora zoppicante, non ce la faceva a stare al passo.

Cosimo tolse con la mano lo strato di neve dal sellino della vespa. Ci salirono sopra che era ancora bagnato.

«A Somerset House!».

«Vengo anch'io!».

Ora che ti ho ritrovato non ti faccio certo scappare così, brontolò tra sé Margherita. Fece per chiamare un taxi quando Zoe la raggiunse nel vialetto con le chiavi della sua mini rossa in mano e John-sorriso-splendente al seguito.

«Andiamo! Ho la macchina parcheggiata dietro il palazzo».

Cosimo girò la chiave nel cruscotto di quella vespa color carta da zucchero ereditata dal babbo, la targa FI 308975 attaccata orgogliosamente sotto il fanalino posteriore, accanto all'adesivo blu, quello con la «I» bianca circondata dalle dodici stelline d'Europa. Non si era ancora deciso a cambiare l'immatricolazione.

«Forza, dai, parti! Mannaggia, si deve essere ingolfata con il freddo».

«Ti aiuto a spingere!» propose senza pensarci due volte Nicola.

John toglieva energicamente la neve dal parabrezza mentre Zoe provava a mettere in moto.

«Dai, trottolina mia rosso fuoco, parti!».

Dopo svariati tentativi, il rombo della vespa di Cosimo risuonò, un attimo prima di quello della macchina di Zoe.

«Vai, che se no li perdiamo!» incitava Margherita dal sedile posteriore.

Nel primo pezzo di strada la neve non era stata ancora toccata da mezzo o piede umano. La vespa davanti e la mini dietro sembravano slittare pericolosamente come su una striscia di sapone. Nicola si teneva stretto a Cosimo chiedendosi se era quello il brivido a cui mi riferivo quando gli accennavo alla mia vita londinese. Sarebbero andati poco lontano se la neve nella strada principale non fosse già completamente sparita, schiacciata dalle ruote degli autobus che l'avevano solcata nella mattina.

Zoe scattava a ogni semaforo per non perdere di vista la vespa. Margherita da dietro si allungava sul volante per pigiare il clacson mandando a quel paese gli automobilisti che non davano loro la precedenza.

Cosimo e Nicola arrivarono davanti agli archi di Somerset House seguiti a ruota da Margherita, Zoe e John, che avevano lasciato la mini con le quattro frecce quasi in mezzo al marciapiede. Non appena furono passati sotto una delle tre arcate, si aprì alla loro vista la corte del maestoso palazzo. Dietro l'albero di Natale addobbato si estendeva, smisurata, la pista di ghiaccio. Si affacciarono tutti a bordo della pista, esaminarono uno a uno i volti dei pattinatori, c'erano quelli esperti, che si esibivano in piroette al centro della piazza, c'erano quelli che non osavano staccarsi dalla staccionata. C'era un gruppo di bambini che seguiva le istruzioni dell'insegnante: *push and glide, bend your knees, push and glide – spingi e scivola, piega le ginocchia, spingi e scivola.*

Ma di me non c'era traccia.

«Ho un'idea, seguitemi!» propose Cosimo.

Nicola si aggrappò di nuovo alla sua schiena sulla vespa. Per un piccolo tratto costeggiarono il Tamigi. Nicola vedeva quel fiume per la prima volta: mai avrebbe immaginato che gli sarebbe apparso da quella prospettiva, mentre, per non urtare gli autobus e i taxi neri che gli sfrecciavano accanto, teneva le gambe strette a quel sellino fabbricato a Pontedera più di trent'anni prima.

Riconobbe l'abete rosso norvegese davanti a Trafalgar Square, l'aveva visto in qualche servizio al telegiornale.

Per un attimo pensò di sentirsi come Phileas Fogg al settantanovesimo giorno del suo giro del mondo.

Cosimo imboccò la prima di tre profonde arcate. L'asfalto, ancora bagnato dalla neve, era di un colore rossastro.

«Ah, questa non ci voleva!».

«Che succede?».

«Guarda un po' là in fondo, oltre quei poliziotti a cavallo».

«No!».

«Ci sarà un po' da aspettare!».

Gli ottoni e i tamburi delle guardie reali a piedi, con giacca rossa e mezzo metro di pelle d'orso bruno canadese in testa, si stavano esibendo in una marcia militare davanti ai loro occhi. Cosimo e Zoe guidarono a passo d'uomo fino a quando furono costretti a fermarsi del tutto davanti al monumento di marmo bianco sovrastato da una figura d'oro alata. Dietro la folla di turisti si ergeva la cancellata nera con le punte dorate.

A Buckingham Palace era l'ora del Cambio della Guardia.

Ripartirono non appena il poliziotto col giacchetto giallo fosforescente e il caschetto bobby dette il segnale. Arrivarono ad Hyde Park che era passato mezzogiorno.

Zoe era concentrata come un pilota di Formula uno. Per non perdere di vista i ragazzi, rischiò più volte il tamponamento.

Lasciarono la vespa e la mini vicino al portale con la scritta WINTER WONDERLAND, l'arco di accesso al Paese delle Meraviglie Invernale.

John si offrì di fare da palo per la macchina.

La ruota panoramica svettava sopra gli alberi innevati.

L'odore dei waffel caldi ricoperti di sciroppo d'acero si mischiava a quello dei würstel sulla brace.

Musiche di caroselli e classici pop rock attraversavano la terra di Babbo Natale.

Mentre i circensi invitavano allo spettacolo, il pulsante alternarsi di urla in crescendo e silenzi, tradiva la presenza non lontana di montagne russe.

Le bancarelle del mercatino mimavano le baite di montagna, così come quel fabbricato dall'orripilante facciata kitsch e la scritta ALPEN HOTEL illuminata di viola, davanti al quale la gente faceva la fila per lasciarsi disorientare dagli specchi truccati, dalle pareti e i pavimenti in movimento.

Canti di Natale, echi del carnevale di Rio, pinte di birra e bicchieri fumanti di mulled wine, eredità degli antichi Romani.

E ancora krapfen alla nutella, macaroon al cocco. Il ragazzo col grembiule bianco stendeva l'ennesima dose di impasto sulla crepiera rotonda.

Ancora un albero di Natale, questa volta sotto un gazebo, proprio in mezzo alla pista di ghiaccio. Dal gazebo partivano a raggiera milioni di lucine.

Ma io non c'ero.

«Sentite, visto che siamo in zona, proviamo alla pista del Natural History Museum» propose Margherita.

«Cosimo, dove stai andando?».

«Un momento solo, prendo al volo un hot dog!» rispose dopo essersi immesso nella fila davanti allo stand con le cameriere in vestito tirolese.

«Non puoi resistere ancora un po'?».

«Tu lo vuoi coi crauti o senza?».

«Con crauti, senape e ketchup grazie!» si arrese con gioioso senso di colpa Margherita.

Davanti al Natural History Museum, Nicola provò un momento di ossequiosa venerazione. Sapeva che dentro quella specie di cattedrale erano conservati i resti di animali e piante esotiche dissotterrati in tutto l'impero britannico da temerari esploratori vittoriani. Sapeva che vi si trovava anche la statua del suo idolo: Charles Darwin, e che avevano appena aperto una nuova sezione intitolata al suo nome.

Una miriade di pattini blu, quelli a noleggio. Pinguini e foche di plastica per i piccoli pattinatori. Ma di me nessuna traccia.

Scoraggiamento generale.

«Meglio tornare a casa».

Raggiunsero John e ripresero i mezzi, attraversarono Hyde Park con i prati e gli alberi ancora innevati, ma adesso andavano più piano, con andatura mesta e sfiduciata. A un certo punto però Cosimo fece cenno a Zoe di accostare.

«Facciamo un ultimo tentativo».

Ripartirono in accelerata. Costeggiarono schiere di case vittoriane e poi si immisero in una grande arteria di traffico. Furgoncini bianchi, autobus rossi a due piani, automobili e black cab si spartivano le sei corsie. Nicola si teneva ancora più stretto, ma non poteva fare a meno di guardarsi intorno.

Zoe continuava a non scollarsi dalla vespa, frenava, ripartiva, inchiodava, accelerava di nuovo. Fu un miracolo se arrivarono incolumi alla pista di ghiaccio di Broadgate Circle.

Una tinozza rotonda di acqua ghiacciata in cima a una scalinata circolare nel cuore della City. Un Colosseo di travertino e vetro tutto intorno.

In mezzo alla moltitudine dei pattini blu, un paio di pattini bianchi si avvitavano in una trottola.

«Va', raggiungila!» disse Margherita emozionata, rivolgendosi a Nicola.

«Ma io non so pattinare!».

«Va', va'!». Zoe e Margherita lo spinsero verso la pista e si trattennero a guardare.

«Andiamo che ho parcheggiato la vespa in mezzo alla strada» sollecitò Cosimo.

«Solo un attimo».

«Forza, venite via! Cosa state lì a guardare?».

Poi aggiunse rivolgendosi a Margherita: «Te la senti di salire in vespa?».

Con gli occhi che le brillavano di una gioia antica lei gli strappò il casco di mano e si sistemò i capelli.

«Bene!» le disse Cosimo. «Perché dobbiamo correre a finire l'impaginazione delle tavole del concorso».

Lanciarono tutti e tre un ultimo sguardo alla pista prima di iniziare a scendere le scale circolari.

«Che ne dite di John? Non vi sembra adorabile?». Zoe sembrava all'improvviso impaziente di tornare alla macchina.

Nicola si diresse verso il casottino dei pattini a noleggio.

«Porto un quarantacinque».

«*What? Let me see, try size eleven!*» gli disse il ragazzo del noleggio porgendogli dei grossi pattini di plastica blu con la chiusura a scatto.

Cercando ogni appiglio, Nicola si trascinò fino all'entrata della pista.

Lo vidi mentre stavo uscendo da un salto puntato. Avevo convogliato tutte le mie energie in quel doppio toe-loop e quando misi a fuoco la sua figura mi girò la testa. La gamba destra mi cedette, ma riuscii a non cadere, andai verso di lui scivolando con un piede leggermente sollevato dal ghiaccio.

«Non so pattinare» mi disse.

«È come ballare».

«Non so ballare».

«Dammi la mano!».

E di colpo ritornai a respirare.

Avevo continuato a star seduta in apnea sul 271, sperando in ogni momento di veder comparire Nicola. Ero arrivata fino al capolinea. Avevo aspettato che l'autobus ripartisse ed ero arrivata fino all'altro capolinea, quello di Finsbury Square. La pista del ghiaccio era a pochi minuti da lì.

«Sai, pensavo che a primavera avremmo potuto iniziare insieme quel sentiero che segue senza interruzione la costa della Gran Bretagna» mi disse Nicola non appena si fu ripreso dall'acrobazia che gli era servita per evitare uno scivolone.

«Devi tenere le gambe leggermente piegate, spingere e scivolare. Guarda, così».

Continuava a stringermi forte la mano, l'altro braccio proteso nell'aria a cercare l'equilibrio, la faccia tesa da baccalà sotto sale. Eppure continuava a pattinare.

«Poi, quando abbiamo finito di percorrere tutto il sentiero, ti riporto a casa».

«Dimmi un motivo per cui dovrei tornare».

«I tortelli fatti in casa!».

«Sono più buoni quando non li mangi da qualche mese».

«L'acqua del mare così calda che puoi fare il bagno per ore».

«Vuoi metterla con il flusso delle maree nelle baie?».

«I campi di grano pettinati dal vento».

«Le praterie d'erica!».

«Il costo degli affitti. Mi hai sempre detto che ci lasci mezzo stipendio».

«Ma se compro casa a Londra, dopo un paio d'anni varrà il doppio».

«Allora gli scampi».

«Gli scampi? Guarda che gli scampi ci sono anche a qui!».

«Ma quelli del mediterraneo sono più buoni. Ti dimenticherai di me?».

«Appena avrai girato l'angolo».

Nicola si voltò verso di me, mi mise la sua mano dietro la schiena, con l'altra mano cercò la mia, la prese e cominciammo a volteggiare.

Do mi sol sol, sol sol, mi mi, le note di un valzer suonato dal vento ci spingevano sempre più in alto, roteavamo nell'aria leggeri. Ci innalzavamo piroettando sempre più su, al di sopra dell'acciaio scintillante dei Lloyds, più in alto delle torri in cemento del Barbican Centre, più su del cetriolone di vetro. E mentre continuavamo a danzare, le nostre giravolte solleticavano le nuvole, e lui continuava a guardarmi dritto negli occhi, con quello sguardo fiero. Aveva cinque anni ed era vestito da Zorro. Io ne avevo quattro e stringevo forte la bacchetta magica della Fata Turchina. Le campane di Saint Paul Cathedral suonavano come non avevano mai suonato prima, rispondeva il canto del Big Ben, poco lontano.

Si dice che le cose sono più belle se le abbiamo sognate prima. Io, questo ballo, l'avevo sognato mille volte.

Do mi sol sol, sol sol, mi mi, do do mi sol sol, sol sol, fa fa, re re fa la la, fa sol mi, do mi mi re la sol do, do do do!

Ringraziamenti

Grazie ai miei genitori e ad Alessandro, per il tempo e le energie impiegate nel sostenermi, sostitutuendomi in molti impegni. Senza il loro aiuto i miei appunti sarebbero ancora in un cassetto.

Grazie inoltre a:

Michela Meghnagi, per aver revisionato con meticolosa attenzione il capitolo dedicato al matrimonio ebraico,

Nicola Mai, per il parere sulle pagine in cui si parla di economia,

Aswhini Natraj, per le sue indicazioni sulla cultura indiana,

Nour Ali, per il controllo dei dialoghi in lingua araba,

Xixi Wang, per la consulenza sulle frasi in cinese,

Katalin Szemeredi, per la supervisione dell'inglese,

Duccio Aiazzi, Simone Pagani e Marcel Mauer, in riferimento al loro progetto della casa in Luanda,

Francesca Ugolini, per avermi ricordato che gli olmi in Inghilterra non vivono a lungo,

Mario de Martino, per il suo quadro eterno,

zio Delvis, per i suoi cioccolatini,

le amiche d'infanzia, per la cospirazione che ha dato origine a tutto,

Annachiara Legnani, per la geniale idea imprenditoriale,

Simona Corradini, per il pensiero della bolla londinese.

Grazie al gatto pancione, Apollo ispiratore del New River Park.

E grazie soprattutto all'ineguagliabile Londra, che ci ha ospitato come cittadini del mondo.

Indice

27117294R00141

Printed in Poland
by Amazon Fulfillment
Poland Sp. z o.o., Wrocław